Kelly Fiore
Der tiefe Fall der Cecelia Price

MIX
Papier aus verantwortungsvollen Quellen
FSC® C083411
FSC
www.fsc.org

5 4 3 2 1
ISBN: 978-3-649-61918-5

Published by Arrangement with Kelly Fiore
Dieses Werk wurde vermittelt durch die Literarische Agentur
Thomas Schlück GmbH, 30827 Garbsen
Originalverlag: Harper Teen
Originaltitel: Thicker than Water
Aus dem amerikanischen Englisch von Sonja Häußler
Umschlaggestaltung: Cornelia Niere, München, unter Verwendung
eines Motivs von Simone Becchetti, © www.simonebecchetti.com
Lektorat: Kristin Overmeier
Satz: Sabine Conrad, Rosbach
Printed in Germany
www.coppenrath.de
Das @book erscheint unter der ISBN: 978-3-649-66870-1.

Kelly Fiore

DER TIEFE FALL DER CECELIA PRICE

COPPENRATH

Für meinen Bruder

Am Anfang war das Wort und am Ende ist Schweigen.
Dazwischen sind all die Geschichten.

Kate Atkinson

APRIL

Das ist die Wahrheit. Die ganze Wahrheit und nichts als die Wahrheit.

Ich war siebzehn, nur ein paar Wochen vom Schulabschluss entfernt und kauerte hinter einer ausklappbaren Couch, wo ich einen Stapel Pizzakartons zerdrückte und mich bemühte, von ihrem Gestank nicht zu würgen. Die Schritte im Erdgeschoss waren ganz nah. Sie kamen stotternd zum Stehen und bewegten sich dann in eine andere Richtung. Einen Moment lang gab es nur mich, die vergammelte Pizza und einen geplatzten Sitzsack, aus dem winzige Styroporkugeln in den ganzen Müll quollen. Wie Schnee ließen sie meine Umgebung beinahe sauber und ein bisschen weniger hoffnungslos erscheinen. Aber Hoffnungslosigkeit war inzwischen ein Seelenzustand, an den ich mich schon gewöhnt hatte.

Ich versuchte, mich an etwas Schönes zu erinnern.

Ich versuchte, mich an etwas Echtes zu erinnern.

Zum Beispiel, dass ich mir immer, wenn ich den Namen meines Bruders gehört habe, einen starken, gesunden Jungen vorgestellt hatte. Immer größer und schneller – wie ein Tornado. Ich war immer nur der Windstoß, der danach kam.

Damals waren wir Kinder, und Cyrus und ich waren uns nur auf der Tellerwippe ebenbürtig, die zu der Schaukel hinten im Garten gehörte. Wenn wir unser Gewicht gleichmäßig verteilt und unsere Körper gleich ausgerichtet hatten, bewegten wir uns wie eine einzige Person. Der Schwung und das Auf und Ab versetzten mich in eine Art Delirium. Das waren die Momente, in denen ich genauso gut, genauso stabil wie mein selbstsicherer älterer Bruder gewesen war. Meine Arme, Beine und Hände schienen mir ebenso wertvoll wie die seinen.

Wenn unsere Mom uns zum Mittagessen rief, galt der Wettkampf zwischen uns, wer zuerst absprang. Derjenige, der auf der Tellerwippe allein zurückblieb, eierte darauf herum, bis er es schaffte, sie anzuhalten, erst dann konnte man sicher absteigen. Als ich noch ganz klein war, ließ Cyrus mich immer gewinnen. Aber als wir älter wurden, streckte er mir die Zunge heraus, sprang ab und ließ mich hilflos in der Luft hängen wie jemanden, den er kaum kannte.

Und in letzter Zeit?

Nun ja, in letzter Zeit hatte ich Cyrus nur angestarrt, als würde er im nächsten Moment verschwinden, als würde sich sein Körper gleich zischend auflösen. Es gab Tage, an denen ich mir gewünscht hatte, dass er genau das tun würde.

Und jetzt hatte er es getan.

Ich hockte noch immer hinter der Couch und verharrte eine weitere Minute in regloser Ungewissheit, bevor ich mich langsam erhob. Als ich mich am Rand eines Abfalleimers festhielt, spürte ich, wie mir etwas durch die Finger sickerte, wahrscheinlich das, was von meinem Herzen noch übrig war.

»KEINE BEWEGUNG.«

Ich gehorchte, mein halber Körper war noch immer hinter der Couch verborgen und ich stand knöcheltief im Müll.

»Auf den Boden! Los! Los!«

Ich fiel auf die Knie, als wäre es an der Zeit zu beten, aber dafür war es bereits viel zu spät. Irgendwie taten die Handschellen des Polizisten weit weniger weh als der Schmerz tief in meinem Körper.

»Sie haben das Recht zu schweigen. Alles, was Sie sagen, kann und wird vor Gericht gegen sie verwendet werden.«

Alles, was ich sagte, *sollte* auch vor Gericht gegen mich verwendet werden.

Mein Bruder war tot.

Mein Bruder *ist* tot.

Und ich bin die, die ihn umgebracht hat.

Sechs Wochen später

1

JUNI Heute

»Du musst mit mir reden, Cecelia.«

Jennifer, meine Pflichtverteidigerin, starrt mich an, als sei ich schmutzige Wäsche – eine lästige Aufgabe, mit der man nie richtig fertig wird, die man aber immer wieder aufs Neue erledigen muss. Immer und immer wieder.

Ich weiß, dass sie mich für meine Anhörung »aufwärmen« will. So nennt sie das – aufwärmen. Ich habe sie darum gebeten, dieses Wort nicht mehr zu verwenden, weil mich »aufwärmen« immer an diese Cheerleader-Puschel erinnert. Sie lacht nicht darüber. Jennifer lacht nie über das, was ich sage. Deshalb vertraue ich ihr.

Neulich, als ich vergeblich versucht habe einzuschlafen, habe ich mir vorgestellt, online zu sein. Ich vermisse Computer. Ich konnte die Tastatur praktisch unter meinen Fingerspitzen fühlen. Ich öffnete eine Suchmaschine. Ich tippte meinen Namen.

Jedes Mal tauchte dasselbe Wort auf.

MÖRDERIN.

Ich schlucke. Jennifer starrt mich an, den Stift fest auf ihren Notizblock gepresst. Ich wende den Blick ab.

»Ich rede doch mit Ihnen«, murmele ich schließlich.

Sie seufzt und lehnt sich auf dem metallenen Klappstuhl zurück. Jennifer ist müde. Wahrscheinlich meinetwegen, aber auch wegen ihres Jobs. Ich glaube nicht, dass sie wirklich gern als Pflichtverteidigerin arbeitet. Als sie den Deckel auf ihren Stift steckt und den Stuhl nach hinten schiebt, weiß ich, dass sie sauer ist. Sie steht auf, geht hinüber zur Wand und sieht sie an, als wäre dort ein Ausgang.

»Ich will, dass du jemanden kennenlernst«, sagt sie zur Wand. »Eine Therapeutin.«

»*Noch* so ein Seelenklempner?«

Am liebsten hätte ich meinen Kopf gegen die Metallkante des Tisches geschlagen. Stattdessen zerre ich an meinen Haarspitzen. Ausgefranste schwarze Strähnen fallen schmerzlos aus und ich bin irgendwie enttäuscht.

»Seelenklempner ist ein Schimpfwort«, erwidert Jennifer. »Außerdem hast du nur mit dem Gerichtspsychologen gesprochen. Staatsanwaltschaft und Verteidigung können dich von ihren eigenen Experten beurteilen lassen.«

Ich habe eigentlich nichts gegen die Vorstellung, beurteilt zu werden – daran bin ich gewöhnt. Ich war eine Einser-Schülerin. Das Examen für fortgeschrittene Mathematik habe ich mit Bestnote absolviert. Beim Bowling habe ich die meisten Treffer erreicht, beim Minigolf die wenigsten.

Ich starre auf Jennifers Rücken, auf die Stelle, wo eine unauffällige Naht in der Mitte ihres marineblauen Blazers verläuft. Wenn Körper in zwei Hälften geteilt wären, was würde uns dann wohl zusammenhalten? Ich blicke auf meine Hände hinunter.

»Hör mal, CeCe …« Jennifers Stimme ist ganz nah, und ich merke, dass sie zu ihrem Stuhl zurückgekehrt ist. Ihre rechte Hand liegt zwischen uns auf dem Tisch. »Ich weiß, dass das nicht einfach für dich ist, aber ich habe hier einen Job zu erledigen, und dieser Job besteht darin zu beweisen, dass die Entscheidungen, die du getroffen hast, überhaupt keine Entscheidungen waren – sondern die außerhalb seiner Verantwortung liegenden Reaktionen eines traumatisierten Mädchens. Das macht den Unterschied zwischen Freispruch und Gefängnisstrafe aus.«

Darüber will ich nicht nachdenken. Stattdessen betrachte ich die fahlen Wände, die so unbewegt und cremeweiß wie Zuckerguss sind.

Jennifer ist diejenige gewesen, die sich diesen brillanten Plan ausgedacht hat, der mich hierhergebracht hat. Die Abteilung für Verhaltenstherapie ist wie ein Krankenhaus, befindet sich aber in der Justizvollzugsanstalt für Jugendliche in Piedmont. Hier ist eine ganze Gruppe von uns untergebracht – bei Vierundzwanzig-Stunden-Überwachung, damit niemand Selbstmord begeht, und obligatorischen Therapiesitzungen. Jennifer meldete mich für das Neunzig-Tage-Programm an und sagte, dass sie so dem Richter beweisen könne, dass ich »eine Behandlung meiner dissoziativen Neigungen und meines destruktiven Verhaltens anstrebe und erhalte«. Sie sagte, ich solle dankbar sein – dass man mich auch in die normale U-Haft hätte stecken können. Hier ist die Wahrscheinlichkeit zumindest geringer, dass mir jemand eine reinhaut oder in mein Bett pinkelt.

»Und warum soll ich diese ... Therapeutin kennenlernen?«, frage ich sie.

»Weil sie anders ist.«

Zum ersten Mal seit – na ja, zum ersten Mal *überhaupt* – entdecke ich den Anflug eines Lächelns auf Jennifers Gesicht.

Allerdings ist es ein hohles Lächeln, bei dem sie zwar den Mund verzieht, das aber ihre Augen nicht erreicht.

»Trina ist auf Traumatherapie spezialisiert. Sie arbeitet mit Kindern aus problematischen Familien – Waisen, minderjährigen Prostituierten, Obdachlosen.«

»Tritt sie in Talkshows auf?«

Jennifer wirft mir einen bösen Blick zu. »Sie wendet einzigartige Methoden bei ihren Patienten an. Ich finde, du solltest ein paar unterschiedliche Behandlungen ausprobieren, bevor wir vor den Richter treten.«

»Ich stehe nicht so auf Hypnose.«

»Gut, denn wenn du mit Trina arbeitest, musst du wach und konzentriert sein.«

»Fantastisch. Es gibt nichts, was ich lieber mag, als bei Bewusstsein zu sein.«

Jennifer steht wieder auf und steckt ihren Stift in die Innentasche ihrer Jacke. Ich beobachte, wie sie den Tisch nach herumliegenden Heft- und Büroklammern absucht, mit denen ich mich erstechen könnte.

»Gib ihr einfach eine Chance, CeCe. Würdest du das tun?«

Ich zucke mit den Schultern. Das mit der Hypnose war nur vorgetäuscht. Ich würde so ungefähr alles tun, um der Wirklichkeit zu entfliehen. Früher war mein Leben wie eine Zaubertafel gewesen – einfach schütteln, eine Nacht darüber schlafen und am nächsten Morgen war alles wieder weiß und leer, offen für neue Möglichkeiten.

Jetzt sind meine Nächte mit allem Möglichen angefüllt, nur nicht mit Schlafen. Das Einzige, was mein Gehirn noch zu können scheint, ist, sich zu erinnern.

»Wann kommt sie?«, frage ich, während Jennifer auf die Tür zugeht. Sie jongliert in der einen Hand mit ihrer Aktentasche und ihren Schlüsseln, während sie mit der anderen ihren Ausweis über den elektronischen Sensor zieht. Das Schloss klickt, und sie schiebt die Tür mit dem Fuß auf, bevor sie sich zu mir umdreht.

»Morgen vielleicht? Oder übermorgen? Sie wird vor unserem nächsten Termin vorbeikommen.«

Ich nicke. »Okay.«

Als Tom, der Sicherheitsbedienstete, hereinkommt, um mich zu abzuholen, stehe ich auf. Er trägt Uniform Nummer zwei. Tom hat drei Uniformen, die er reihum wäscht und wieder trägt. Je nach Fleck auf seinem Hemd kann man erkennen, welcher Tag heute ist – heute ist es der Ketchup-Fleck, der blassorange wie eine Narbe in die Fasern eingebettet ist.

»Bis dann, CeCe.«

Jennifer verabschiedet sich immer mit dem Rücken zu mir, wenn sie bereits im Begriff ist wegzugehen. Wäre ich sentimentaler, würde ich sagen, das liegt daran, dass sie mich nicht gern zurücklässt. In Wirklichkeit denkt sie bestimmt, dass ich genau dort bin, wo ich hingehöre.

»Okay, Tom«, brumme ich, »bringen Sie mich zurück in meine Zelle.«

Alles an Tom ist dunkel und dick – sein Hals, sein Oberkörper, seine Beine. Wie Mr T. vom A-Team.

»Wir sagen dazu nicht Zellen, CeCe. Betrachte es als Krankenhaus – als einen Ort, an dem man gesund wird.«

»Klar, wie Sie meinen.«

Ich werde bald für Jahre eingesperrt sein. Da kann ich mich genauso gut schon mal für die Zukunft »aufwärmen«.

∞

Mir ist etwas aufgefallen: Wenn man die Augen zusammenkneift, sieht alles gleich aus – egal, wo man ist. Man kann so tun, als wäre man blind oder würde Pillen zur Muskelentspannung einwerfen – was immer die Sicht so verschwommen macht, dass alles vage und damit akzeptabel erscheint. Und das tue ich, seit ich in Piedmont bin. Oder schon länger, wenn ich ganz ehrlich bin. Das erklärt auch einige meiner Blutergüsse, dauernd laufe ich gegen Türrahmen oder Regale. Ich begutachte gerade einen empfindlichen lila Fleck auf meinem Arm, als Aarti von ihrer Therapie zurückkommt.

Über Aarti lässt sich vieles sagen. Sie ist meine Zimmergenossin. Sie ist Inderin. Sie ist hübsch. Sie ist mit einem Hippie-Psychologieprofessor verheiratet, den sie in Kalkutta kennengelernt hat, als sie siebzehn war. Doch als sie mit ihm in die Staaten gezogen ist, musste sie feststellen, wie es wirklich war, mit ihm verheiratet zu sein.

Zuerst verlangte ihr Mann von ihr, dass sie in seinem Sexualkundeunterricht nackt posierte. Danach fing er an, sie an Freunde *auszuleihen* – wie einen Film, den unbedingt alle sehen mussten. Wie einen Dampfreiniger für Teppiche. Wie eine Hure. Deshalb hat sie wohl auch auf ihn geschossen. Was für ein Pech, dass er überlebt hat, würde ich sagen.

Das alles weiß ich aus demselben Grund wie alle anderen – wegen der Gruppentherapie. Wenn man zum ersten Mal dort ist, muss man reden. Zumindest sollte man das. Aarti war überraschend zuvorkommend. Bei mir hat es ehrlich gesagt ein paar Sitzungen gedauert, und selbst danach habe ich nur gesagt, was ich unbedingt musste.

»Ja, ich bin bis zu meiner Anhörung hier.«

»Ja, es werden schwere Anschuldigungen gegen mich erhoben.«

»Nein, ich bin nicht bereit, darüber zu sprechen.«

Aartis Haar ist nicht so schwarz wie meines, muss es aber früher gewesen sein. Jetzt ist es beinahe burgunderfarben – wie Lippenstift oder Nagellack. Ich frage mich, ob sie das selbst so wollte oder ob es die Idee ihres Mannes war.

»Willst du Mittagessen?«, fragt sie mich und zieht eine Strickjacke über, die sie aus dem Schrank holt. In der Verhaltenstherapie dürfen wir unsere normalen Klamotten tragen, aber damit tun sie Aarti keinen Gefallen. Sie zieht sich an wie eine Mutti – Bibliothekarinnen-Style.

»Ich habe keinen Hunger.«

Sie nickt und schiebt ihre Ärmel zurück. Der Stoff ballt sich um ihre Ellbogen zusammen.

»Soll ich dir etwas herausschmuggeln?«

Ich schüttle den Kopf und schaue zu, wie sie ihre Schuhe schnürt. Ein Ärmel ihrer Strickjacke rutscht wieder an ihrem Arm herunter. Ich wette, dass sie ihn wieder zurückschiebt. Wetten, dass sie es noch ein Dutzend Mal tun würde, bevor sie es aufgeben, bevor sie die Jacke gewinnen lassen würde? Ich hätte sie am liebsten daran gehindert und ihr gesagt, dass am Ende immer alles den Bach runtergeht. Manchmal dauert es nur Sekunden, bis dein ganzes Leben den Bach runtergeht.

Dann fällt mir wieder ein, weshalb sie hier ist, und kapiere, dass sie diese Lektion bereits gelernt hat.

»Oder …« Ich verstumme, als Aarti sich umdreht und mich ansieht. Schnell schaue ich auf meine Hände hinunter. »Könntest du mir vielleicht einen Apfel oder eine Banane oder so was mitbringen? Für später?«

Sie zuckt mit den Schultern. »Klar, kein Problem.«

Ihre offene Art ist wie ein Geschenk. Ich wünschte, ich könnte mir selbst gestatten, sie näher an mich heranzulassen.

Wir teilen dieses Zimmer schon seit Wochen, und ich bin noch immer kaum in der Lage, eine normale Unterhaltung mit ihr zu führen. Andererseits ist der Laden hier kein College. Und es ist ja nicht so, dass mir Klatschgeschichten oder Unterrichtsnotizen von ihr zustehen. Unser Aufenthalt hier ist nur ein Mittel zum Zweck. Ich frage mich, ob sich ihr potenzieller Zweck auch so unfassbar leer anfühlt wie meiner.

Sobald sich die Tür hinter ihr geschlossen hat, lege ich mich auf mein Bett und starre an die Decke. Ich habe Hunderte von Stunden damit zugebracht, jede einzelne Fläche in diesem Raum anzustarren: Über mir bildet der Putz winzige gedrehte Sahnehäubchen – ohne die Süße des Zuckers. Zu meinen Füßen bedecken die aufgeklebten Linoleumplatten bestimmt eine weitere, noch hässlichere Schicht Bodenbelag. Die Wände sind in einer einheitlichen blassgrünen Farbe gestrichen, die vermutlich beruhigend wirken soll.

Die Wände gefallen mir am besten. Die Oberfläche ist geriffelt – flach ist sie nur an den Stellen, an denen mit Fäusten, Füßen oder Stirnen gegen die Trockenbauwand geschlagen und die nachträglich verputzt worden waren. All diese Stellen sind seltsam glatt, wie eine nutzlose, unübersehbare Abdeckung – ein Pflaster auf einer Schusswunde.

Für einen langen Augenblick überlege ich mir, ob ich Aarti folgen, ob ich essen und sozial sein und mich nicht *innerhalb der Grenzen meiner Gedanken isolieren* soll – oder was immer mir Dr. Barnes gern vorwirft, wenn ich mich zu lange in meinem Zimmer aufhalte. Ich will einfach nicht beim Mittagessen sitzen und zuhören, wie die anderen plaudern, als gäbe es in ihrer Zukunft tatsächlich Hoffnung. Ich will nicht zusehen, wie sie ihr Essen in sich hineinschieben, kauen und schlucken, als würden sie etwas auftanken – wo doch mein eigener Impuls darin besteht, Enthaltsamkeit zu üben. Ehrlich gesagt verspüre ich überhaupt keinen Hunger mehr und vermisse dieses Gefühl auch nicht. Ich vermisse viele Dinge nicht, wenn man mal betrachtet, was mich draußen in der Welt erwartet. Oder eher, was mich *nicht* erwartet. Tatsächlich sind Bücher das Einzige, wovon ich gern mehr hätte. Wie in einem Hotelzimmer war unser Nachttisch mit einer broschierten King-James-Bibel ausgestattet. Was dahinter wohl für eine Moral steckt – ich kann mir nicht vorstellen, dass die Bibel-Fanatiker irgendetwas für uns Kriminelle übrig haben. Aber ehrlich gesagt ist es irgendwie nett, Zugang zu Wörtern zu haben, egal wie schwer zu verdauen sie sind.

Seit ein paar Tagen blättere ich in den Psalmen herum. Am Anfang bin ich darüber eingeschlafen. Ich hatte in den Sätzen Muster erkannt, einen Rhythmus, bei dem mir die Augen zufielen. Aber gestern bin ich auf ein Zitat gestoßen, das ich ständig in meinem Kopf wiederhole.

Zürnet ihr, so sündiget nicht; redet in eurem Herzen auf eurem Lager und seid stille.

Das gefällt mir – es liefert mir eine Ausrede, reglos hier rumzusitzen und das Ganze auch noch als Teil meines Heilungsprozesses zu betrachten. Wenn man so gut wie nichts tut, kann man eigentlich auch nichts Falsches tun. Natürlich wird Gott wohl kaum davon begeistert sein, dass ich die Seite herausgerissen und unter meine Matratze gestopft habe. Wahrscheinlich setzt es deshalb gleich noch einen Schlag gegen mich.

Ich ziehe die Seite heraus und falte sie zwischen den einzelnen Abschnitten. Ich erinnere mich, wie wir in Geometrie auf diese Weise gleichschenklige und gleichseitige Dreiecke angefertigt und sie mit Filzstiften angemalt haben. Was mich noch an etwas anderes erinnert, das ich vermisse – fröhliche Farben. Farben, die sich zu einem Farbton bekennen, der nicht gedämpft oder abgetönt oder nur eine verwässerte, schwache Version seiner Selbst ist.

Ich falte die Seite entlang der Ränder. Das Papier ist beinahe zu dünn, um es in sich selbst zu falten, ohne dass es wieder auseinanderklappt. Als ich fertig bin, bewundere ich die drei perfekten, klaren Ecken. Ich mag es, wenn etwas ebenmäßig ist – gleiche Winkel, symmetrische Seiten. Das gibt mir das Gefühl, als hätte mein Leben noch so etwas wie eine Ordnung, als hätte ich immer noch ein wenig Kontrolle in dieser neuen Welt, in der ich nie erwartet hätte zu leben.

2

An den meisten Tagen begeistern mich die vorgesehenen Programmpunkte wenig. Die Anzahl an therapeutischen Maßnahmen, die ein einziger Mensch innerhalb von vierundzwanzig Stunden über sich ergehen lassen muss, sollte begrenzt werden. Am Montag, dem Tag, an dem meine Einzeltherapie beginnen soll, verlange ich, den Leiter für soziale Angelegenheiten zu sprechen. Dr. Barnes findet das nicht witzig.

»Zuerst die Gruppe. Danach wirst du deine neue Therapeutin kennenlernen.«

»Großartig. Wissen Sie, das ist wie Sonntagsschule nach der Kirche. *Der Reihe nach* ist nicht immer die richtige Methode, wenn man versucht, mich zu bekehren.«

»Ich versuche überhaupt nichts, Cecelia. Du triffst Dr. Galinitus im Rahmen deiner Rehabilitation.«

Gott, ich *wünschte,* das wäre eine Reha. Dann könnte ich eine Zigarette nach der anderen rauchen, während ich Geschichten über meine fiktive Promiskuität und meine imaginären Exfreunde, die mich missbraucht haben, erzähle. Stattdessen muss ich einen Weg finden, in meiner eigenen Haut zu funktionieren.

»Einer der Sicherheitsleute wird dich von der Gruppe in Flügel E begleiten. Dort wird Dr. Galinitus auf dich warten.«

Wie jeder gute Arzt will Barnes eine Antwort finden, eine Kur für meine Gebrechen. Das ist der einzige Weg für ihn, wirklich erfolgreich zu sein. In der Medizin geht es nicht um die kleinen Schritte, sondern um Wunder.

In der Gruppe muss jeder eine Rolle spielen. Da sind diejenigen, die bereit sind zu reden, und diejenigen, die lieber zuhören. Es gibt die Zornigen, die Freundlichen, die Zerstreuten. Die Ruhigen lassen sich in zwei Kategorien einteilen – die Introvertierten und die Brüter. Ich brüte gern. Das liefert mir einen Vorwand, die Leute finster anzuschauen und so zu tun, als wäre ich fies, dabei zähle ich nur die Löcher in den Deckenpanelen, damit die Zeit schneller vergeht.

Das heutige Thema ist Reue. Ein beschissenes Thema. Wenn wir darüber sprechen, was wir bereuen, fühlen sich hinterher alle noch schlechter als eine Stunde davor. Jeden Nachmittag sollen wir die Gruppe auflösen, wenn es nichts mehr zu sagen gibt. Nach Themen wie Reue gibt es nichts mehr, woran man glauben könnte. Reue zwingt uns, die Momente noch einmal zu durchleben, die wir am meisten hassen – die Momente, die uns in eine Abwärtsspirale rissen, die Momente, in denen wir aufgehört haben zu leben und angefangen haben zu *über*leben.

Heute sitze ich neben Aarti. Tucker sitzt an meiner anderen Seite. Er ist achtzehn und sein Haar und seine Augen haben genau die gleiche Farbe wie der Teppich – industriebraun. Anders als der Teppich sieht sein Haar jedoch weich und seidig aus und ich würde am liebsten mit der Hand durchfahren. Als er mich ansieht und lächelt, tauchen kleine Fältchen um die Augen auf, als würde er sich tatsächlich freuen, mich zu sehen. Ich knirsche mit den Zähnen und wende mich ab. Das Letzte, was ich jetzt brauchen kann, ist, in all der Verwüstung um mich herum etwas Schönes zu sehen.

Cam ist unsere Gruppenleiterin – Dr. Barnes trägt zwar theoretisch die Verantwortung, aber Cam regt die Diskussion an und geht uns allen für gewöhnlich ziemlich auf die Nerven. Sie bezeichnet sich selbst als *Absolventin* des Programms, was sich irgendwie nicht wie eine Auszeichnung anhört wie etwa »Absolventin von Harvard« oder sogar »Absolventin des Am-Arsch-der-Welt-College«. Cam scheint zu glauben, dass sie dadurch, dass sie auch hier gewesen ist, glaubwürdig oder bewundernswert oder so was wäre.

Cam ist bescheuert.

»Also, Aaron. Erzähl uns etwas, das du bereust. Etwas, von dem du dir wünschst, dass du es anders gemacht hättest.«

Cam sieht Aaron an. Alle anderen sehen Aaron an. Ich sehe mir Aarons Haar an. Es ist ziemlich verwirrend – weißblond, wie es nur kleine Kinder haben. Aaron ist siebzehn, so wie ich, und versucht, taff zu wirken, was jedoch meistens damit endet, dass er wie ein wütender Fünftklässler aussieht. Ich bemühe mich, nicht auf seine Augenbrauen zu achten, während er redet. Wenn er den Mund bewegt, wandern sie wie Albinoraupen nach oben.

»Ich bereue, dass ich geboren wurde.«

»Aaron«, sagt Cam langsam, als würde sie mit einem Kleinkind sprechen, »du kannst nichts bereuen, was du nicht selbst getan hast. Es ist die Sache eines anderen, deine Geburt zu bereuen.« Sie hält inne. »Oder nicht zu bereuen«, fügt sie hastig hinzu.

»Doch, kann man«, sage ich.

»Ah, Cecelia«, sagt Cam und lehnt sich auf ihrem Stuhl

zurück. »Bedeutet das, dass du jetzt auch mal was zur Gruppe beiträgst?«

Ich ignoriere sie und sehe Aaron an. »Du kannst die Handlungen anderer bereuen. Zumindest, wenn diese für deine Handlungen verantwortlich sind. Wenn deine Aktionen einfach nur *Re*aktionen sind.«

Aarons blasse Haare wippen, als er nickt. Ich wette, er ist Schwede.

»Wenn ich nicht geboren worden wäre, wäre es nie dazu gekommen, dass ich schlechte Entscheidungen treffe«, sagt er. »Ich hätte niemals die Schule abgebrochen oder angefangen, Autos zu klauen. Ich hätte diesen Typen nicht zu Brei geschlagen und wäre nicht hier gelandet. Dazu hätte ich dann gar keine Gelegenheit gehabt.«

Cam sieht perplex aus. »Und du, Cecelia?«, fragt sie.

Ich schüttle den Kopf. »Ich passe.«

Ihre Augen werden schmal. »Das tust du schon seit sechs Wochen.«

»Ich bin auch erst seit sechs Wochen hier.«

»Wie kommt es dann, dass du zwar die Beiträge anderer Leute kommentieren, aber keine eigenen bringen kannst?«

»Ich weiß, was ich bereue«, unterbricht Tucker uns. Er beugt sich vor und stützt die Hände auf die Knie.

Cam funkelt mich an und wendet sich dann Tucker zu. Auch ich schaue zu Tucker und weiß nicht, ob er versucht, mich zu retten, oder ob er mich eher aus dem Rampenlicht drängen will. Egal – ich bin ihm dankbar.

»Ich bereue meine schlechten Entscheidungen.«

»Zum Beispiel?«

Tucker zuckt mit den Schultern. Mit den Händen knetet er systematisch die Knie. Mir wird warm und ein wenig übel.

»Welche deiner Entscheidungen waren schlecht?«, drängt Cam.

»Ich habe meinen Eltern vieles angetan. Bis sie mir nicht mehr vertraut haben, meine ich. Bis sie enttäuscht waren.«

Leslie, eine Sechzehnjährige mit lockigem Haar, verdreht die Augen. »Also bitte. Wer von uns hat seine Eltern NICHT enttäuscht?«

Tuckers Stimme wird schärfer. »Wetten, dass du nicht mit dem Auto deiner Mutter durch die Seitenwand des Hauses gefahren bist? Oder fünf Riesen aus dem College-Fonds deiner Schwester geklaut hast?«

Leslie zuckt mit den Schultern. »Aber nur deshalb nicht, weil meine Eltern nicht so viel Geld haben.«

Alle sehen Tucker an. Er schaut auf seine Hände hinunter. »Es gibt nichts, was ich dagegen tun könnte. Es ist schon passiert, es ist vorbei und ich bin hier. Ich muss einfach einen Weg finden weiterzumachen.«

Cam sieht zufrieden aus, und sie nickt Tucker zu, als hätte er genau das Richtige gesagt.

»Gut. *Das* nenne ich eine Offenbarung. Man kann die Dinge bereuen, so viel man will, aber erst durch die Akzeptanz dieser Dinge, durch die Erkenntnis, dass man sie nicht ändern kann oder ändern muss, wird die Reue zu etwas Kleinerem – zu einer Erinnerung.«

Wie kann eine Erinnerung klein sein? Meine Erinnerungen überschatten all meine Gedanken.

Leslie ist die Nächste, die das Thema Reue aufgreift, aber ich bin von Tuckers Händen abgelenkt, die noch immer seine Knie umfassen. Seine Fingernägel sind abgekaut und entzündet, bluten aber nicht. Ich sehe zu, wie seine Finger zudrücken und loslassen, zudrücken und loslassen, die rote Farbe fließt zu den Fingerspitzen und zieht sich dann wieder zu den Knöcheln zurück. Fast so, als würde sein Blut versuchen auszubüxen. Als würde es – wie wir anderen – zum Ausgang laufen in der Hoffnung, irgendwie zu entkommen.

∞

Ich sitze in einem der Einzeltherapiezimmer, als ich meine neue Therapeutin kennenlerne. Dr. Trina Galinitus ist eine zierliche Person. Sie ist praktisch kaum vorhanden. Sie zu treffen ist fast, als würde ich mit mir selbst sprechen. Wenn ich die Augen zusammenkneife, sehe ich sie nicht mehr.

»Jennifer sagt, du hast Schwierigkeiten damit, dich mit der Rolle, die du beim Tod deines Bruders gespielt hast, abzufinden.«

Ich hole tief Luft. »Ich will einfach nicht darüber reden.«

Trina schiebt ihre Brille über den Nasenrücken nach oben. Ihr Haar ist streng nach hinten gebunden.

»Nun, eines unserer Ziele besteht darin, dich dazu zu bringen, dass du darüber reden möchtest – oder dass es dir zumindest nicht mehr unangenehm ist, darüber und über alles andere zu reden, was du mir gern erzählen möchtest.«

Ich kneife die Augen zusammen. Jetzt ist sie kahl, ohne Brille und blass wie Kreidestaub.

»Ich habe eine Idee«, sagt Trina. »Eine Strategie, die du ausprobieren kannst.«

»Ist es eine Zeitreise?«

Sie greift in ihre Tasche und zieht ein schwarz-weiß gesprenkeltes Notizbuch und einen frisch gespitzten Bleistift heraus. Auf dem Stift steht der Länge nach in weißen Buchstaben *Kognitive Verhaltenstherapie-Gruppe Parsons*.

»Wir wenden ein paar Visualisierungstechniken an.«

Ich runzle die Stirn. »Jennifer hat gesagt, das wäre nicht so ein Hypnose-Ding.«

»Ist es auch nicht. Visualisierung ist etwas, das man bei vollem Bewusstsein durchführt. Etwas, wofür dein Verstand verantwortlich ist.«

Dieses Mal brauche ich die Augen nicht zuzukneifen, um alles verschwommen zu sehen. Schon bald sehe ich zwei Trinas vor mir und ich hasse sie beide.

»Ich kann das nicht.« Angst durchströmt meinen Körper wie Wasser oder Blut. Sie zirkuliert und verdichtet sich dann zu einem harten Kloß in meiner Brust.

Trina sieht ehrlich überrascht aus. »Warum nicht?«

Ich stehe auf und sehe eine plötzliche Bewegung durch das Fenster in der Tür. Dort steht Tom und beobachtet mich. *Keine Sorge, Tom. Ich werde sie nicht umbringen.*

Ich gehe zur Wand hinüber und lege die Hand auf die kühle blaue Oberfläche.

»Visualisierung ist eine therapeutische Maßnahme, um Erkenntnis zu gewinnen«, sagt Trina zu meinem Rücken. »Um etwas abschließen zu können.«

Ich schüttle den Kopf. Meine Augen sind fast vollständig geschlossen.

»Ich weiß, dass das nicht leicht ist, Cecelia. Alles, was ich will, ist, dass du einen Versuch wagst.«

Ich drehe mich um und schaue sie an. Sie erinnert mich an einen Guru. Eine Yogalehrerin. Ich wette, sie ist eine dieser biologisch-dynamischen Rohkost-Veganerinnen, die ausschließlich Sprossen und Grashüpfer essen.

»Okay«, sage ich schließlich. Auch wenn es nichts bringen wird, bekomme ich dadurch wenigstens die Gelegenheit, mir einen Ort vorzustellen, der ganz anders ist als dieses schreckliche Zimmer, das Klaustrophobie in mir hervorruft.

»Hervorragend.« Sie öffnet das Notizbuch und kritzelt ein paar Notizen. »Okay, setz dich und schließ die Augen.«

»Im Ernst?«

»Ja, im Ernst.«

Ich setze mich mit dem Gesicht zum Fenster, Licht flutet herein und meine Augenlider sehen von innen rosa und weich aus. Auf Trinas Aufforderung hin hole ich tief Luft.

»Okay«, sagt sie leise und ruhig, »ich will, dass du mit einer Erinnerung beginnst.«

Diese Vorstellung ruft bei mir eine körperliche Reaktion hervor: Jeder einzelne Körperteil versteift sich vor Protest.

Trina scheint es zu merken. »Keine schlimme Erinnerung, sondern eine schöne. Eine Erinnerung, die dich mit deiner Familie verbindet. Die dir das Gefühl gibt, Teil eines Ganzen zu sein.«

Ich denke eine Weile angestrengt nach, aber mir fällt nichts ein.

»Ein kurzer Moment reicht, CeCe. Ein Ort, den ihr gemeinsam besucht habt. Eine Zeit, in der du dich glücklich und geborgen gefühlt hast.«

Und plötzlich fällt mir etwas ein – eine Zeit, in der mein Dad und ich Probefahrten mit Autos gemacht haben, ein paar Monate nachdem meine Mutter gestorben war. Dad wollte seinen ramponierten Subaru durch etwas Neues ersetzen. Ich erinnere mich daran, wie wir in dem kalten Rezeptionsbereich des Chevy-Autohauses standen, während Dad sich die dunkelgraue Innenausstattung eines gelben Camaro ansah. Es war Sommer, aber kühl – zu kühl für die Klimaanlage, die über unseren Köpfen summte.

»Sollen wir eine Runde damit drehen?«, fragte er mit hochgezogenen Augenbrauen.

»Dad, das kann nicht dein Ernst sein. Ein Camaro?«

Er zuckte mit den Schultern und grinste. Es war das erste Mal seit Langem, dass ich ihn lächeln sah.

Wir stiegen beide ein, und das Auto senkte sich ein wenig, als würde unser gemeinsames Gewicht es erden. Ich lehnte das Knie ans Handschuhfach und faltete meinen Körper in drei Teile: Knöchel an Oberschenkel, Knie an die Brust. Dad legte den Rückwärtsgang ein, und wir glitten langsam und zielstrebig durch die Tür, durch die uns ein Verkäufer mit Handzeichen führte.

Ich erinnere mich daran, dass es sich fischartig angefühlt hatte, als würden wir durch einen Fluss gleiten. Es war eine Zeit, in der ich mir sicher war, dass Dad wusste, wo es langgeht, dass er wusste, wohin er mich brachte.

Ich öffne die Augen. Trina schaut mich gespannt an.

»Kannst du mir erzählen, was du gesehen hast?«

»Ähm … es war nur – nur eine Zeit, die ich mit meinem Dad verbracht habe.«

»Wie alt warst du da?«

»Vierzehn.«

»Und was für ein Gefühl hat diese Erinnerung bei dir hervorgerufen?«

Was erwartet sie jetzt von mir? Dass ich sage, dass es sich … unnatürlich anfühlt, wenn ich über meine Familie nachdenke und mich an die Vergangenheit erinnere? Dass sich gute Erinnerungen wie ein Traum anfühlen und die schlechten sowieso bei Weitem überwiegen?

Ich schüttle den Kopf.

»Die Erinnerung gibt mir das Gefühl, dumm zu sein.«

»Dumm?« Trina zieht die Augenbrauen zusammen.

»Dumm.« Ich nicke. »Ich war dumm genug, ihm zu glauben, als er sagte, dass alles gut werden würde.«

Der Kampf gegen Moms Krebs war schwer gewesen, als würde man einen steilen Berg hinaufsteigen – er dauerte Jahre und war schmerzhaft und herzzerreißend. Und danach? Nachdem sie gestorben war, ging es nur noch bergab – steil und rasant bis ganz nach unten, bis wir ganz tief im Dreck steckten.

»CeCe.« Ich höre den Tadel in Trinas Stimme. Ich schüttle den Kopf und unterdrücke meine Tränen.

»Visualisierung klappt bei mir nicht – sie wirkt bei mir nicht so, wie sie sollte. Ich bin nicht verrückt. Ich weiß, was ich getan habe, und ich habe es mit Absicht getan. Ich weiß nicht, welchen Teil davon Sie und Jennifer nicht verstehen.«

Die Art und Weise, wie meine Hände beben, ist fast wie ein Schauder. Ich überlege, ob ich aufstehen und hinausgehen soll, aber durch das permanente Zittern bin ich wackelig. Selbst wenn ich mich an die guten Dinge erinnern will, ist es, als würde mein Körper diesen Gedanken ablehnen.

Deshalb erinnere ich mich stattdessen an all die schlimmen Sachen.

3

MÄRZ Drei Monate zuvor

Am Anfang war meine Familie. Und an den meisten Tagen roch meine Familie nach Rauch.

Dad von dem Müll, den er hinten im Garten verbrannte – ein Zeitvertreib, der nur am Arsch der Welt, wo wir wohnten, toleriert wurde. Meine Stiefmutter vom Abendessen. Sie probierte dauernd neue Rezepte aus. Sie waren alle nach der Tradition der Cajun-Küche stark gewürzt, was man auch mit verkohlt gleichsetzen könnte. Außerdem roch ich auch noch einen Hauch von etwas anderem. Vielleicht war sie wieder zu ihren Zigaretten zurückgekehrt.

Aber mein Bruder Cyrus hatte seinen ganz eigenen Rauchgeruch. Er hing an ihm wie ein Schatten. Wenn jemand behauptet, dass Oxys sauber und geruchlos verbrennen, dann lügt er. Es riecht wie ein Plastikdeckel, der unten in der Geschirrspülmaschine schmilzt, oder Haare, die zu nah an den Föhn geraten sind. Es ist der unverkennbare Duft des Untergangs. *Eau de Fuck-up.*

»Cecelia?«

Ich wusste, dass er kam – nicht wegen des Geruchs, sondern weil er so schwerfällig ging. Das schwere Geräusch eines Geldgierigen, der über den Flur auf meine letzten zwanzig Kröten zukam.

»Hey, CeCe.«

Er lehnte sich an den Türrahmen. Ich starrte weiter auf den Computerbildschirm. Eines der wenigen Luxusgüter in meinem Leben auf unserer acht Hektar großen Farm in Nirgendwo, Virginia, war die Internetverbindung.

»Hast du Benzin im Tank?«

Ich schluckte. Er wollte kein Geld. Er wollte, dass ich ihn fahre. Ich wünschte, er hätte mich um Geld gebeten.

»Ich brauche jemanden, der mich zu Dr. Frank fährt«, sagte er.

Ich tippte einen weiteren Satz in meine Bewerbung um ein Stipendium an der Edenton University:

> Wenn man klein ist, lernt man, dass Medizin einen gesund macht.

Das klickende Geräusch der Tasten wirkte beinahe beruhigend. Ich seufzte, dann schob ich den Stuhl zurück und drehte mich zu Cyrus um. Fast wäre ich zusammengezuckt. Er sah aus wie die Kreuzung zwischen einem Obdachlosen und einem Krebspatienten – weite, schmutzige Klamotten, hohle Augen, rasierter Schädel. Er erinnerte mich an einen dieser Schauspieler, die absichtlich beschissen aussahen, nur um einen Oscar zu gewinnen.

Cyrus und ich waren vom Alter her kaum zwei Jahre auseinander und sahen früher aus wie Zwillinge – das gleiche kastanienbraune Haar, die gleichen schokobraunen Augen, die gleiche schlaksige Gestalt, die gleiche olivfarbene Haut. Jetzt hatten wir nur noch die Dunkelheit gemeinsam, mein blauschwarz gefärbtes Haar passte genau zu seinen blutergussartigen Tränensäcken.

»Wann ist dein Termin?«, brummte ich.

»Dreißig Minuten.«

»Nein, nicht wie lange er dauert. *Wann* er ist.«

Er kratzte sich an der Nase. »Er ist in dreißig Minuten.«

»Machst du Witze, Cy? Wie um alles in der Welt soll ich es in dreißig Minuten bis nach Williamsport schaffen?«

»Das schaffst du nicht, aber Dr. Frank wird mich dazwischenschieben.«

Ja, darauf wettete ich – wenn man mal bedachte, dass er ohne Krankenversicherung bei jedem Besuch 250 Dollar aus eigener Tasche zahlen musste. Besser gesagt aus *Dads* Tasche.

»Gut.«

Ich schnappte mir meine Jacke von der Armlehne. Mit einem weiteren Blick auf Cyrus fragte ich mich, ob ich sie nicht besser ihm geben sollte. In letzter Zeit fror er dauernd und wirkte, als könnte ein Windhauch ihn fortwehen. Wenn ich ihn ansah, hätte ich mich am liebsten eingeseift und gewaschen und das Ganze so lange wiederholt, bis ich mich sauber genug für uns beide fühlte.

Der Honda war das Schönste, was unsere Familie besaß, was daran lag, dass er mir gehörte. Dads Pick-up war dauernd mit getrocknetem Schlamm überzogen und voll landwirtschaftlicher Gerätschaften. Jane hatte ihre Corvette nach der Hochzeit mit Dad verkauft. Das Geld war sofort in die Anzahlung für die Farm geflossen.

Ich kniff die Augen zusammen und spähte zum Hügel hinauf. Dad kämpfte mit einem Zaun, den er schon vergangenen Herbst hatte aufstellen wollen. Es war ein Drahtzaun, ein Gitter, das mithilfe von Klammern zwischen zwei Holzpflöcken befestigt wird. Ich weiß nicht, was er damit einsperren wollte. Oder aussperren.

»Hi, Dad!«

Er sah auf und legte die Hand über die Augen, damit ihn die Sonne nicht blendete. »Hey, was gibt's?«

»Ich bringe Cy zu seinem Termin.«

»Oh.«

Pause. Gleich kommt es …

»Warte. Das kann doch auch ich machen.«

Da war sie wieder. Dads *Für-Cyrus-würde-ich-alles-tun-*Stimme. Ich schüttelte den Kopf.

»Nein. Du hast zu tun. Ich kann ihn hinbringen.«

»Brauchst du Geld zum Tanken?«

In zwei Dingen war mein Dad ganz groß – er hatte große Träume und bestach seine Kinder, selbst dann noch, wenn er praktisch pleite war.

Wieder schüttelte ich den Kopf. »Nein, schon gut. Wir sehen uns dann in ein paar Stunden.«

Er nickte. Aus dieser Entfernung sah mein Dad alt aus. In der Sonne war sein Haar eher silbrig als braun. Sein Körper war nach vorne gebeugt wie die Comicversion eines Großvaters.

»Bist du bereit?«

Hinter mir stand Cyrus mit einem großen Umschlag in der Hand, auf dem in schwarzen Buchstaben fettgedruckt *Radiologie Medavue* stand. Er trug eine schwere Daunenweste über seinem Flanellhemd.

»Klar.« Ich öffnete meine Tür und atmete tief durch, bevor Cyrus auf den Beifahrersitz kletterte. Es würde für eine ganze Weile der letzte Atemzug sein, der nicht nach verbrauchter Raumluft roch. Als Cyrus einstieg, stöhnte er. Ich beobachtete, wie er das Bein anwinkelte und sich dann mit der rechten Hand das Knie rieb.

»Ich hasse dieses Auto«, knurrte er. »Es ist so verdammt tief.« Eigentlich sollte man doch annehmen, dass ihm etwas, was so tief gesunken war, ein vertrautes Gefühl vermitteln würde.

Ich biss hart auf die Innenseite meiner Wange, als Cyrus eine Marlboro Menthol aus seiner Packung klopfte und anzündete. Er inhalierte tief und ich dachte über Stethoskope nach. Ich fragte mich, ob Dr. Frank überhaupt nachsah, ob seine Patienten noch atmeten, bevor er seinen Rezeptblock hervorholte.

»Also, was ist es dieses Mal?«, fragte ich ihn, während wir aus der Einfahrt fuhren.

»Was ist was?«

»Was ist das Problem mit deinem Knie? Ich dachte, dieser Arzt sollte dir helfen.«

Cyrus zuckte mit den Schultern und schaute aus dem Seitenfenster. »Er hilft mir doch auch.«

»Indem er dir Tabletten gibt?«

Es dauerte eine Weile, bis er antwortete. »Es ist degenerativ.«

»Was?«

»Mein Knie. Die Kniescheibe. Genau in diesem Augenblick ist sie dabei kaputtzugehen.«

»*Du* gehst vielleicht in diesem Augenblick kaputt.«

Er machte das Fenster auf, spuckte hinaus und kurbelte es dann wieder nach oben.

»Ich brauche keinen Vortrag, Cecelia.«

»Ich weiß. Was du brauchst, ist ein Entzug.«

Cyrus sah geradeaus und starrte die Windschutzscheibe an.

»Ich bin nicht süchtig. Es ist ein Rezept gegen meine Schmerzen. Ich verstehe nicht, warum du jedes Mal, wenn wir uns unterhalten, diese beschissene selbstgerechte Masche abziehen musst.«

»Vermisst du deine Freunde nicht?«

Dazu sagte er nichts.

»Vermisst du das Fußballspielen nicht?«

Wieder keine Antwort.

Ich beobachtete, wie die Meilenmarkierungen vorbeizogen, und fragte mich, warum ich mich wieder bereit erklärt hatte, ihn zu fahren. Ich erinnerte mich daran, wer Cyrus früher gewesen war. Mein großer Bruder, der Star der Fußballmannschaft, der auf dem Weg zur Fußballweltmeisterschaft war. Er war ein so helles Licht gewesen, dass er das ganze Haus erleuchtet hatte. In Cyrus' Gegenwart konnte man nicht umhin, glücklich zu sein, dass er da war. Aber mein Bruder, *dieser* Bruder, war verschwunden.

An seine Stelle war ein depressiver, verletzter Highschool-Sportler getreten, der sich voller Selbstmitleid in die Praxis von Dr. Frank schleppte. Dann löste sich auch noch der Sportler- und Highschool-Teil in Rauch auf. Und was davon übrig blieb, inhalierte mein Bruder.

∞

Zum ersten Mal hörte ich von Dr. Frank Bethany an dem Tag, an dem sich Cy beim Training am Knie verletzt hatte. Das war letztes Jahr und alle machten sich Sorgen um die bevorstehende Fußballsaison. Coach Bryant wollte, dass Cyrus einen Spezialisten aufsuchte. Und Dr. Frank wurde wärmstens empfohlen.

»Der Coach meint, er sei der Beste«, sagte Cyrus an jenem Abend beim Essen. »Offenbar behandelt Dr. Frank ein paar Spieler der National Football League – ich habe gehört, dass der Quarterback der Redskins schon seit Jahren bei ihm in Behandlung ist.«

Dad nahm einen Bissen von seinem Lachs. »Wenn er jahrelang dorthin gehen musste, klingt es ja nicht gerade so, als wäre dieser Dr. Frank ein besonders erfolgreicher Arzt.«

»Komm schon, Dad. Im Ernst.«

»Warum nennen ihn seine Patienten überhaupt Dr. Frank? Ist das nicht sein Vorname?«

Cyrus zuckte mit den Achseln. »Ich nehme an, er ist irgendwie lässig oder so.«

»*Hmpfh*. Ich weiß nicht, ob ich einem Arzt traue, der ›irgendwie lässig oder so‹ ist.«

Das war einer der seltenen Momente der Klarheit. Er war nicht von Dauer. Dad machte gleich am nächsten Tag einen Termin für Cy bei Dr. Frank. Seitdem geht er einmal im Monat dorthin.

Die Praxis der *Bethany Schmerztherapie* befand sich gleich hinter der Staatsgrenze. Andere Straßenschilder. Andere Tempolimits. Andere Gesetze. Meiner Meinung nach war das der einzige Grund, weshalb der verrückte Quacksalber seine Lizenz als Arzt noch hatte. Die BS war das, was man gemeinhin als »Pillenschleuder« bezeichnete: eine ganz durchschnittliche, gewöhnliche Praxis, in der man jedoch mit Röntgenbildern, einem Ausweis und Bargeld ungefähr jedes Medikament bekommen konnte, das man wollte. Und die meisten Leute wollten Oxys.

Als wir auf den Parkplatz fuhren, sah Cyrus mich an. »Willst du mit reinkommen oder hier warten?«

Ich zog eine Augenbraue nach oben. Er verdrehte die Augen.

»Ich bin in ein paar Minuten wieder da.«

Jeder, der zu Dr. Frank kam, war auf die eine oder andere Weise total im Arsch – entweder high oder betrunken oder beides. Nicht ein Einziger von ihnen sah auch nur annähernd wie ein Sportler aus. Wenn es tatsächlich NFL-Spieler gab, die Dr. Frank aufsuchten, dann taten sie das jedenfalls nicht, als ich dort wartete. Während ich im Auto saß, sah ich, wie eine Handvoll Leute durch die getönte Doppeltür aus Glas gewankt kam. Sie sahen alle gleich aus: dünn, blass und halb tot. Der einzige Unterschied war, dass sie beim Hineingehen verzweifelt wirkten, beim Verlassen der Praxis jedoch erleichtert aussahen.

Und als zwanzig Minuten später Cyrus zurückkam, stand ihm dieselbe Erleichterung ins Gesicht geschrieben. Er hatte die Ergebnisse seiner Kernspintomografie und ein Rezept in der Hand. Am liebsten hätte ich sie alle drei in Brand gesetzt und wäre davongebraust.

»Du gibst ihm Bares?«, fragte ich, als er die Autotür öffnete.

Er sah mich ausdruckslos an. »Einen Scheck.«

»Dads Scheck?«

»Verdammt, Cecelia, was soll der Scheiß?«

Ich schüttelte den Kopf, in meiner Kehle sammelte sich Wut wie Lava.

»Du weißt, wie knapp das Geld im Moment ist. Warum kommst du den langen Weg hierher, über die Staatsgrenze, um einem Arzt zweihundertfünfzig Dollar in den Rachen zu werfen, wenn du woanders nur fünfzehn zahlen müsstest?«

Cyrus seufzte. Er war müde. Er brauchte einen Schuss.

»Du weißt, warum, CeCe.«

Er hatte recht. Ich wusste es wirklich. Ich schaute auf den kleinen weißen Zettel hinunter, den er in seiner Hand schon halb zerknittert hatte.

240 Oxycodon. 30 mg. 1 Tabl. 4 x tägl. Generika akzeptabel.

Ich las es noch einmal und hätte kotzen können.

»Zweihundertvierzig? Wozu brauchst du so viele?«

Ich blickte zu Cyrus auf, doch er starrte aus dem Fenster.

»Sieh es doch mal von der guten Seite«, sagte er zur Glasscheibe. »Jetzt brauche ich die nächsten beiden Monate nicht herzukommen.«

4

Als mein Dad die Farm kaufte, bezeichnete er sie als *Investition*. In Wirklichkeit war sie das Gegenteil.

»Hören Sie mal, ich weiß nicht, was Sie von mir erwarten«, sagte Dad, er schrie fast. »Ich tue, was ich kann.«

Ich stand unten an der Treppe und hörte, wie er telefonierte. Er wusste nicht, dass wir von Dr. Frank zurück waren. Cyrus hatte sich sofort nach unten geschlichen, um zu rauchen, obwohl wir vor nicht einmal einer halben Stunde auf einem Rastplatz gehalten hatten. Es gibt nichts Schöneres, als zu beobachten, wie der eigene Bruder eine Handvoll Pillen auf einem Flyer über die Verhinderung von Waldbränden pulverisiert.

Nachdem Dad aufgelegt hatte, hörte ich, wie er mit der Faust auf den Tisch schlug. Das war mein Einsatzzeichen. Ich ging die Treppe hinauf.

»Dad, wir sind wieder da.«

»Oh, CeCe. Hey. Alles klar?«

Ich beobachtete die Verwandlung, die etwas länger dauerte als gewöhnlich. Die Verwandlung, in der Dad sein Gesicht zu einem Lächeln verzerrte, als wären Fäden an seiner Haut befestigt, um der Schwerkraft und dem Stress zu trotzen. *Meine Damen und Herren – mein Vater, die Marionette.*

»Alles klar. Wer war am Telefon?«

Er winkte ab. »Ach, du weißt doch, wie diese Callcenter-Leute sind. Sie wollen dir irgendwas verkaufen, um an dein Geld zu kommen.«

Übersetzung: Du weißt doch, wie Gläubiger sind. Sie wollen an dein Geld rankommen, weil du es ihnen schuldest.

»Soll ich dir etwas zu essen machen?«, fragte er und ging auf die Speisekammer zu.

»Nein, danke. Ich muss noch meine Bewerbung fertig machen.«

»Oh, okay. Dieses Stipendium-Ding, nicht wahr?«

»Ja. Das Stipendium-Ding.«

Er fuhr sich mit der Hand durch das Haar. Die Bewegung war so ansteckend wie Gähnen. Ich fasste mir an den Pferdeschwanz. Die schwarzen Strähnen fühlten sich strohig und verworren an, weil ich das Autofenster offen gehabt hatte.

»Ich glaube, zuerst gehe ich aber noch duschen«, sagte ich und wandte mich zum Gehen.

»Alles in Ordnung mit deinem Bruder? Ist der Termin gut gelaufen?«

Unter dem Gewicht dieser Frage blieb ich stehen. Da waren *meine* Antwort und die Antwort, die Dad hören wollte. Ich schloss die Augen.

»Gut, Dad. Er hat sich ein Rezept für zwei Monate geholt anstatt nur für einen.«

Ich konnte förmlich hören, dass er lächelte.

»Na, das ist ja schlau von ihm! Dadurch sparen wir eine Menge Benzin und einmal Praxisgebühren. Siehst du, Cecelia, du bist nicht die Einzige in der Familie, die Köpfchen hat.«

Es dauerte fast eine Stunde, bis diese Worte aufhörten, in meinem Kopf widerzuhallen.

Mein Haar war noch feucht, als ich mich an den Computer setzte, um meinen Essay zu Ende zu schreiben, aber ich konnte mich nicht richtig konzentrieren. Ich starrte stattdessen auf den Bildschirm.

Sollte ich wieder etwas zu Dad sagen? Sollte ich ihn daran erinnern, dass Dr. Frank nur ein Pfuscher war, der sich mehr für Geld als für Medizin interessierte? Sollte ich ihn davon überzeugen, dass man dadurch, dass Cy die Tabletten pulverisierte, rauchte und schnupfte, wohl kaum noch von ärztlich verschriebenen Schmerzmitteln sprechen konnte, sondern nur noch von Drogen?

Ja, klar.

Gehen wir doch mal meine früheren Versuche durch, meinen Vater aufzuklären, okay?

»Dad, ich halte es für keine gute Idee, dass Cyrus zu diesem Arzt geht. Ich habe viel Schlechtes über ihn gehört – Natalies Dad sagt, dass er ein Pillendealer ist.«

»CeCe, wir müssen deinen Bruder unterstützen. Du weißt doch, wie schwer das für ihn ist. Wenn dieser Arzt etwas bewirken kann, dann ist es das wert.«

Spulen wir weiter …

»Dad, Cyrus schwänzt den Unterricht. Ein paar Typen aus seiner Mannschaft haben mich heute angesprochen. Sie machen sich Sorgen um ihn.«

»Ich werde deinen Bruder danach fragen. Das ist bestimmt nur ein Missverständnis.«

Und nur Wochen später …

»Dad, ich glaube Cy steckt in Schwierigkeiten. Diese Tabletten, die er einnimmt – ich glaube, sie werden zu einem Problem.«

»Ach, bist du plötzlich Ärztin geworden, oder was?«

»Nein … Ich glaube nur, dass er vielleicht sein ärztliches Rezept missbraucht.«

»Mit deinem Bruder ist alles in Ordnung. Er nimmt Medikamente für sein Knie, die ihm ein ARZT verschrieben hat. Wir können uns momentan keine Operation leisten, Cecelia. Das ist alles, was ich für ihn tun kann.«

Also, nein, ich glaubte nicht, dass es etwas bringen würde, noch mal mit meinem Dad zu sprechen. Die Augen vor der Wahrheit zu verschließen, war seine Taktik, wenn sie a) zu verstörend, b) zu weit hergeholt oder c) zu hässlich war.

Ich öffnete meine halb fertige Bewerbung und betrachtete den Cursor. Die blinkende schwarze Linie lenkte mich ab wie eine Leuchtreklame. *Das ist sinnlos,* signalisierte er. *Sozialfälle kriegen kein Stipendium.*

Wir alle treffen Entscheidungen. Das Geld, das meine Eltern, seit ich klein war, fürs College gespart hatten, war in Cys Fußballtraining und -ausrüstung geflossen. Sie hatten gedacht, er wäre um diese Zeit schon Profi. Aber es kam nicht ganz so wie geplant. Mom war tot und begraben und Cyrus – na ja, Cyrus war auf dem besten Wege dorthin, glaubte ich.

Als ich fünfzehn wurde, war ich alt genug für einen Teilzeitjob – alt genug, um für meine Zukunft zu sparen. Doch Dad überredete mich dazu, stattdessen einen auf Akademiker zu machen und mehr AP-Kurse zu belegen.

»Colleges schauen in erster Linie darauf, was du belegt hast«, argumentierte er. »Und nicht auf deine Arbeitserfahrung als Pizzaverkäuferin.«

Aber das war vor der Farm, bevor jeder Cent, den wir hatten, in Schösslinge, Bewässerung und Biokompost-Anlagen geflossen ist. Ein paar Tage zuvor hatte ich gehört, wie er zu Jane etwas von Zwangsvollstreckung gesagt hatte. So sehr ich die Farm auch hasste – sie stellte das letzte bisschen Stabilität dar, die wir noch hatten. Wenn wir sie verlieren würden, hieße das zuzugeben, wie verloren wir selbst waren.

Ich öffnete die Checkliste für die Bewerbung um ein Stipendium in Edenton. Ich überflog die Seite. Highschool-Studienbuch: abgeschickt. Liste der Aktivitäten und Auszeichnungen: gespeichert und gedruckt. Essay: macht Fortschritte. Ergebnisse des College-Eignungstests: hoffentlich auf dem Weg. Ich hatte die Prüfung später gemacht, als mir lieb gewesen war, aber es hatte eine Weile gedauert, bis ich die Anmeldegebühren zusammengekratzt hatte.

Ich scrollte an den Anfang meines Bewerbungsessays und las ihn mir noch mal durch. Alle meine Bewerbungsthemen waren ähnlich vage und hatten täuschend einfache Antworten. Typisches Beispiel: »Beschreibe ein Lebensereignis, das dich persönlich geprägt hat.«

Es war schwierig genug, sich auf eines zu beschränken.

Cecelia Price
Bewerbung: 21184

Themenwahl:
Beschreibe ein Lebensereignis, das dich persönlich geprägt hat.

Ich war kaum ein Teenager, als sich herausstellte, dass meine Mom krank war. Zuerst merkte man nicht viel davon. Sie ging weiterhin zur Arbeit und kochte Abendessen. Erst als sich die Medizinflaschen auf der Fensterbank in der Küche aufreihten, fiel es uns so richtig auf. Diese Flaschen konnte man unmöglich ignorieren. Morgens leuchteten sie wie eine sonnige Buntglasscheibe. Die vollen Flaschen ließen Sprenkel goldenen Sonnenlichts durch, während die fast leeren Flaschen die Arbeitsflächen und das Waschbecken in verschiedene Farben tauchten. Abends schrubbte ich das eingeseifte Geschirr und tat so, als wären sie Kerzen, eine Reihe von Teelichten, die das Reflektieren der untergehenden Sonne oder der Deckenlampe einfingen. Es war leichter, sie als Glas oder als Feuer zu sehen. Es war zu schwer, sie als das zu bezeichnen, was sie waren: Gefäße, die mit etwas gefüllt waren, das meine Mutter brauchte, etwas, das ihr Körper brauchte, um sie am Leben zu halten.

Wenn man klein ist, lernt man, dass Medizin etwas Gutes ist, dass sie einen gesund macht. Wenn man eine Mittelohrentzündung hat, schluckt man eine zähflüssige rosa Flüssigkeit, die im Kühlschrank aufbewahrt wird. Wenn man einen Fieberanfall hat, badet ein Tropfen Traubensirup den Mund in etwas, das süßer als Süßigkeiten ist.

Das Erste, was ich über den Krebs meiner Mutter erfuhr, war, dass die Medizin nicht wirklich dazu führte, dass es ihr besser ging. Sie zögerte nur das Unvermeidliche hinaus und erlaubte es ihr, sich daran festzuklammern. Aber sie machte sie nicht stärker oder froher.

Sie begrub nur ihre Flamme unter so etwas wie Asche. Vielleicht glühte sie noch vor sich hin, aber sie würde nie wieder aufflackern.

∞

Am Montag wartete meine Freundin Natalie am Schwarzen Brett für die College-Tour auf mich. Die alten Uni-Broschüren waren abgenommen worden und das Brett sah aus wie ein gebräuntes, pockennarbiges Gesicht mit Heftzwecken-Piercings. Unser Highschool-Beratungsbüro hatte eine Menge Versprechungen gemacht – nicht zuletzt das, dass sie uns zu etwas raten würden. Das Brett war ein halbherziger Versuch.

»Schaust du dir schon die Liste an?«, fragte ich sie. Natalie schüttelte den Kopf. »Ich wollte auf dich warten, dann können wir uns für dieselben Colleges eintragen.«

Ich verdrehte die Augen, lächelte aber dabei. Ich kannte Natalie seit der Mittelschule und schon immer wollte sie ganz vorne mit dabei sein. Typisches Beispiel: Als Lacrosse zur angesagtesten Sportart wurde, fing sie sofort an, mit einigen Spielern der Unimannschaft auszugehen. Der letzte davon, Jeremy, war sogar noch immer aktuell.

Ich schaute mir den Zettel an, auf den man sich eintragen konnte. Unsere Highschool hatte vor zwei Jahren die College-Tour ins Leben gerufen – man konnte jeden zweiten Samstag zu verschiedenen Universitäten in der Nähe fahren. Es kostete nichts, und man war nicht darauf angewiesen, dass die Eltern die Besichtigungstour an einem Wochentag mit einem unternahmen. Auf der Liste für Herbst standen zehn Unis. Drei davon hatten mich bereits angenommen, aber ich fing an, meinen Namen neben alle zu schreiben.

»Du willst zu *allen* gehen?«, fragte Natalie zweifelnd. »Ich dachte, du hättest dich längst für Edenton entschieden.«

»Edenton ist teuer.« Ich zuckte mit den Schultern. »Ich dachte mir einfach, ich muss mir meine Optionen offenhalten. Einen Plan B haben – sagen uns das die Berater nicht ständig?«

»Weiß nicht. Normalerweise schalte ich ab, wenn ich in einer dieser Vorbereitungsveranstaltungen für das College sitze.« Als ich fertig war, nahm sie den Stift und notierte ihren Namen neben den ersten beiden Unis. Als ihre Hand über dem Kästchen für Edenton schwebte, hielt sie inne. »Ich meine ja nur – wenn du wahrscheinlich eh dorthin gehen willst, warum solltest du dann an einer Informationstour teilnehmen? Kannst du den Campus nicht einfach im Herbst besichtigen, wenn du tatsächlich eingeschrieben bist?«

Ich warf mir meine Schultasche über die Schulter und schüttelte den Kopf.

»Ich möchte hingehen und es mir ansehen.«

Was ich verschwieg? Dass, wenn ich meine Traum-Uni besuchte, es sich vielleicht immer noch so anfühlte, als könnte mein Traum, dort zu studieren, doch noch wahr werden.

»Ich muss zu Chemie. Wie sehen uns.«

Manche Fächer scheinen grundsätzlich nutzlos zu sein. Bei Chemie war es das Gegenteil. Mir gefiel dieses ganze Konzept von Stoffen, die mit anderen reagierten, dass man etwas Neues erzeugte, das vorher nicht da war.

Dr. Schafer war unsere einzige Lehrerin mit Doktortitel. Diese Tatsache führte entweder dazu, dass die Schüler auf sie hörten oder dass sie versuchten herauszufinden, ob sie sie in Rage bringen konnten. Glücklicherweise war ihr Kurs *Organische Chemie* für Fortgeschrittene und nicht für Deppen, die Zeug herumwarfen, das sie zuvor mit Spucke vollgesabbert hatten. Ich war gerade im Begriff, mich auf meinen Stuhl fallen zu lassen, als Dr. Schafer meinem Namen rief. »CeCe? Kannst du bitte mal herkommen?«

Ich wusste, was jetzt kam. Ich konnte es an ihren heruntergezogenen Mundwinkeln und ihren zusammengezogenen Augenbrauen sehen. Auf dem Weg zu ihr machte ich mich darauf gefasst.

»CeCe«, sagte sie mit gesenkter Stimme, »ich habe noch immer nicht deine Laborgebühren erhalten.«

»Ich weiß. Es tut mir leid.«

»Ich würde nicht damit anfangen, aber am Ende der Woche beginnen wir mit Säuren und Basen, und um dich mit deinen Materialien zu versorgen, brauche ich …«

»Mein Dad hat bestimmt nur vergessen, den Scheck zu schicken. Ich erinnere ihn heute Abend daran.«

»Gut. Okay. Hör mal«, ihre Stimme wurde noch leiser, ihr Blick war voller Mitleid, »das Beratungsbüro betreibt ein Programm für Schüler, die Unterstützung bei den Schulgebühren brauchen. Wenn du willst, kann ich dort Bescheid sagen.«

»Nein, schon gut.«

»Bist du sicher? Das ist nichts, wofür man sich schämen müsste, CeCe …«

»Nein«, wiederholte ich eisig. »Ich werde mich darum kümmern.« Ich versuchte, ein bisschen weniger feindselig zu klingen. Ich mochte Dr. Schafer. Ich hoffte, dass sie mir eine Empfehlung für das College schreiben würde. Außerdem sollte man besser nicht in die Hand beißen, die einem die Noten ins Zeugnis schrieb.

In der Mittagspause machte ich mich auf den Weg in die Bibliothek. Ich aß nie in der Cafeteria – nicht seit Natalie Jeremy gefunden hatte und die ganze Zeit mit ihm rummachte. Stattdessen hatte ich eine Abmachung mit der Bibliothekarin: Ich durfte eine halbe Stunde dort herumlungern, wenn ich eine Viertelstunde davon die zurückgegebenen Bücher in die Regale einräumte. Mir gefiel es in der Bibliothek. Es war ein guter Ort, um Laborberichte durchzuarbeiten oder Hausaufgaben zu machen.

Ich fing mit meinen Statistikaufgaben an. Lösungen hatten so etwas an sich – die Tatsache, dass sie überhaupt existierten, nehme ich an –, sie gaben mir das Gefühl, ein wenig geerdeter zu sein. Es gab einen Grund, weshalb man in Mathe von *Problemen* sprach. Es musste also auch einen Grund geben, weshalb ich in der Lage war, sie zu lösen, ohne ins Schwitzen zu geraten. Entweder das, oder Zahlen waren einfacher für mich zu lesen. Anfang und Ende waren klar und deutlich und die Abwesenheit von Emotionen war erfrischend.

Als ich fertig war, ging ich die Bücher durch, die an diesem Tag abgegeben worden waren, und schob den Wagen auf das andere Ende des Raumes zu. Das linke Vorderrad quietschte schrill und ich schob ein wenig schneller.

»Ist sie das?«

Die geflüsterten Worte waren sogar noch über dem protestierenden Rad zu hören.

Ich hatte sie vor ein paar Minuten hereinkommen sehen, bevor ich aufgestanden war, um die Bücher einzuräumen. Jason Oliver und Lucas Andrews. Wenn jeder an der Highschool ein Etikett tragen müsste, würde auf Jasons Etikett *Kiffer* stehen. Ich war schon seit der Grundschule mit ihm in einer Klasse – ich glaube, dass er damals schon rauchte. Er roch immer nach Körperausdünstungen und Marihuana.

Über Lucas wusste ich nicht viel, außer dass er zu blond und zu gebräunt war, um hier aus der Gegend zu kommen.

Jemand hatte einmal gesagt, er käme aus L.A., und das würde passen. Er sah beinahe *zu* gut aus. Wie ein Gesteck aus Seidenblumen. Zu schön, um echt zu sein.

Ich dachte, sie wären hier, weil sie schwänzten, und ich wollte keinen auf Drogenfahnder machen. Ich begnügte mich damit, sie zu ignorieren. Sie begnügten sich damit allerdings nicht.

»Hey, Cecelia ... So heißt du doch, oder?«

Jason. Er hatte langes, strähniges Haar, das braun war, glaube ich – für meinen Geschmack war es jedoch ein wenig zu schmierig. Manchmal trug er es nach hinten gekämmt unter einem Hut, aber an diesem Tag hatte er wohl beschlossen, sich der Schulordnung zu beugen – keine Kopfbedeckungen. Vielleicht war es die einzige Regel, die er je befolgt hatte.

Ich war am Regal für Übersinnliches angelangt, aber ich musste an ihm vorbei, um die Bücher zurückzustellen. Ich nahm in jede Hand eines.

»Ja. Ich bin Cecelia«, sagte ich, während ich versuchte, an ihm vorbeizukommen. »Und du bist Jason. Wir gehen schon seit der ersten Klasse zusammen in die Schule.«

Ich konnte nicht verhindern, dass ich ihn streifte, und zwang mich, nicht zu schaudern.

Jason lächelte und lehnte sich an meinen Wagen, der daraufhin ächzte.

»Cyrus ist dein Bruder, oder?«

Dieses Mal nickte ich nur und hätte mich am liebsten geduckt. Es war dieses unvermeidliche *»Mann, dein Bruder war ein solches Talent. Was zum Teufel ist da passiert?«*

Aber das waren keine Fans. Sie hatten wahrscheinlich noch nicht mal eines der Spiele gesehen, in denen Cyrus es allen gezeigt hatte.

Und dann dämmerte es mir. Sie kannten nicht Cyrus, die Sportskanone. Sie kannten Cyrus, den Junkie.

»Hör mal.« Jason kam ein paar Zentimeter näher und versperrte mir den Weg zum Regal. Lucas blieb ein wenig dahinter und lehnte sich an ein Poster, auf dem *Lesen ist FUN-damental* stand und zwei Mädchen abgebildet waren, die auf einem Trampolin herumhüpften. Er betrachtete mich auf eine Art und Weise, die mein Gesicht heiß werden ließ.

»Ich habe gehört, dass Cyrus über einen ständigen Vorrat an Oxys verfügt«, sagte Jason gerade, »und ich möchte ein Stück vom Kuchen abhaben. Sag deinem Bruder, falls er mal ein bisschen Cash braucht, dann weiß er, wo er mich findet.«

Ach ja? Und wo? Im Müllcontainer oder in der Gosse?

»Ich weiß nicht …«, begann ich unsicher. Jason wartete nicht ab, bis ich zu Ende geredet hatte.

»Sag es ihm einfach, okay?«

Er drehte sich um und verließ die Bibliothek durch die Doppeltür. Lucas folgte ihm. Ich griff nach dem Wagen und versuchte, meinen jagenden Atem wieder in den Griff zu bekommen. Als ich es geschafft hatte, fühlte es sich an, als wäre er fest geworden und würde mir direkt auf das Herz drücken. In Momenten wie diesen, wenn ich mit dem Ruf meines Bruders konfrontiert wurde, wünschte ich mir immer, ich könnte einfach verschwinden. Ich wünschte, die Erde würde sich auftun und mich mit Haut und Haar verschlingen.

Dann müsste ich meinem Bruder zu Hause nicht begegnen und würde in der Schule nicht mit ihm in Verbindung gebracht werden. Ich wäre tief unter der Erde, wo mich niemand erreichen konnte, und Cyrus wäre da oben und würde sein Bestes tun, um zu mir zu gelangen.

5

JUNI Heute

»Und? Wie läuft deine Therapie?«

Ich habe mich schon gewundert, wie lange es dauern würde, bis Jennifer meine Sitzungen mit Trina Traumatröster anspricht. Ich habe meine neue Therapeutin schon dreimal getroffen, muss mich an ihre Tofu-Mentalität aber erst noch gewöhnen.

»Läuft ganz gut«, sage ich zu Jennifer.

»Redest du gern mit ihr?«

»Ganz okay.«

Sie verdreht die Augen. »Du brauchst es mir jetzt nicht zu sagen, aber Trina wurde eingestellt, um deine Behandlung zu erweitern. Ihre Einschätzungen werden als Beweis für deine Fortschritte herangezogen.«

»Vorausgesetzt natürlich, ich mache Fortschritte.«

»Was du ja tust.« Jennifer hat wie immer ihr Notizbuch gezückt und ihren Stift über der leeren Seite im Anschlag. »Wir müssen heute reden. Genauer gesagt, musst *du* heute reden.«

»Klar. Was wollen Sie wissen? Ich kann Ihnen von meinem Ausflug in einen Freizeitpark erzählen, als ich zehn war. Oder wie es war, als ich mit meiner Klasse den Zoo besucht habe.«

»Du weißt, dass du dem Unvermeidlichen nicht für immer aus dem Weg gehen kannst.«

»Da bin ich anderer Meinung. Wenn ich Sie mit grauenvollen Kindheitsgeschichten ablenke, kann ich dem Unvermeidlichen womöglich für immer aus dem Weg gehen.«

Jennifer schüttelt den Kopf. »Allerdings werde ich das nie zulassen, ganz egal, wie aufregend deine Geschichten sind.«

Ich verschränke die Arme. »Sie haben noch nicht von meinen Abenteuern im Pfadfinderinnenlager gehört.«

»Ich muss dir heute ein paar Fragen stellen, CeCe. Und du *musst* mir eine aufrichtige Antwort darauf geben. Wir haben nicht mal mehr einen Monat, um unsere Verteidigung aufzubauen.«

Ich lehne mich in meinem Stuhl zurück. Jennifer wertet das als gutes Zeichen.

»Ich muss mehr über Cyrus erfahren. Über seinen Lebensstil – wie lange er Drogen genommen hat, wann er damit angefangen hat, die Auswirkungen, die das auf deine Familie hatte …«

Ich kratze mich an der Nase. Schaue wieder aus dem Fenster. Starre auf meine Hände hinunter.

»CeCe?«

»Okay, okay.« Ich schlage meine Beine übereinander und löse sie dann wieder voneinander.

»Wie alt war Cyrus, als er angefangen hat, Drogen zu nehmen?«, fängt Jennifer an.

»Ähm … achtzehn, glaube ich.«

»Davor war nichts? Kein Marihuana oder irgendetwas in dieser Richtung?«

Ich zucke mit den Achseln. »Ich weiß nicht. Ich glaube nicht.«

»Und was war seine bevorzugte Droge, als er erst mal damit angefangen hatte?«

»Schmerzmittel. Oxys.«

»Und die wurden ihm ärztlich verschrieben?«

»Ja.«

»Und hat er sie genommen, wie ihm verordnet wurde?«

»Sie meinen, ob er mehr genommen hat, als er sollte, oder ob er sie auf eine andere Art und Weise eingenommen hat als verordnet?«

»Beides.«

»Sie sind immer früher ausgegangen, als sie sollten, deshalb nehme ich an, dass er mehr genommen hat, als er sollte.«

»Und er hat sie oral eingenommen?«

»Er hat sie geschnupft. Oder geraucht. Kam auf den Tag an.«

Jennifer kritzelt eifrig mit. Ich wette, sie hat eine furchtbare Handschrift.

»Hat er sie je intravenös zu sich genommen?«

Wieder zucke ich mit den Schultern. Jennifer schaut mit zusammengekniffenen Augen auf ihre Notizen hinunter.

»Du hast gesagt, dass er die Schule abgebrochen hat. Wann war das?«

»In seinem Abschlussjahr. Im Mai.«

Jennifer hört auf zu schreiben und sieht mich verwirrt an. »Cyrus hat einen Monat, bevor er die Highschool abgeschlossen hätte, abgebrochen?«

»Er hat sie ja nicht so richtig abgebrochen, glaube ich. Er ist einfach nicht mehr hingegangen und hat auch seine Abschlussprüfung nie abgelegt.«

Sie hält inne und schiebt ihre Brille zurecht.

»Und wie hat dein Dad darauf reagiert?«

»Das war okay für ihn.«

»Okay?« Sie ist fassungslos. Ich spiele mit meinen Haaren und fange an, die kaputten Spitzen zu untersuchen.

»Na gut, vielleicht nicht *okay*«, sage ich, »aber was sollte er schon machen? Ich meine, Cy war praktisch erwachsen und er konnte ihn ja wohl kaum zur Schule schleifen.«

»Das klingt, als wolltest du ihn verteidigen.«

»Wen?«

»Deinen Dad.«

Ich verdrehe die Augen. »Ich habe doch nur gesagt, dass mein Dad nichts mehr tun konnte. Wir alle konnten nichts mehr tun.«

Jennifer legt den Kopf ein wenig schief, dann schaut sie wieder auf ihr Notizbuch hinunter. »Aber Cyrus ist im Herbst nicht an die Schule zurückgekehrt, um sie zu Ende zu bringen, richtig?«

»Sie haben es erfasst.«

»Und bis dahin hatte sein Drogenkonsum noch zugenommen?«

»Jep.«

Jennifer hält inne, um sich noch mal durchzulesen, was sie geschrieben hat. Ihre Lippen bewegen sich, als würde sie eine Zauberformel vor sich hin murmeln.

Als sie fertig ist, blickt sie auf. »Deine Mutter ist gestorben, als Cyrus wie alt war? Fünfzehn?«

»Um den Dreh.«

»Hat ihn das sehr mitgenommen – der Verlust eurer Mutter?«

Ich schaue Jennifer an, als wäre sie total bescheuert – ein Gesichtsausdruck, den ich normalerweise für die Gruppensitzung reserviert habe.

»Natürlich! Aber wir wussten alle, dass es so kommen würde. Wir hatten uns lange genug darauf vorbereiten können.«

»Das bedeutet ja nicht, dass es nicht wehtut, wenn es so weit ist.«

Ich schlucke schwer. »Stimmt.«

Manchmal glaube ich, dass es noch mehr wehtut, wenn man es vorher weiß – der dumpfe Schmerz eines künftigen Verlustes, der sich mit jedem Atemzug schnell und systematisch vergrößert. Ich erinnere mich an den Abend, als Mom ins Krankenhaus kam, der letzte Abend, an dem sie eingewiesen wurde, ohne später wieder entlassen zu werden. Cy und ich saßen stundenlang bei ihr. Er hatte sogar ein Spiel ausfallen lassen, um bei uns zu bleiben, obwohl Mom die meiste Zeit schlief, während wir da waren. Wir schauten uns in voller Lautstärke *Magnolien aus Stahl* an in der Hoffnung, sie würde aufwachen und zu uns sagen, wir sollten es leiser stellen.

Tat sie aber nicht.

Erst als sie Medikamente brauchte, sahen wir, dass ihre Augenlider flatterten. Stöhnend krümmte sie sich in ihrem Bett zusammen, wie ein Fisch, der zu lange nicht mehr im Wasser war und von innen austrocknete. Sie wachte genau an der Stelle des Filmes auf, in der Shelby, die todkranke Tochter, zugibt, dass ihre Mutter ihr eine Niere spenden will. Ich überlegte, welche Körperteile ich meiner Mutter spenden würde, um ihr das Leben zu retten. Zu diesem Zeitpunkt war der Krebs wie eine Fastfood-Kette – er machte in den Körperregionen in seiner Nähe zahlreiche Niederlassungen auf.

Als ich Mom das nächste Mal ansah, starrte sie zu meinem Bruder. Die Krankheit hatte sie altern lassen, Falten hatten sich tief in ihre Stirn und um ihre Augen eingegraben. Sie lächelte, wobei ihre Lippen eher eine Grimasse schnitten. Sie bemühte sich, *tapfer* zu wirken, das Ergebnis sah aber eher nach *Zersetzungsprozess* aus.

»Du verpasst dein Spiel«, flüsterte sie Cyrus zu.

Er schüttelte den Kopf. »Ich verpasse gar nichts, Mom. Ich bin genau da, wo ich sein möchte.«

Ich blinzle hektisch gegen die Tränen an und konzentriere mich auf Jennifer, die wieder auf ihre Notizen schaut.

»Und was ist mit diesem Arzt? Dr. Bethany?«

»Dr. Frank? Was soll mit ihm sein?«

»In deiner ursprünglichen Polizeiaussage hast du angegeben, dass dieser Arzt deinem Bruder Oxycodon verschrieben hat, und zwar für …«, sie wirft einen Blick in ihr Notizbuch, »anderthalb Jahre?«

»Kommt hin.«

»Und du hast angegeben, dass du Cyrus zu seinen Terminen gefahren hast?«

»Manchmal. Meistens hat Dad das gemacht. Cyrus hatte seinen Führerschein verloren.«

»Weswegen?«

»Zu schnelles Fahren.«

»Und du hast ihn einfach zum Arzt gefahren, ihn dort abgesetzt und auf ihn gewartet?«

Ich zupfe an einer abstehenden Nagelhaut herum. »Ja. So ungefähr.«

Jennifer schüttelt den Kopf. Sie sieht besorgt aus.

»Das verstehe ich nicht, CeCe«, sagt sie leise, während sie beide Ellbogen auf den Tisch stützt und sich vorbeugt. »Dieser Arzt war gewissenlos, er war ein verkleideter Drogendealer. Warum hast du das nicht der Polizei gemeldet?«

Ich schaue aus dem Fenster. Der Himmel hat die Farbe von Kleister. Mir ist übel.

»Komm schon, Cecelia.«

Mein vollständiger Vorname. Offenbar stecke ich in Schwierigkeiten.

»Bitte, mach jetzt nicht dicht«, sagt sie eindringlich. »Es ist ganz klar, dass der Arzt hier der eigentliche Verbrecher ist – er hat Patienten, die das nicht nötig hatten, starke Betäubungsmittel verschrieben. Ich muss alles wissen, was es über ihn zu wissen gibt. Er ist deine Fahrkarte in die Freiheit.«

Ich würde ihr am liebsten sagen, dass die Fahrkarten ausverkauft sind, dass der Zug schon abgefahren ist.

Stattdessen sage ich: »Ich weiß nicht, ob Sie das Glück haben werden, ihn zu finden – ich habe gehört, er sei umgezogen.«

Abrupt sammelt Jennifer ihre Sachen ein. Sie zieht eine Sonnenbrille aus ihrer Tasche und steckt sie sich ins Haar.

»Nun, dann werde ich diesen Arzt aufstöbern.« Mit einer Hand drückt sie meinen Arm. »Wenn wir erst mal seine Aussage haben, gibt es eine ganze Menge mehr, womit wir arbeiten können.«

Sie lächelt triumphierend.

Ich kann es kaum ertragen, ihr das Erfolgserlebnis zu verderben. »Hören Sie, Sie haben mich nicht verstanden. Wenn ich sage, er ist umgezogen, dann meine ich, dass er das Land verlassen hat und in der Dominikanischen Republik oder sonst wo untergetaucht ist.« Ich zucke mit den Schultern. »Ich schätze, das ist von jemandem zu erwarten, der einen toten Patienten und ein paar Millionen Dollar hat.«

Jennifers Augen werden schmal, dann schüttelt sie den Kopf. »Na ja, das heißt nur, dass wir ein bisschen mehr suchen müssen, das ist alles. Das ist mein Job, CeCe. Ich bin hier, um dir zu helfen.«

Ich seufze. »Okay, ich dachte mir nur, Sie sollten es wissen.«

Letztendlich wird ihr klar werden, was ich bereits weiß – ganz egal, was Dr. Frank meinem Bruder verschrieben hat, es gibt nur eine einzige Person, die für Cyrus' Tod verantwortlich ist. Und dass der einzige Ort, an den *ich* umziehen werde, eine Gefängniszelle sein wird.

∞

»Heute möchte ich mit euch über euer Unterstützernetzwerk sprechen.«

Dr. Barnes leitet heute die Gruppentherapie. Ich glaube, er hat die Nase voll davon, dass wir uns dauernd über Cam beschweren. Entweder das, oder ihm ist selbst aufgegangen, dass Cam eine dumme Zicke ist, die sich gern selbst reden hört.

Aaron schnaubt. »Welches Unterstützernetzwerk?«

Barnes wirft ihm ein herablassendes Lächeln zu. »Familie. Freunde. Diese Gruppe. Dein Einzeltherapeut. Jeder, von dem du glaubst, dass er dir hilft, dir den Rücken stärkt oder will, dass du vorankommst.«

»Mich können Sie da abschreiben, Doc.« Aaron reibt sich die Nase. »Ich habe nichts und niemanden außer mir selbst.«

»Du glaubst also, wir wollen einfach, dass du dich zu einer Kugel zusammenrollst und stirbst?« Lola, eine große, gertenschlanke Blondine stellt diese Frage. Alles an Lola ist verwirrend lang: ihr Haar, ihre Beine, die Vokale in ihren Wörtern.

Aaron mustert sie von oben bis unten, dann zuckt er mit den Schultern. »Ich meine, vielleicht geht es mir besser oder vielleicht geht es mir schlechter. Letztendlich interessiert es euch doch einen Dreck, was mit mir passiert, solange es keinen Einfluss darauf hat, was mit *euch* passiert.«

»Was ist mit dir, Tucker?«, fragt Barnes in dem Versuch abzulenken. »Wer gehört zu deinem Unterstützernetzwerk?«

Tucker sitzt mir gegenüber im Kreis. Er trägt einen dunkelgrünen Pullover. Seine Augen sehen heute irgendwie aus wie Baumrinde, rau und vielschichtig in einer Palette von Brauntönen.

»Meine Eltern sind in Ordnung«, antwortet er gerade. »Sie haben mich nicht hängen lassen. Ehrlich gesagt, hätten sie sich wahrscheinlich schon vor langer Zeit von mir abwenden sollen. Es bedeutet mir viel, dass sie immer noch hinter mir stehen.«

»Ja, wenn du mir so viel Geld geklaut hättest, würde ich dir in den Hintern treten – Familienmitglied hin oder her«, meldet sich Aaron zu Wort.

Barnes wirft ihm einen strengen Blick zu. »Hast du Geschwister?«, fragt er Tucker.

»Eine Schwester.«

»Älter oder jünger?«

»Älter. Sie lebt in einem anderen Bundesstaat.«

»Steht ihr euch nahe?«

Tuckers dunkle Haare fallen in Wellen über seine Stirn und um seine Ohren, mal nach vorne und mal nach hinten. Er sieht aus, als würde er nachdenken. Schließlich zuckt er mit den Schultern.

»Früher stand ich ihr nahe. Es hat Zeiten gegeben, in denen sie meine beste Freundin war.«

»Möchtest du sonst noch etwas sagen?«, fragt Barnes. Tucker schüttelt fast unmerklich den Kopf.

»Okay, wer möchte als Nächstes … Aarti? Was ist mit dir? Wer unterstützt dich?«

»Meine Schwester«, sagt Aarti leise. Ich muss mich anstrengen, sie zu hören, auch wenn sie keinen Meter von mir entfernt ist.

»Deine Schwester?«, wiederholt Dr. Barnes.

Aarti nickt. »Sie ist ein Jahr nach mir in die Staaten gekommen. Sie hat einen Rechtsanwalt in St. Louis geheiratet, einen Freund meines Mannes. Ich sehe sie nicht oft, vor allem jetzt nicht. Aber zu wissen, dass sie hier ist – auf demselben Kontinent wie ich –, ist eine große Erleichterung. Das gibt mir ein Ziel, einen Grund, wieder gesund zu werden.«

Da ich weiß, dass Aartis Version von Einsamkeit nicht so schlimm ist wie meine Einsamkeit, fühle ich mich zwar ein wenig besser für sie – aber umso schlechter fühle ich mich für mich. Dr. Barnes' Blick heftet sich auf mich. Es ist, als würde er sehen, wie sich mein Selbstmitleid auf meinem Gesicht manifestiert.

»Und du, Cecelia? Kannst du uns von deinem Unterstützernetzwerk erzählen?«

Es ist mir leichter gefallen, Cams Fragen auszuweichen. Dr. Barnes' Blick ist durchdringend. Ich huste und halte mir die Hand vor den Mund. Dabei bete ich, dass wie durch Zauberei Blut aus meiner Kehle sprudelt. Das passiert aber nicht. Man kann sich heutzutage einfach nicht mehr auf Spontanblutungen verlassen.

»Ich, ähm, ich glaube, dass mein Dad mein Unterstützernetzwerk war.«

»Du sagst ›war‹. Warum?«

Ich blinzle. »Na ja, jetzt bin ich hier. Ich meine, deshalb falle ich nicht mehr unter seine Verantwortung.«

Dr. Barnes lehnt sich auf seinem Bürostuhl zurück und rollt ein paar Zentimeter aus dem Kreis heraus.

»Du glaubst also, das bedeutet, dass er dich nicht unterstützt?«

Was ich denke: *Mein Dad wird mir nie verzeihen.*

Was ich sage: »Ich glaube, es bedeutet, dass er sich nicht mehr um mich kümmern muss. Ich weiß, dass er befürwortet hat, dass ich in dieses Programm komme, aber das war nicht meine Entscheidung.«

»Wessen Entscheidung war es dann?« Dr. Barnes sieht mich erwartungsvoll an. Das merke ich, obwohl ich noch immer die zerklüfteten Ränder meiner Fingernägel studiere. Wenigstens kneife ich nicht die Augen zusammen.

»CeCe«, sagt er leise. »Ich weiß, dass es eine Herausforderung für dich darstellt, hier zu sein. Ich weiß, dass es dir schwerfällt, die Fortschritte, die diese Behandlung mit sich bringt, zu erkennen. Du musst dich uns öffnen – das wird dir helfen. *Wir* können dir helfen.«

Wenn Leute einem erzählen, dass eine Therapie eine stressfreie Umgebung ist, dann lügen sie. Es gibt hier den gleichen Druck, die gleichen Ängste wie in der *realen Welt*. Man will, dass die Leute einen mögen. Man will nicht verurteilt werden. Hier ist es genauso schwierig, ehrlich zu sein, wie überall anders.

Dr. Barnes beobachtet mich. Aarti, Kevin und Lola beobachten mich. Alle in dem Kreis beobachten mich. Alle außer Tucker. Er starrt aus dem Fenster, das Gesicht von der Gruppe abgewandt. Ich gebe auf, schließe die Augen halb und beobachte, wie die dunklen Wellen seines Haares zu einem unscharfen Wuschel verschwimmen.

»Ich bin hier, weil ich es muss.«

»Warum musst du hier sein?«

»Weil es einen guten Eindruck macht.«

»Auf wen?«

Seine Worte nagen an meinem Geduldsfaden. Ich verenge meine Augen zu so kleinen Schlitzen, dass ich nur noch Schatten erkenne.

»Dr. Barnes, stellen Sie immer Fragen, deren Antwort Sie schon kennen?«

»Was meinst du damit?«

Ich stehe auf. Niemand rechnet damit. Niemand verlässt ohne Erlaubnis die Gruppe. Bevor ich auch nur einen einzigen Schritt machen kann, sind schon zwei Wachleute neben mir.

»Diese Menschen sind wichtig, weil *sie* jetzt die Entscheidungen treffen. Die letzte Entscheidung, die *ich* getroffen habe, brachte mir Handschellen ein. Ich darf keine Entscheidungen mehr für mich selbst treffen, Dr. Barnes. Geht es nicht darum? Ist nicht genau das der Grund, weshalb ich hier bin?«

Dr. Barnes hält mich nicht auf, als ich zur Tür gehe. Er gibt lediglich den Sicherheitsleuten ein Zeichen, mir nach draußen zu folgen. Ich beiße mir fest auf die Unterlippe, bis ich den metallischen Geschmack von Blut wahrnehme, das zwischen meinen Zähnen herausquillt. Nur so kann ich mich davon abhalten zu schreien.

6

Beim Abendessen sitze ich allein neben einem Anschlagbrett ohne Heftklammern und Reißzwecken in der Cafeteria und stütze den Kopf mit den Händen, als ich aus den Augenwinkeln sehe, wie sich ein Paar in Cordhosen gehüllte Beine nähern.

»Sitzt hier schon jemand?«

Ich blicke auf. Tucker sieht auf mich herunter, eine Augenbraue nach oben gezogen. Ich deute auf die Bank gegenüber von mir. Er setzt sich und stellt sein Tablett parallel zu meinem. Ich schaue mir an, was darauf ist. Eine Kelle Kartoffelpüree, bedeckt mit schleimig aussehender Soße. Die grünen Bohnen aus der Dose sind eher braun. In einer Ecke liegt ein Apfel, in der anderen steht eine Safttüte.

»Bist du Vegetarier?«

Er sieht überrascht aus. Er hat bestimmt damit gerechnet, dass wir schweigend zusammen essen. Vielleicht hätte das auch ein paar Tage, eine Woche lang geklappt, doch dann hätte ich schließlich das Schweigen gebrochen und etwas Aufschlussreiches gesagt. Wie auch immer. Ich bin nicht wild entschlossen, meine Isolation fortzusetzen. Irgendwie nervt sie nämlich.

»Warum glaubst du, dass ich Vegetarier bin?«

Ich zeige auf sein Essen. »Kein Fleisch.«

Er schaut mein Speck-Tomate-Salat-Sandwich an. Der Speck – Würfel, keine Scheiben – quillt auf das gelbe Plastiktablett. Er schüttelt den Kopf.

»Nein, ich bin kein Vegetarier. Ich esse nur kein Zeug, das aussieht, als wäre es früher mal Fleisch *gewesen*. So wie deine Speckwürfel da.«

»Ach so.« Ich nehme einen großen Bissen von meinem Sandwich. Dabei schmiere ich mir einen Klecks Mayonnaise auf die Wange.

»Also, ist es nur gespielt?«, fragt Tucker. Er beißt in seinen Apfel.

»Ist was gespielt?«

Er fuchtelt mit der Hand vor meinem Gesicht herum. »Diese … diese Person, die du bist. So hart und unbarmherzig, als würdest du eine Rüstung tragen. Ist sie echt?«

Ich zucke mit den Schultern. »So echt wie jede andere, nehme ich an.«

»Warst du schon immer so?«

Sein prüfender Blick nervt mich allmählich. Ich fingere an meinem Handgelenk herum. Dabei fällt mir ein, dass ich immer Armbänder getragen habe, um an ihnen herumzuspielen, wenn ich nervös war. Ich frage mich, ob sie noch in meinem Schmuckkästchen zu Hause liegen. Wenn ich überhaupt noch ein Schmuckkästchen habe. Oder ein Zuhause.

»Bist *du* noch dieselbe Person, die du immer warst?«, entgegne ich schließlich.

Jetzt ist es an ihm, mit den Schultern zu zucken. »Ich war schon immer ein Versager, wenn es das ist, was du wissen willst.«

Tucker starrt mich an, dann wird sein Blick ein wenig sanfter. »Also, warum bist du hier?«, fragt er.

»Ist die Botschaft in der Gruppentherapie nicht bei dir angekommen? Ich will nicht darüber reden.«

»Hör mal.« Tucker stützt den Ellbogen auf den Tisch und legt das Kinn in die Hand. »Ich finde es total scheiße, dass du Dinge über mich und mein Leben weißt, aber ich überhaupt nichts über dich und dein Leben.«

»Ich habe dich nie über dein Leben *ausgefragt.* Du hast *freiwillig* davon erzählt.«

»Stimmt. Aber wenn du der Behandlung zustimmst, stimmst du auch all dem Mist zu, der dazugehört. Das heißt, dass du dir rührselige Geschichten von Leuten anhören musst, die dir egal sind. Und das heißt auch, dass du ihnen deine erzählen musst. Auge um Auge oder so was in der Richtung.«

»Oh, ich würde die Tatsache, dass ich hier eingeschlossen bin, nicht damit gleichsetzen, dass ich ›der Behandlung zustimme‹.«

»Wie auch immer. Ich will damit nur sagen, dass die Leute dir ihre Geschichten erzählen, weil sie wollen, dass es ihnen besser geht. Ich glaube, nur wenn du etwas dafür *tust,* damit es dir besser geht, bekommst du dein Leben wieder zurück – dein *altes* Leben. Im Moment tust du einen Dreck dafür. Und das kapier' ich nicht.«

Ich will auf keinen Fall mein altes Leben zurück.

»Mach dir lieber Gedanken um dich und deine Fortschritte und nicht um mich und meine«, murmle ich.

Tucker beißt wieder in seinen Apfel, kaut und schluckt.

»Weißt du, diese ganze Sache, über die Barnes heute gesprochen hat – diese Unterstützernetzwerke …«

»Was ist damit?«

»Ich weiß nicht. Ich glaube einfach, wenn du tatsächlich mit der Gruppe reden würdest, dann würdest du dich nicht so einsam fühlen.«

»Ich bin nicht einsam«, protestiere ich ein wenig zu heftig und Tucker verkneift sich ein Grinsen.

»Doch, du hast nur Angst, es zuzugeben.« Er steht auf und mustert mich. »Falls du je reden möchtest, sag Bescheid.«

Es ist lange her, seit ich mit jemandem sprechen konnte, der nicht dazu verpflichtet ist, mit mir zu arbeiten. Einen Menschen zu haben, dem man sich offenbaren kann, dem man vertrauen kann, ist eine begehrenswerte Aussicht. Andererseits wäre es aber auch ein großer Fehler – einer, den ich erst erkennen würde, wenn es schon viel zu spät wäre.

»Nein«, sage ich und zwinge mich, ihn anzufunkeln. »Mein Leben geht dich nichts an.«

Außerdem: Wenn ich ihn jetzt an mich heranlasse, würde ich ihn nie wieder loswerden, das weiß ich. Sein Mitgefühl würde sich irgendwo in mir breitmachen, zum Beispiel in meiner Brusthöhle – dort, wo früher mein Herz gewesen ist.

∞

»Lass uns etwas anderes versuchen.«

Trina lehnt an der Wand und blickt zur Decke hinauf. Wenn ich sie jetzt durch zusammengekniffene Augen ansehe, wirkt sie eher wie ein Kind als wie eine Erwachsene.

»Was beinhaltet ›etwas anderes‹?«

Sie kommt zum Tisch zurück, greift in ihre Tasche und zieht das vertraute Notizbuch mit Stift heraus.

»Wenn Visualisierung nicht zu deinen Vorlieben zählt, wie wäre es dann mit Schreiben?«

»Schreiben?« Ich ziehe die Augenbrauen nach oben.

»Therapeutisches Schreiben. Ich unterrichte hier einen Psychologiekurs und letzte Woche haben wir diese großartige Tätigkeit ausprobiert. Ich dachte, du würdest vielleicht einen Versuch wagen.«

»Sie unterrichten *hier* Psychologie?«

»Für das Programm des Justizministeriums. Der Unterricht ist kostenlos, aber man muss eine blütenweiße Akte haben, um sich einzuschreiben. Und die Zustimmung des Personals. Ich hatte tatsächlich schon ein paar Leute, die einen Abschluss gemacht haben, während sie hier waren.«

Einen Moment lang überlege ich, inwiefern dieses Gefängnis einem College ähnelt:

1. Man hat eine Zimmergenossin.
2. Man teilt sich das Bad.
3. Es gibt keine Privatsphäre.
4. Man wohnt nicht bei seinen Eltern und seiner Familie.

Und dann gibt es natürlich noch all die Aspekte, die hier GANZ ANDERS sind als auf dem College:

1. Man wird vierundzwanzig Stunden überwacht.
2. Die Zimmergenossin ist kriminell und will einem vermutlich etwas antun.
3. Die fünfzehn Kilo, die man im ersten Semester am College zunehmen würde, nimmt man hier ab.
4. Zwei Wörter: Ausziehen. Durchsuchen.

Ich könnte ewig so weitermachen.

»Schreiben ist eine tolle Methode, die Gedanken festzuhalten – alles, was einen beschäftigt«, sagt Trina. »Meine Schüler finden das wirklich gut.«

»Das glaube ich gern. Sie sterben vor Langeweile. Sie brauchen etwas, um die Zeit auszufüllen.«

Trina verdreht die Augen. »Hör auf, so negativ zu sein. Versuch es doch einfach mal.«

Ich greife nach dem Notizbuch und schlage die erste Seite auf. Mit zusammengekniffenen Augen, sodass die blauen Linien verschwimmen, fange ich an zu schreiben.

Es war einmal ein Mädchen. Sie hatte eine Familie, die wie ein Glaspantoffel an den Füßen einer Stiefschwester saß – sie passte einfach nicht.

Ich höre auf zu schreiben und schiebe das Notizbuch über den Tisch. Trina schüttelt den Kopf. »Keine Chance.«

»Was?«

Sie deutet auf die Seite. »Das reicht nicht. Du kannst es besser.«

»Nein, kann ich nicht.«

»Ich verstehe. Willst du mir damit sagen, dass du es lieber wieder mit Visualisierung versuchen willst?«

Ich mache ein finsteres Gesicht. »Erklären Sie mir, wie mir das helfen soll.«

»Schreib einfach, CeCe.«

Also tue ich es.

Das Mädchen versuchte, sich ihren eigenen Weg durch den Wald zu bahnen. Hänsel und Gretel blieben am Lebkuchenhaus stehen, aber das Mäd-

chen war nicht besonders heiß auf Süßigkeiten. Rotkäppchen war zunächst eine Hilfe, aber dann machte es sich viel zu große Sorgen um seine Großmutter, um vor der Gefahr wegzulaufen.

Ich reiche es Trina. Durch ihre Brille wirft sie einen Blick auf mein Gekritzel. Ich mache mich darauf gefasst, dass sie sich ärgert und mir vorwirft, ich würde das nicht ernst nehmen.

»Das ist gut, CeCe. Wirklich gut.«

»Ja, klar«, spotte ich und verschränke die Arme über der Brust.

»Hast du jemals geschrieben? Auf kreative Art, meine ich.«

»Ich bin nicht so der Schreib-Typ«, sage ich und zucke mit den Schultern. »Ich meine, ich habe nie Tagebuch geführt oder so. Ich stehe eher auf Naturwissenschaften.«

Trina zieht am Hosenbund ihrer Jeans. All ihre Klamotten sind schlabbrig und scheinen sie zu verschlucken, als wäre sie irgendein Leckerbissen.

»Wärst du bereit, es regelmäßig zu versuchen? Das Schreiben als reguläre Behandlung einzusetzen?«

Ich schüttle den Kopf.

»Ich muss ja nicht jedes Mal dabei sein, wenn du etwas aufschreibst«, beharrt sie. »Es kann etwas sein, das du tust, wenn dich die Lust dazu überkommt.«

»Ich will mich ja nicht anstellen«, sage ich, während ich an meinem Ohrläppchen zupfe. »Aber ich brauche diese Therapie nicht. Ganz zu schweigen davon, dass man mir nicht erlauben wird, einen Stift in meinem Zimmer zu haben. Viel zu viele Möglichkeiten, mich selbst zu verstümmeln.«

»Das kann ich durchsetzen! Immer wenn du es verlangst, kann dir für die Therapie ein Stift ausgehändigt werden.«

Ich zucke mit den Schultern. »Ich weiß nicht.«

Trina legt ihr Kinn in die Hand und sieht mir in die Augen. »Willst du nicht hier raus, CeCe?«

Ich atme laut aus. »Ich will einiges.«

»Nun, was immer das alles ist – nichts davon wird hier drin wahr werden. Du hast die Chance, eine geringere Strafe zu bekommen, wenn du nachweisen kannst, dass du rehabilitiert bist. Wenn du nachweisen kannst, dass du Hilfe in Anspruch nimmst.«

Sie dreht das Notizbuch wieder zu mir herum. Von hier aus sehen meine Wörter aus wie dunkle Bahngleise, die sich über die Seite schlängeln.

»Ein selbst verfasstes Tagebuch, das deine Gefühle ausdrückt, wäre ein Nachweis für eine Besserung und könnte dem Gericht von Jennifer präsentiert werden.«

Alle um mich herum verfolgen eine Strategie. Eine Strategie, mich zum Reden zu bringen, eine Strategie, mich wieder hinzukriegen, eine Strategie, diesen Fall zu gewinnen. Ich glaube, ich bin die Einzige, die nichts in meine eigene potenzielle Zukunft investiert.

»Also, was meinst du?«, fragt mich Trina und legt den Kopf schief.

Ich wusste früher immer, wie ich die Dinge schönreden konnte. Wie ich Leute auflaufen lassen konnte, ohne dass sie es wirklich merkten. Diese Fähigkeit habe ich verloren, als ich hierherkam. Stattdessen nehme ich den Stift und fange an, meine Antwort zu kritzeln.

Als das Mädchen schließlich nach Hause kam, wartete dort der Wolf. Und das ist genau die Sache mit den Märchen: Sie basieren auf Magie *und Träumen. Aber Märchen gibt es nicht, ebenso wenig wie Magie und Träume.*

Ich schiebe es Trina hin, die es rasch überfliegt. Dann schüttelt sie den Kopf.

»Cecelia, das ist ein Ort, an dem du aufrichtig sein kannst. Das weißt du, oder?«

Ich hätte am liebsten geschnaubt oder gelacht. Stattdessen zucke ich nur mit den Schultern. »Wie gesagt, ich bin keine gute Schriftstellerin.«

Trina zieht die Augenbrauen hoch. »Da muss ich dir widersprechen. Hier geht es nicht um Talent. Es geht um Ausdruck. Darum, dass Dinge herauskommen, die in dir verschlossen sind. Darum, dich zu erleichtern.«

Ich weiß nicht, ob ich das verdient habe. An den meisten Tagen strömen zähflüssige Reue und Entsetzen wie verrottendes Blut durch meine Venen, und an den meisten Tagen glaube ich, dass ich genau das verdient habe.

»Komm schon, wenn du anfängst zu schreiben, werde ich dir nicht mehr so viele Fragen laut stellen müssen.«

Ich sehe sie mit hochgezogenen Augenbrauen an und umklammere den Stift ein wenig fester.

»Versprochen?«

Sie hebt die Hand, als wolle sie einen Eid ablegen. »Versprochen.«

Ich habe alles gehasst, was mit Reden zu tun hat, deshalb finde ich den Kompromiss gar nicht so schlecht, mich stattdessen gelegentlich zu zwingen, etwas in einen Notizblock zu schreiben. Mein Blick wandert von dem Stift in meiner Hand zu Trina.

»Worüber soll ich schreiben?«

Sie überlegt einen Moment. »Wie wäre es, wenn du mit einer Erinnerung an deinen Bruder anfängst?«

Da sie nicht lächelt, als sie es sagt, nehme ich an, dass das kein Scherz sein soll.

»Ich weiß nicht, ob ich das kann«, gestehe ich. Die aufrichtige Antwort rollt über meine Zunge wie bitterer Honig.

Da lächelt Trina doch noch. »Versuche es.«

14. Juni

Cyrus war immer gut in Sport, aber ich war immer gut darin, so zu tun als ob. Ich konnte ganze Welten in meinem Kopf entstehen lassen – Menschen, Orte, Dinge und Ideen. Lebendige, atmende Nomen. Bevor er zu alt für Fantasie wurde, besuchte Cyrus die Welten, die ich in meinem Zimmer erschuf. Wir taten so, als wäre mein ausgefranster Teppich ein Floß, das über den Ozean des Dielenbodens schwamm. Wir bauten aus allem Möglichen Festungen – Stühlen, Kissen, Plüschtieren – und lebten darin, auch wenn die Wände ein Glücksbärchengesicht hatten. Damals spielte es keine Rolle, wer zuschaute.
Fußball war Cyrus' Berufung. Aber eigentlich war das der Krebs vor Moms Krebs – der Fußball fraß an unserer Familie, als könnte er nie genug kriegen. Meine Eltern waren mehr als glücklich, ihn zu füttern, und das war genau die Zeit, in der sich alles veränderte. Ich lud Cyrus zum Tee ein und er kam nicht. Ich bat ihn, mich auf Reisen zu begleiten, die mir so wichtig wa-

ren – Reisen, die er schnell als „ausgedacht" und „etwas für Babys" bezeichnete. Meistens war ich Cyrus' Schwester, aber wenn er mich auf Abstand halten wollte, war ich seine kleine Schwester.
Cy verbrachte immer mehr Zeit hinten im Garten und auf dem Spielfeld, ermutigt durch die Unterstützung meiner Eltern. Ich verbrachte mehr und mehr Zeit in meinem Zimmer und mein Floß wurde immer realer. Ich war draußen auf meinem eigenen Ozean und trieb immer weiter ab, während Cy an Land war. Er war dort, wo ich eigentlich am liebsten hätte sein wollen, aber ich paddelte immer weiter in die tiefe blaue Fremde. und fühlte mich dort mehr zu Hause als an allen Orten, die ich kannte.

– C.P. –

7

MÄRZ Drei Monate zuvor

Jane war später als sonst von der Arbeit gekommen. Sie arbeitete als Büroangestellte bei einem Rechtsanwalt in der Stadt. *Dem* Rechtsanwalt in der Stadt. Die Kanzlei war eine dieser Institutionen, die es in der Stadt nur ein einziges Mal gab: eine Ampelanlage, ein Diner, ein Supermarkt. Man konnte einfach nicht darüber hinwegsehen, auch wenn man es sich noch so sehr wünschte.

»Meine Füße bringen mich um.« Jane jammerte immer wegen ihrer Füße. Bei unserem Umzug auf die Farm hatte sie überhaupt nichts getragen, weil sie ihre Fußgelenke nicht so belasten konnte. Stattdessen hatte sie dauernd etwas am Haus auszusetzen. Die Bodenbretter verursachten ihr Schmerzen im Fußballen, das Land war zu steinig, um darauf zu gehen. Aber als Dad damals beschlossen hatte, die Farm zu kaufen und mit seinem Biosaatgutgeschäft anzufangen, war Jane sein größter Fan gewesen. Cyrus und ich hatten das damals für Schwachsinn gehalten. Das war in den guten alten Zeiten – Cyrus war Sportler, ich war der Schlaukopf und Dad war ein einigermaßen normaler Vater.

»Was ist mit deinem Job?«, hatte ich gefragt.

Dad hatte mit den Schultern gezuckt. »Ich kündige.«

»Was ist mit Geld?«, hatte Cyrus gefragt.

»Ich habe ein bisschen gespart. Jane auch. Wir verkaufen das Haus und nehmen einen kleinen Geschäftskredit auf. Es gibt alle möglichen Programme für nachhaltige Unternehmen.«

Das war anfangs der Anreiz: »Going Green«. Wie ein Dreizehnjähriger hatte Dad die Tendenz, allen möglichen Trends nachzugeben. Aber ein Jahr später bereute Jane den Kauf.

Sie schlug die Türen des Küchenschranks zu. »Ich habe es satt, die einzige Person zu sein, die Geld ins Haus bringt«, brummte sie, während sie das Abendessen kochte. Sie stöberte herum, bis sie die Riesenflasche Cajun-Gewürz fand, die ich hinter die Cornflakes-Schachteln geschoben hatte. Das verhieß würzige, rauchige Luft, die auch die Abzugshaube nicht bewältigen konnte – Luft, von der man husten musste, als würde man seine erste Zigarette rauchen. In diesem Haus gab es kein Futter für die Seele – nur Futter, das uns irgendwie schadete.

Ich schaufelte mir die Nudeln mit Käse in den Mund, um wieder aus der Küche zu kommen. Dad saß am anderen Ende des Tisches und studierte Saatgutberichte. Er hatte ein kompliziertes Tabellensystem, das nach einer erfolgreichen Saatgutfirma aufgestellt worden war. Ich durchschaute es nicht, und ich glaube, er ebenso wenig.

»Wie laufen die Geschäfte, Dad?«

Er blickte auf und schnaubte. »Ganz gut. Die Leute bestellen wie verrückt Saatgut für alte Tomatensorten.«

Ich nickte. Dad hatte bei seiner letzten Samenernte nicht gerade viel Hilfe bekommen. Ich hatte Wissenschaftsteamsitzung und Probeklausuren gehabt. Cyrus hatte nichts außer Zeit gehabt, die er jedoch im Oxy-Koma verbracht hatte.

Tomaten waren ein großes Geschäft, relativ gesehen zumindest. Die Tomate war der Porsche der Biosaatgutwelt.

Jane schlug die Schublade zu und Dad und ich zuckten zusammen.

»Die Tomaten sind mir scheißegal, wenn sie nicht die verdammte Hypothek zahlen«, murmelte sie. Ich sprang von meinem Stuhl auf und warf Dad einen Blick zu. Er zwang sich zu einem Lächeln und verdrehte die Augen gen Himmel. Ich fragte mich, ob er Mom sehen konnte, wenn er nach oben schaute.

»Nacht, Leute«, sagte ich und stellte meinen Teller in die Spüle. Dann ging ich in den dunklen Flur hinaus, blieb an der Treppe stehen und wartete auf die Explosion. Schon nach ein paar Sekunden ging es los – Dad sorgte für den Zündfunken.

»Verdammt, Janey, du weißt, dass ich mein Bestes gebe!«

»Nein.« Ihr Ton war vernichtend, schneidend vor Zorn. »Wenn du dein Bestes geben würdest, dann würdest du dieses Land verkaufen und dir einen richtigen Job suchen, verdammt!«

»Was ist mit unserem Traum passiert? Ein Leben auf dem Land? Ein Leben, das uns etwas bedeutet?« Er senkte die Stimme. »Ein Baby bekommen?«

Das war ein Schlag in die Magengrube. Zum ersten Mal hörte ich, dass sie darüber redeten, Kinder zu bekommen. Ein Kind, das zu ihnen beiden gehörte. Doch Jane lachte nur.

»Machst du Witze? Wir können schon so unsere Rechnungen nicht mehr zahlen, Craig! Wovon sollten wir Windeln kaufen, verdammt noch mal?«

»Wir könnten welche aus Stoff nehmen …«

»Hör mal.« Jane klang erschöpft. »Wir können erst ein Baby bekommen, wenn wir aus den roten Zahlen sind. Im

Moment stecken wir so tief drin, dass wir von Glück reden können, dass sie uns die Farm nicht schon längst weggenommen haben.«

»Ich weiß. Ich arbeite daran.«

Darauf erwiderte sie nichts, aber ihr Schweigen sagte alles. Einen Moment später kam Cyrus die Treppe vom Keller heraufgetrampelt. Ich konnte jeden Schritt durch die Bodenbretter spüren. Oben angekommen, eilte er an mir vorbei, als hätte er eine wichtige Mission.

»Hi, Cy-Guy«, hörte ich Dad fröhlich sagen. »Wie geht's?«

»Nicht so toll, ehrlich gesagt. Ich wollte dich fragen, ob …«

Wir wussten alle, was als Nächstes kommen würde. Ich spähte um die Ecke, das Gesicht angewidert verzerrt.

»Kannst du mir ein paar Dollar leihen? Lennons Freundin, Maddie, macht einen Massagekurs bei Learning Annex. Sie hat gesagt, sie kann mein Knie behandeln, wenn ich will, aber sie müsste trotzdem Geld von mir verlangen.«

»Das klingt großartig, mein Junge«, sagte Dad. »Wie viel brauchst du?«

Ich ging näher ran und sah, dass Cyrus mit den Schultern zuckte.

»Weiß nicht. Sechzig Mäuse oder so.«

Dad griff in die Tasche und zog seine Geldbörse heraus. Dann zählte er sein Bargeld.

»Reichen achtundvierzig?«, fragte Dad. Cy sah enttäuscht aus, griff aber trotzdem nach dem Geld.

»Ja, muss es wohl.«

Als Cyrus zur Hintertür schlurfte, bemerkte ich seine linke Hand, die das Geld umklammerte, als wäre es eine schmutzige Serviette oder irgendwelcher Müll. Da gingen sie hin, meine Chemielaborgebühren. Da ging er hin, mein Bruder. Ich schüttelte den Kopf. Nichts schien dieses Haus schneller zu verlassen als Familienmitglieder und Geld.

∞

In den Keller ging ich nur dann, wenn ich waschen musste. Die Waschmaschine und der Trockner standen unten an der Treppe und ich ging nie weiter als bis zum Waschbecken. Ich hatte einfach kein Interesse daran zu sehen, was mein Bruder aus dem Keller gemacht hatte. Aber dieses eine Mal war es anders. Ich musste mir klar und deutlich ins Gedächtnis rufen, wofür meine Laborgebühren draufgingen.

Stunden später, kurz nach Mitternacht, trat ich auf den alten Teppich aus grober Wolle, der vor lauter Trockenfäule fast knirschte. In unserem Keller herrschte die übliche kühle Feuchtigkeit, dazu mischte sich Cyrus' Rauch und der Gestank von Verfall.

Der Keller war eigentlich noch nicht fertig, aber Dad hatte genug Trockenmauern eingezogen, um ein Zimmer zu bauen. Nachdem Cyrus' Knie verletzt war – oder na ja, nachdem er bei Dr. Frank gewesen war – bat er Dad darum, ihn unten einzuquartieren, damit er nicht die Treppe hochmüsste. Als ich fragte, worin der Unterschied zwischen einer Treppe nach oben und einer nach unten bestand, nannte Cyrus mich zickig und Dad unsensibel. Deshalb hielt ich die Klappe und versuchte drei Wochen lang, das Hämmern und Sägen sowie Dads schreckliche Country-Musik zu ignorieren, die von unten in mein Zimmer heraufdrangen.

Cyrus hatte eine Tür mit einer goldenen Klinke. Sie schimmerte seltsam neu in einem Haus, das mit rostigem Allerlei angefüllt war. Ich klopfte leise.

Nichts.

Ich versuchte es wieder. Ich drückte mein Ohr an die Tür. Cyrus könnte zu Hause sein, aber das bezweifelte ich. Dafür war es viel zu früh. Eine Sekunde lang glaubte ich jedoch zu hören, wie er sich schwer atmend auf der anderen Seite gegen die Tür presste. Dann wurde mir klar, dass es mein eigener Atem war.

»Cy?«

Keine Antwort.

Ich drückte die Klinke herunter. Die Tür war abgeschlossen.

Aus Dads Werkzeugkiste holte ich einen Spachtel, den ich wie eine Kreditkarte zwischen Schloss und Türrahmen steckte.

Geräuschlos glitt die Tür auf. Kein Klicken. Keine Alarmanlage. Kein empörter Schrei. Nur mein unwillkürliches Würgen, als ich von dem Gestank überwältigt wurde.

Habt ihr schon mal im Fernsehen diese Berichte über Messies gesehen?

Willkommen in Cyrus' Zimmer.

Ich vermied es, durch die Nase einzuatmen. Cyrus war zwar nicht da, alles andere aber schon. Und das meiste davon war Müll.

Ich bahnte mir einen Weg über den Fußboden – oder das, was der Fußboden gewesen wäre, wäre er nicht mit Klamotten und Abfall übersät. In einer Ecke war ein Schreibtisch, der von Zeitschriften und Fastfood-Verpackungen bedeckt war. Daneben stand ein alter PC-Bildschirm auf dem Boden. Der Plasmafernseher, den Dad Cy zum Geburtstag geschenkt hatte, lehnte an der Wand, eingesteckt in eine Steckdosenleiste. Eine Dose Limonade war umgekippt und eine Pfütze sirupartiger Flüssigkeit befand sich in gefährlicher Nähe eines Verlängerungskabels.

Ich konnte nicht glauben, dass mein Dad diesen Mist zuließ, und eine Welle des Zorns schlug gegen meinen Brustkorb. Ich wurde zusammengestaucht, wenn ich das Geschirr nicht abgewaschen hatte, während mein kaputter Bruder unter unserem Haus eine kleine Mülldeponie anlegte – und mein Dad sagte kein einziges Wort dazu.

Nach ein paar vorsichtigen Schritten entdeckte ich das unverkennbare durchscheinende Orange einer Tablettendose auf dem Boden. Ich beugte mich vor, schob ein halb verrottetes Kissen zur Seite und Dutzende weitere Dosen kamen zum Vorschein. Vielleicht hundert – und alle waren leer. Er hatte die Etiketten abgeknibbelt, auf denen sein Name und seine Adresse standen, doch auf einigen prangten noch die Warnhinweise:

Mit den Mahlzeiten einnehmen.

Während der Einnahme dieses Medikaments keine schweren Maschinen bedienen.

Unzerkaut und unzerkleinert schlucken.

Gleich daneben lag seine Ausrüstung. Eine davon jedenfalls.

Das Glas eines Bilderrahmens. Eine Rasierklinge. Strohhalme – einige stammten von Getränken, andere waren aus Zeitschriftenseiten zusammengerollt. Eine Rolle Alufolie. Ein Regenbogen aus Feuerzeugen. Und eine fast volle Dose Tabletten.

Sie waren klein und rund. Sie sahen harmlos aus wie Pfefferminzbonbons. Wie Baby-Aspirin. Ich drückte fest auf den Deckel und schüttete vorsichtig vier Tabletten in meine Hand. Wie gebannt starrte ich sie an. Wie konnte etwas so Kleines so großen Schaden anrichten?

Mir schossen zwei Gedanken gleichzeitig durch den Kopf.

Nimm sie mit. Du kannst sie in die Toilette hinunterspülen. Nimm sie mit. Du kannst sie verkaufen.

Fakt war, dass die wichtigsten Dinge in meinem Leben scheinbar auch die teuersten waren. Ich schuldete Dr. Schafer immer noch Geld. Geld für Benzin brauchte ich dauernd. Manchmal blieb mir nichts anderes übrig, als Lebensmittel zu kaufen. Oder Cys Rezepte abzuholen.

Das könnte eine Art Rückerstattung sein. Eine Entschädigung.

Plötzlich tauchte Jasons Gesicht in meinen Gedanken auf – sein anzüglicher Blick, seine schleimige Art, als er nach meinem Bruder fragte. Ich griff nach einer der leeren Dosen und ließ die Pillen hineinfallen. Als ich zur Tür zurückging, überlegte ich, ob ich meine Spuren verwischen sollte. Aber als ich einen Blick über meine Schulter warf, war ich mir sicher, dass Cyrus keinen Unterschied merken würde. Nur der Müll wusste, dass ich hier gewesen war, und als er unter meinen Füßen knirschte, flüsterte ich: *Mach dir keine Sorgen. Das ist unser kleines Geheimnis.*

∞

Ich fand Jason am nächsten Tag nicht in der Gosse oder einem Müllcontainer. Er war an der Schule hinter den Tennisplätzen. Und er war nicht allein.

Als ich mich näherte, musterten er und seine Kumpels mich von oben bis unten. Einer von ihnen murmelte »hübsche Titten«. Ich verschränkte die Arme über der Brust und schob das Kinn nach vorne.

»Was geht ab, Goth Girl?«, fragte Jason.

»Ich möchte dir einen Deal vorschlagen.«

Ich fühlte mich unbehaglich. Ich kannte den Slang nicht. Ich wusste nicht einmal, wie viel ich verlangen sollte. Zum hundertsten Mal zögerte ich und hielt das Ganze mal wieder für eine echt schlechte Idee.

»Was für eine Art von Deal?«

Ich war noch etwa anderthalb Meter von dem Maschendrahtzaun entfernt, der den Tennisplatz umgab, und plötzlich hatte ich das verzweifelte Bedürfnis, mich daran festzuklammern. Jason trug ein T-Shirt, auf dem »Charles Manson hatte recht« stand. Der Typ neben ihm hatte überall Totenköpfe – auf seiner Jacke, auf seinem Ring, auf den Stöpseln, die die Löcher in seinen Ohrläppchen dehnten. Ein paar der anderen Typen kamen ein wenig näher, vielleicht weil sie das Interesse in Jasons Stimme herausgehört hatten. Ich schluckte schwer.

»Ich habe, wonach du mich gefragt hast.«

»Die Oxys?« Er klang überrascht.

Ich nickte.

»Schön.« Er stieß den Totenkopf-Typen mit dem Ellbogen an und grinste den anderen zu. »Ich wusste doch, dass Cyrus uns nicht hängen lässt.«

»Eigentlich«, fing ich an, verstummte aber sofort. Besser, wenn sie glaubten, Cyrus steckte dahinter. Dass ich nur eine Vermittlerin war und keine Quelle.

»Wie viele hast du denn?«, fragte Jason.

»Vier.«

»Cool. Wie viel will Cyrus dafür?«

Mist. Ich hatte keine Ahnung vom Marktwert und solchen Sachen. Ich hätte meine Hausaufgaben machen sollen. Normalerweise war ich so gut in Rechercheprojekten – erst letzte Woche hatte ich eine Eins für meinen Laborbericht in Organischer Chemie abgestaubt.

»Ähm … das Übliche, nehme ich an«, sagte ich schließlich. »Was du sonst auch zahlst.«

Jason öffnete seinen Geldbeutel und zählte ein paar Scheine ab. Er blickte mich an und kniff die Augen zusammen.

»Zweihundert Dollar, okay?«

»Klar«, sagte ich. Ich fummelte an der Dose in meiner Jackentasche herum. Die Kante des Deckels fühlte sich unerwartet scharf an.

»Großartig.« Jason war nicht gerade raffiniert. Ich sah, wie er seinen Kumpels einen selbstzufriedenen Blick zuwarf. Ich rechnete eins und eins zusammen und atmete durch.

»Nein, sorry, das macht zweihundertvierzig Dollar für vier Stück. Zehn Dollar pro Milligramm.« Ich hatte keine Ahnung, warum ich das sagte. Ich musste das schon mal irgendwo gehört haben. Jedenfalls klang es richtig.

»Was?« Jason verhaspelte sich ein wenig, dann nahm er wieder seinen Geldbeutel. »Verdammt, ich habe nur zweihundertzehn.«

»Das ist okay.« Ich lächelte und riss ihm die Scheine aus der Hand. »Ich sage Cy, dass ich dieses Mal ein Auge zugedrückt habe.«

Widerstrebend nickte Jason. »Okay, guter Deal.«

Ich griff wieder in die Tasche und zog das Fläschchen heraus. Jason starrte es an.

»Was zum Teufel ist das?«

»Was glaubst du denn, was es ist?«

»Das will ich nicht!«

Er ließ die Tabletten in seine Hand fallen und warf die Dose mit funkelndem Blick zu mir zurück.

»Was soll das, verdammt noch mal? Willst du, dass ich verhaftet werde oder was?«

Ich beobachtete, wie der Behälter ins Gras rollte. Der Deckel war nirgends zu sehen. Ich wurde rot vor Scham.

»Was soll's, los, kommt«, grunzte Jason seinen Freunden zu und sie zogen sich zur Tür der Turnhalle zurück. Ich schaute auf die Uhr. Ich musste mir eine gute Ausrede einfallen lassen, weshalb ich so spät zum Englischunterricht kam.

»Warte.« Jason kam zu mir zurück und reichte mir einen Zettel. »Das ist meine Nummer. Sag Cyrus, wann immer er etwas hat, kaufe ich es ihm ab.«

Erst als ich mich zum Gehen wandte, bemerkte ich Lucas. Wie neulich in der Bibliothek hielt er sich irgendwie zurück, als würde er die Situation einschätzen. Er lächelte mich an, als er den Typen folgte. Sein blondes Haar flatterte ein wenig im Wind und bildete auf seinem Kopf einen Wirbel, der aussah wie Softeis. Einen Moment lang hätte ich am liebsten daran geleckt.

Plötzlich schämte ich mich, als wäre ich mit heruntergelassenen Hosen erwischt worden. Lucas hatte etwas an sich, das mir das Gefühl gab, nackt zu sein. Das war kein ausschließlich unangenehmes Gefühl. Ich zog mir die Kapuze über den Kopf, um meine roten Wangen zu verbergen, und eilte zurück ins Schulgebäude. Ich versuchte, über das, was ich gerade getan hatte, nicht nachzudenken – die Tatsache, dass ich jetzt offizielle Drogendealerin war und dass ich das Geld in meiner Tasche für Pillen bekommen hatte, die gar nicht mir gehörten. Stattdessen versuchte ich, so etwas wie ein Gefühl der moralischen Überlegenheit zu entwickeln. Jetzt waren es schon weniger Pillen, die sich mein Bruder einwerfen konnte. Jetzt konnte ich meine Schulden bei Dr. Schafer bezahlen.

Ein Mittwoch fühlt sich immer wie ein Mittwoch an, da ist nichts zu machen. Aber ein Mittwoch, an dem man Bares in der Tasche hat, ist ein bisschen besser als sonst. Schließlich fand ich Dr. Schafer. Sie klopfte gerade Tafelschwämme vor ihrem Fenster aus. Womöglich war sie die einzige Lehrerin, die noch immer die Tafel benutzte – selbst an unserer Schule mit ihrem Mangel an Hightech hatten alle Lehrer Smartboards.

»Dr. Schafer?«

Sie drehte sich um. Die Ärmel ihrer Jacke waren mit hellgelbem Staub bedeckt.

»Cecelia, hallo.« Stirnrunzelnd sah sie auf die Uhr. »Ich habe nicht lange Zeit, wir haben heute Lehrerkonferenz.« Sie bedachte mich mit einem entschuldigenden Lächeln.

»Schon gut. Ich wollte Ihnen nur das hier geben.« Ich reichte ihr sechzig Dollar. »Meine Laborgebühr.«

Dr. Schafer sah auf das Geld und nickte langsam.

»Gut. Na ja, okay. Eigentlich zahlst du das nicht an *mich*, sondern an Mrs Fleishman, die Schulsekretärin.«

»Oh.«

Den ganzen Nachmittag hatte ich mich darauf gefreut, ihr das Geld zu geben, um ihr zu zeigen, dass man sich auf mich verlassen konnte. Stattdessen stand ich wie eine Idiotin da.

Ich streckte die Hand nach den Scheinen aus. »Ich kann es ihr bringen.«

»Nein, schon gut.« Sie schüttelte den Kopf. »Ich glaube, man will dadurch einfach vermeiden, dass zwischen Lehrern und Schülern Geld den Besitzer wechselt.«

»Ja. Das macht wohl Sinn.«

Ich hievte die Tasche wieder auf meine Schulter. Die Schnalle zwickte mich in die Haut und unwillkürlich stiegen mir Tränen in die Augen.

»CeCe ...«, sagte Dr. Schafer und sah mich an. »Ist alles in Ordnung?«

Umständlich machte ich den Reißverschluss an meiner Tasche auf und holte die Autoschlüssel heraus. »Ja, klar. Alles in Ordnung.«

»Okay …« Sie klang nicht überzeugt, sodass ich mich noch schlechter fühlte.

Ich zwang mich dazu, ihr ein schmales Lächeln zu schenken, bevor ich zur Tür ging. Plötzlich wusste ich, wie Dad es schaffte, ein glückliches Gesicht für mich aufzusetzen. Für ein Lächeln brauchte man lediglich der Schwerkraft zu trotzen. Und das ist nicht annähernd so schwer, wie zuzugeben, wie man sich wirklich fühlt.

8

Die Tabletten zu stehlen, war eine schreckliche Idee gewesen.

Nach der Schule ging ich in meinem Zimmer auf und ab und hinterließ dabei eine hässliche Spur auf dem Flor meines Teppichs. Ich hoffte, die Spur und meine nervöse Übelkeit wären nicht von Dauer. Als ein paar Minuten später Dads Pick-up in die Einfahrt bog, sah ich Cyrus aussteigen, das Gesicht halb vom Schirm seiner Cap verdeckt. Bildete ich mir das ein oder spürte ich da eine ätzende Mischung aus Zorn und Verrat?

Es war Einbildung. Er kam nicht zu mir herauf.

Zur Abendessenszeit war Dad draußen im Saatgutschuppen und Cyrus schlief entweder, war high oder bewusstlos. Jane quatschte mit ihrer Schwester in Denver am Telefon, deshalb setzte ich mich allein an den Küchentisch und überlegte mir, während ich ein zähes Stück »Huhn nach Jägerart« kaute und schluckte, Folgendes:

1. Ich habe das Richtige getan. Das sind vier Pillen, die Cyrus nicht umbringen können.

2. Soll Jason sie sich doch in die Nase schieben oder in die Venen oder wohin auch immer. Wen kümmert es, was der Kerl tut?

3. Eigentlich tue ich meiner Familie einen Gefallen.

4. Ich brauche das Geld wirklich für die Schule.

Ich war schon genauso gut wie mein Dad, wenn es darum ging, die Augen vor der Wahrheit zu verschließen. Mit zusammengekniffenen Augen konnte ich mich erholen, wann immer ich wollte – wann immer mir meine Schuldgefühle das bisschen Gerechtigkeitsgefühl, das mir noch geblieben war, zu rauben drohten.

Ich ging einen Stapel Post durch, die sich am Ende des Tisches angehäuft hatte. Ich überflog die Rechnungen, bis mich ein langer, cremefarbener Umschlag abrupt innehalten ließ.

Alumni-Stiftung der Edenton Universität.

Ich hatte nicht so früh mit einer Antwort gerechnet – ich war Ende letzten Jahres angenommen worden, hatte mich aber erst kürzlich um ihr akademisches Stipendium beworben. Ich riss den Umschlag auf, als wäre es eine Emmy-Nominierung.

Und der Preis für die Anwärterin, die das Stipendium am dringendsten nötig hat, geht an …

> Sehr geehrte Miss Price,
> vielen Dank für Ihre kürzlich eingereichte Bewerbung. Wir haben viele hoch qualifizierte Einsendungen erhalten, sodass uns die Auswahl sehr schwer gefallen ist. Leider müssen wir Ihnen mitteilen, dass Sie nicht für das akademische Stipendium der Alumni-Stiftung der Edenton Universität ausgewählt wurden …

Ich machte mir nicht die Mühe, den Rest auch noch zu lesen. Stattdessen knüllte ich den Brief zusammen und warf ihn in den Müll. Er landete auf einer Fleischverpackung aus Styropor, die glitschig von Blut war. Ich wünschte, es wäre *mein* Blut.

Plötzlich wurde es mir zu eng in der Küche. Es war unmöglich, die schöne Seite des Lebens zu sehen. Oder es gab gar keine schöne Seite. Als ich zu schnell aufstand, musste ich nach der Stuhllehne greifen, weil mir ein wenig schwindlig wurde. Ich wartete nicht ab, bis es nachließ, sondern stürzte zur Fliegengittertür hinaus.

Normalerweise war die Luft an einem Frühlingsabend erfrischend. Aber heute fühlte ich mich wie eine nasse Decke, die in einer Plastiktüte erstickt. Die Luftfeuchtigkeit war fast zu hoch, um zu atmen. Vielleicht kamen mir deshalb so schnell die Tränen, wie ein spätsommerliches Gewitter. Ich wünschte, sie wären Hagel, ich wünschte, die Hagelkörner wären so hart, dass man sie nach etwas werfen konnte. Aber wie immer verletzten meine Tränen niemanden außer mir.

Zusätzliche Aktivitäten an der Schule, Eintrag auf die Liste der besten Schüler – all das war umsonst gewesen. Ich hätte auch arbeiten, Geld verdienen, auf die Zukunft sparen können – stattdessen hatte ich ein »abgerundetes« akademisches Profil. Was für eine verdammte Verschwendung.

Ich saß allein im Dunkeln, bis meine Augen trocken genug waren, dass ich behaupten konnte, einfach müde zu sein. Meine Nase war noch immer ein wenig verstopft und ich griff in die Tasche meiner Jeans in der Hoffnung, ich hätte ein Taschentuch. Hatte ich aber nicht.

Dafür fand ich hundertfünfzig Dollar. Und da hatte ich eine Idee. Sie erblühte in meinem Kopf wie eine von Dads winterharten Pflanzen – ganz plötzlich, wie durch Zauberei.

Ich klaue jede Woche drei oder vier Pillen – Cyrus ist viel zu weggetreten, um es überhaupt zu bemerken.

Das macht mindestens siebenhundertfünfzig Dollar im Monat – mehr als ich mit einem Teilzeitjob verdienen würde.

Im September werde ich genug Geld haben, um mich für ein paar Kurse anzumelden.

Genug, um meine Bücher zu bezahlen.

Ich müsste mir nie wieder Sorgen darum machen, wie ich Lebensmittel, Benzin oder Rezepte bezahlen soll.

Ich müsste mir nie wieder Sorgen darüber machen, wann das Geld endlich kommt.

Plötzlich ging das Licht hinten am Hof an und ich trat einen Schritt zurück in den Schatten. Cyrus stiefelte die Kellertreppe herauf und blieb dann stehen. Er zündete sich eine Zigarette an und atmete tief ein. Ich fragte mich, wann er das letzte Mal so tief eingeatmet und dabei nur Luft inhaliert hatte. Im nächsten Moment hielt ein Auto an. Der Fahrer ließ die Scheinwerfer aufleuchten, woraufhin Cy die Zigarette ins Gras schleuderte und zur Beifahrertür ging.

Wenn mich jemand vor zwei Jahren darum gebeten hätte, meinen Bruder zu beklauen, hätte ich mich geweigert. Wir standen uns nahe. Wir waren ehrlich zueinander. An einem Abend wie diesem hätte ich uns vielleicht Spaghetti mit kleingeschnittenen Würstchen gekocht, wie Mom sie gemacht hat, als wir noch klein waren, und dann hätten Cy und ich direkt mit der Gabel aus dem Topf gegessen und dabei ferngesehen.

Vor zwei Jahren war mein Verhältnis zu meinem Bruder so unschuldig wie Spaghetti und Sportschau gewesen.

Vor zwei Jahren hatte Cyrus aber auch nichts, was ich brauchte.

Ich wartete, bis die Rücklichter verschwunden waren und nur noch ihr roter Schein auf die Bäume am Ende unserer Einfahrt fiel. Dann ging ich zur Kellertreppe. Als ich dort ankam, glühte der Zigarettenstummel immer noch, wie ein winziges Glühwürmchen, das auf dem Rasen aufblitzte.

Ich ging darauf zu, um das Glimmen mit meinem Fuß zu löschen, doch die feuchte Luft kam mir zuvor. Die Zigarettenkippe war aus, das Haus lag still da und ich ging in den Keller, den Kopf voller Möglichkeiten.

∞

Es dauerte weniger als drei Minuten, bis Jason meine SMS beantwortet hatte, und weniger als zwei weitere Minuten, bis ich in meinem Auto saß. Als ich in sein Viertel einbog, konnte ich die Silhouetten der protzigen Villen erkennen, die die Straße säumten. Ich hatte ganz vergessen, dass Jasons Dad eine Art Immobilienhai war. Die Vorstellung von einem schmierigen Jason in teurer ägyptischer Baumwollbettwäsche fühlte sich wie ein Paradox epischen Ausmaßes an.

»Jason ist unten, Liebes«, sagte seine Mom mit einem warmen Lächeln, das nach frischem Gebäck aussah. Ich schluckte schwer. Was war das für eine Welt, in der es fair war, dass ein Mistkerl wie Jason so eine Mom hatte?

Das Haus war riesig, und der Grundriss teilte es in unzählige Ebenen, dass es einem wie ein Labyrinth vorkam. Als ich die Treppe hinunterging, nahm ich denselben Geruch nach Abfall, denselben Gestank einer menschlichen Müllkippe wahr, mit dem Cyrus unser Haus besudelt hatte. Ich fragte mich, was wohl Jasons Mutter dachte, was er da unten verbrannte.

Jason saß vor einem riesigen Fernseher, der mehr Platz einnahm als ein Sofa. Wie Schnappschüsse flackerte *Call of Duty* mit seinen Computerspielmassakern über den Bildschirm.

»Jason?«

Er blickte auf und sah mich aus seinen glasigen Augen an, deren Pupillen weit wie hungrige Münder waren.

»Du bist schnell, Mädchen. Hast du was für mich?«, fragte er.

Ich nickte und stellte mir vor, wie die Ziploc-Tüte mit den Pillen im gleichen Rhythmus wie mein Herz pulsierte.

»Und?«

Für den Bruchteil einer Sekunde verwandelte sich der Jason, den ich vor mir hatte. Er war wieder in der Fünften und versuchte, sich in einem Wettbewerb um die Hauptstädte der Bundesstaaten an die von Wisconsin zu erinnern. Ich hatte ihm »Madison« zugeflüstert und er hatte sich nie dafür bedankt. Als ich später die Hauptstadt von Washington nicht wusste, war er zu sehr damit beschäftigt, auf seinen Fingernägeln herumzukauen.

»Hast du was für mich?«, wiederholte er langsam, als wäre ich immer noch zu dumm, um Geschäfte zu machen. Ich reichte ihm die Tüte.

»Sechzig pro Pille, richtig?«, murmelte er.

»Ja. In der Tüte sind fünf.«

»Ach nee. Zählen kann ich selber.«

Er stand auf und ging in ein anderes Zimmer. Von dort, wo ich stand, konnte ich die eine Seite eines Luftentfeuchters und einen halb vollen Korb Schmutzwäsche sehen. Ich fing an, im Kopf die Sekunden zu zählen, aber jede einzelne fühlte sich so zäh und muffig wie die Luft an. Je mehr Zeit verging, desto schwerer fühlte ich mich.

Jason, dessen Hand ein Bündel Scheine umklammerte, betrat wieder das Zimmer. Ich starrte nur auf das Geld. Als er meinen Gesichtsausdruck sah, grinste er.

»Ich hab noch zehn Dollar draufgelegt.« Er reichte mir das Geld und ich zählte es ungeschickt nach.

Was ich dachte: *Kannst du überhaupt zählen?*

Was ich sagte: »Sag mir Bescheid, wenn du mehr brauchst.«

9

JUNI Heute

Das Verrückte an einem Laufband ist, dass es einen ganz schnell nirgendwohin bringt. Laut Dr. Barnes stellt Bewegung eine gesunde Art und Weise dar, Frust und Wut loszuwerden. So wie ich das sehe, hilft Sport mir überhaupt nicht dabei – außer vielleicht, wenn ich Hanteln gegen ein Glasfenster werfen dürfte oder so.

Trotzdem beschließe ich, heute Morgen das Laufband im Fitnessraum zu benutzen. Mir gefällt der Gedanke, von etwas anderem als von meinen Therapiesitzungen erschöpft zu sein.

Heute haben wir eine Gastrednerin. Ich habe gehört, dass es ziemlich regelmäßig vorkommt, dass Ärzte, Lehrer oder Opfer herkommen, damit wir uns hinterher noch beschissener fühlen. Ich kann das meiste von diesem Therapiekram verkraften. Ich kann die Gruppentherapie absitzen, ich kann mit Trina arbeiten, ich kann mich heraushalten und den Leuten aus dem Weg gehen. Ich glaube nur nicht, dass ich mir stundenlanges Gelaber darüber anhören kann, wie ich wieder hinzukriegen, zur Vernunft zu bringen oder zur Reue zu zwingen sei. Deshalb probiere ich aus, wie lange es dauert, bis Nathan, der bullige Wachmann des Tages, in den Fitnessraum gerannt kommt und mich ins Sitzungszimmer begleitet.

Als die Tür schließlich aufgeht, ist es jedoch Tucker. Er wirft einen Blick auf mich und verschränkt die Arme.

»Seit wann machst du Sport?«

»Woher willst du wissen, ob ich Sport mache oder nicht?«

»Ähm, vielleicht weil ich jeden Morgen hier bin und du heute zum allerersten Mal aufkreuzt.« Er nimmt ein Handtuch vom Regal und reicht es mir. »Komm, wir sind spät dran.«

Ich funkle ihn an. »Echt jetzt? Bist du hergekommen, um mich zu zwingen?«

Er zuckt mit den Schultern. »Ich würde es nicht zwingen nennen, sondern eher ›dich zur Verantwortung ziehen‹.«

»Vergiss es. Ich gehe nicht hin.«

Tucker verdreht die Augen. »Natürlich gehst du hin.«

Ich laufe weiter. Meine Fußballen fühlen sich so hohl an wie Versprechen, aber ich fülle sie mit der ganzen Sturheit aus, zu der ich fähig bin. Tucker hingegen versucht es mit Moral.

»Komm schon, CeCe. Sei kein Arsch.«

Langsam werde ich wütend. »Das Letzte, was ich jetzt brauche, ist jemand, der dafür sorgt, dass ich mich noch beschissener fühle!«

Tucker streckt die Hand aus und drückt auf den roten Stopp-Schalter meines Laufbands. Stotternd hält es an und ich klammere mich am Geländer fest.

»Mann, was soll das?«

Er zuckt mit den Schultern. »Du wolltest ja nicht aufhören.«

»Das liegt daran, dass ich NICHT HINGEHE.«

Nathans besorgtes Gesicht erscheint im Fenster. Tucker schaut zu ihm hinüber, dann senkt er die Stimme. »Hör mal«, sagt er und kommt näher, »diese Leute, die da kommen – sie wollen doch nur mit uns reden.«

»*Alles*, was wir hier tun, ist reden.«

»Nein.« Tucker schüttelt den Kopf. »Alles, was *alle anderen* hier tun, ist reden. Alles, was *du* tust, ist, reden möglichst zu vermeiden.«

»Ich glaube, das nennt man zuhören.«

»Damit man es ›zuhören‹ nennen kann, musst du auch wirklich mitkriegen, was die Leute sagen. Und weißt du, du musst dich auch für das, worüber sie reden, interessieren.«

»Wie auch immer.« Ich reiße Tucker das Handtuch aus der Hand und wische mir die Stirn ab. »Was macht es schon für einen Unterschied, ob ich hingehe oder nicht?«

»Es macht keinen Unterschied.«

»Warum machst du es dann zu deiner Lebensaufgabe, mich dorthin zu kriegen? Wen kümmert es denn schon, ob ich mir heute Morgen anhöre, was irgendein Schwachkopf zu sagen hat, oder einfach noch ein paar Minuten hier abschwitze?«

Tucker antwortet nicht. Ich kneife die Augen zusammen, bis er sich in die Länge zieht und verschwindet.

»Warum machst du das immer?«, fragt er. Ich blinzle heftig und erweitere meinen Blick wieder.

»Was?«

»Die Augen zusammenkneifen, das machst du dauernd. Brauchst du eine Brille, oder was?«

Ich schüttle den Kopf und komme mir blöd vor. »Nein, mit meinen Augen ist alles in Ordnung.«

Ich beschäftige mich eingehend damit, die Kontrolltafel des Laufbands abzuwischen, aber ich spüre noch immer Tuckers

Blick auf mir. Ich gebe auf. Einer Fremden zuzuhören ist weit weniger intim, als seine Fragen auflaufen zu lassen und seinem Blick auszuweichen, während etwas in meiner Brust hämmert.

»Hör mal«, sage ich schließlich, »wenn ich zu diesem Vortragsding gehe, lässt du mich dann in Ruhe? Hörst du dann auf, mich damit zu nerven, dass ich meine Gefühle verarbeiten soll oder was auch immer?«

Tucker sieht ehrlich gekränkt aus. »Ich will dich nicht nerven, CeCe. Ich versuche, ein Freund zu sein.«

»Ich brauche keinen Freund«, brumme ich.

Er schüttelt den Kopf. »Jeder braucht einen Freund.«

Tuckers Ernsthaftigkeit ist oberflächlich betrachtet zwar nervig, aber sie ist noch mehr als das – sie ist entwaffnend. Deshalb strecke ich die Waffen. Das heißt, ich werfe das Handtuch in den Wäschekorb, ohne etwas Bissiges zu erwidern, und versuche, ihm zu folgen, ohne es zu hassen.

∞

Alles an Mary Jensen ist dick. Dicker Kopf, dickes Haar, dicke Arme und dicke Männerhände. Ich sitze in der vorletzten Reihe, und selbst dort dröhnt ihre Stimme, als hätte sie ein Megafon in der Hand. Sie ist recht jung, vielleicht Anfang zwanzig oder so.

Ihre Knöchel sehen unnatürlich geschwollen aus. Ich schlucke schwer. Sie sieht aus wie ein einziges entsetzliches Schuldgefühl.

»Ich möchte allen danken, die heute gekommen sind«, sagt Mary, als wäre das hier so etwas wie ein freiwilliges Seminar. »Ich gebe euch jetzt ein paar Hintergrundinformationen, damit ihr wisst, weshalb ich hier bin und warum ihr euch den Scheiß, den ich erzähle, zu Herzen nehmen solltet.«

Es ist lustig, wenn andere Schimpfwörter benutzen. In diesem Fall ist es, als würde ein Vertretungslehrer den Lehrplan aus dem Fenster werfen und mit der Klasse stattdessen zu Burger King gehen. Ich schaue zu Dr. Barnes hinüber, der etwas abseits sitzt. Er scheint nicht außer Fassung geraten zu sein, was ein wenig enttäuschend ist.

Mary beginnt mit dem, was sie unter der »Kurzfassung« ihrer Lebensgeschichte versteht: Ganze zehn Minuten lamentiert sie darüber, dass sie einen Bruder hat, dass ihre Eltern schon vierzig Jahre verheiratet sind, bla, bla, bla. Dann fängt sie von ihrem ersten Semester am College an, und da habe ich Mühe zu verhindern, dass ich mich nicht übergebe. Nichts ist so abgrundtief deprimierend, wie einem ganz normalen Menschen zuzuhören, der ein ganz normales Leben führt. Alle, die hier sitzen, sind alles andere als normal, und die allermeisten von uns wollten genau das schon immer sein.

»Ich war schon am College und wohnte nicht mehr zu Hause, als mein Bruder verschreibungspflichtige Medikamente für sich entdeckte«, sagt Mary gerade. »Ich hatte zwar eine Veränderung an ihm bemerkt, seit ich ausgezogen war, aber ich dachte, dass es daran lag, dass er erwachsen wurde. In meinem ersten Jahr am College war er zwölf. Natürlich war alles ganz anders, als er sechzehn war.«

Sie hat diesen abgebrühten Gesichtsausdruck, als würde sie eine Maske tragen, um die Geschichte zu erzählen. Als hätte sie sich selbst aus dieser Geschichte entfernt.

Das kenne ich.

»Als ich mit dem College fertig war, zog ich wieder zu Hause ein. Ich sah mich nach Arbeit um und endete als Nachtschichtleiterin in dem Fastfood-Restaurant, in dem auch mein Bruder arbeitete. Eines Nachts haben wir zusammen aufgeräumt, und ich habe ihm gesagt, er solle ausstempeln. Während ich die Kasse machte, sah ich aus dem Fenster und entdeckte ihn im Wagen eines Freundes. Er hat sich einen durchgezogen, gleich auf dem Parkplatz – das Feuerzeug leuchtete auf, Folie glitzerte, Rauch verschwand in einem Strohhalm, der zwischen seinen Zähnen klemmte. Bis zu dieser Nacht wusste ich überhaupt nicht, dass man Tabletten auch rauchen konnte. Und als ich die Kasse fertig gezählt hatte, fehlten zweihundert Dollar.«

Mary schweigt, um einen Schluck von ihrem Wasser zu trinken, dann fährt sie fort. Ich beiße mir fest auf die Wange und lasse zu, dass sich Speichel unter meiner Zunge sammelt.

»Meine Eltern haben es total geleugnet, als ich es ihnen erzählte. Selbst als mein Bruder wegen Drogenbesitzes verhaftet wurde, weigerten sie sich zu glauben, dass er ein Junkie war. Dafür glaubten sie jede Geschichte, die er ihnen auftischte – dass er die Drogen nur für einen Freund aufbewahrte, dass sein Urintest positiv war, weil er sich im selben Auto aufgehalten hatte, während andere Drogen genommen hatten – die Liste der Lügen war endlos. Zweimal holten sie ihn gegen Kaution aus dem Gefängnis, ließen ihn zu Hause wohnen, gaben ihm Geld – zumindest bis sie dahinterkamen, dass er sie schon die ganze Zeit bestohlen hatte.«

Ich habe genug im Leben gesehen, um zu wissen, was als Nächstes kommt – eine Konfrontation, ein absoluter Tiefpunkt, tränenreiche Umarmungen und ein Gang zur Behandlung. Die Leute halten solche Geschichten für absolute Schocker, die uns andere total mitnehmen und fix und fertig machen. Falsch. Eine Intervention, eine Entziehungskur ist der bestmögliche Fall. In meiner Brust steckt jetzt eine Faust, und ich merke, dass ich mich getäuscht habe. Die Geschichte eines normalen Lebens, ganz gleich wie fremd es einem vorkommt, wäre weit besser als eine Geschichte, die man bereits in- und auswendig kennt.

»Die Sache ist«, sagt Mary, ihre Stimme schwankt jetzt ein wenig, »dass ihn nichts und niemand aufgehalten hat. Das ist das, was die Leute in Bezug auf Drogensucht nicht verstehen. Es ist nicht der Tod eines geliebten Menschen, durch den man leidet. Die eigentliche Qual ist sein *Leben* – wenn man zuschauen muss, wie er immer weiter Drogen nimmt, ohne irgendwelche Anzeichen, dass er damit aufhören würde.«

Mary steht auf und geht vor uns auf und ab. Wie ein *Rechtsanwalt*, denke ich. Nein, wie ein *Fernsehprediger.*

»Ich möchte heute mit euch über zweite Chancen reden. Wenn ihr hier festsitzt, denkt ihr als Letztes, dass das ein Segen ist. Aber diese Einrichtung bietet euch eine Chance. Außer Zeit habt ihr nichts. Diese Zeit müsst ihr nutzen und zu dem Menschen werden, der ihr sein wollt. Wie mein Bruder musstet ihr zuerst einen Tiefpunkt erreichen, um hier zu landen. Jetzt wo ihr hier seid und außer Zeit nichts habt – wie wollt ihr sie nutzen?«

Das ist der Teil, der uns dazu anregen soll, uns zu verändern, uns dazu zu motivieren, ein Leben zu führen, das der Gesellschaft dient, oder was auch immer. Mary schlägt sich mit der Faust in die Handfläche, als wolle sie ein visuelles Ausrufezeichen setzen, und ich lasse meine Augenlider über die Welt fallen, als wären sie ein Vorhang. Ich sitze so reglos wie möglich da und versuche, den Raum verschwinden zu lassen.

Doch selbst mit geschlossenen Augen kann ich hören, wie

Marys Faust immer wieder zuschlägt. Unwillkürlich denke ich an die Redewendung »Genau ins Schwarze getroffen«, als ich den Aufprall der Knöchel auf der Haut höre. Es geht doch nichts darüber, seine eigene Lebensgeschichte zu hören, inklusive Soundeffekte, um das Gefühl zu haben, das Ganze immer wieder und wieder durchzumachen.

Aber ich bin hier. Und zumindest habe ich Tucker dazu gebracht, seine CeCe-Reha-Initiative aufzugeben. Ich drehe mich um, um ihn daran zu erinnern, aber sein Stuhl ist leer. Da war wohl er derjenige, der als Erstes abgehauen ist. Ich hätte es besser wissen müssen. Diese Einrichtung ist nicht nur voller Krimineller und Drogenabhängiger, sondern auch voller Lügner.

Ich schließe die Augen und versuche, mich an die Zeit zu erinnern, in der ich jemandem vertrauen konnte, als sich Lügen noch nicht vertrauter angefühlt hat als meine Vertrauten. Als ich in der Achten war, überredeten mich ein paar Mädchen in der Schule dazu, Mr Mulligan, einen Mathelehrer, zu bestehlen, der dazu neigte, seine Aktentasche offen zu lassen, sodass jeder seine Zigaretten sehen konnte. Die Marlboro Lights wogen wahrscheinlich keine dreißig Gramm, aber für den Rest des Tages stellte die Zigarettenschachtel das Gewicht einer Waffe oder des Hope-Diamanten in meiner Tasche dar.

Aber ich hatte nicht bedacht, wie sehr Zigarettenrauch nach Zigaretten riechen würde. Oder wie sehr er sich in meinen Klamotten und meinen Haaren festsetzen würde, wie ein Parfüm, von dem ich zu viel aufgetragen hatte. Mein Dad roch es als Erster. Beim Abendessen hatte ich mir gerade eine Portion Zucchini genommen, da schnüffelte er und sah mich finster an.

»Hast du etwa geraucht?«

Er hatte eine Stimme, die ich noch nie zuvor von ihm gehört hatte – die Art von Stimme, die man nicht anlügt, und das würde ich auch nicht tun. Aber mein Bruder tat es.

»Das war ich, Dad.«

Ich starrte Cyrus einfach nur verblüfft an. Fünf Minuten zuvor hatte er damit gedroht, meinem Dad von den bauchfreien Oberteilen und den zu kurzen Röcken zu erzählen, die ich in der Schule trug. In dieser Zeit tanzten wir den Tango des passiv-aggressiven Petzens. Doch hin und wieder hielt Cyrus den Kopf hin. Es war, als wäre ich für ihn eine Art Jungfrau in Nöten. Als wäre er ein Ritter in schimmernder Rüstung.

Damals logen wir noch, um den anderen zu schützen, nicht nur, um uns selbst zu schützen.

∞

»Das verstehe ich einfach nicht«, sagt Jennifer kopfschüttelnd.

Ich zucke mit den Schultern. »Ich habe Ihnen doch gesagt, dass Dr. Frank vor Monaten weggezogen ist.«

»Trotzdem wäre es besser gewesen, wenn wir diesen angeblichen Arzt gefunden hätten.«

Was ich denke: *Aussichtslos.*

Was ich sage: »Ja, wahrscheinlich.«

Nach einer Woche Dauerregen ist das Wetter jetzt wieder besser, deshalb wurde der Hofgang wieder eingeführt. Jennifer und ich sitzen an einem Picknicktisch auf dem ungleichmäßigen Rasen außerhalb des betonierten Hofes. Eine Handvoll Jugendlicher, normale Häftlinge, lungern auf ihrer Seite des Maschendrahtzaunes herum. Ich frage mich, ob ich mich nach meiner Anhörung wohl zu ihnen gesellen werde.

Jennifer greift in ihre Tasche und zieht eines dieser »Unbedingt-merken«-Diktiergeräte heraus.

»Ich glaube, das funktioniert besser als Aufschreiben«, sagt sie und drückt auf den Knopf. Dann stellt sie das Aufnahmegerät zwischen uns auf den Tisch. »Okay, dann machen wir mal da weiter, wo wir letzte Woche stehen geblieben sind.«

»Wo war das?«

Sie zieht ihre Notizen zurate. »Ähm ... du hast angefangen, die Medikamente deines Bruders zu verkaufen.«

»Ach so, ja. Das war schon so ziemlich alles.«

»Hast du schon früher mit Drogen gedealt?«

»Nein.«

»Drogen genommen?«

»Nein.«

Sie zieht die Augenbrauen nach oben. Jennifer beherrscht nur eine Handvoll Gesichtsausdrücke. Das ist der Ich-glaube-dir-kein-Wort-Gesichtsausdruck.

»Sieh mal«, sie legt beide Hände mit den Handflächen nach oben auf den Tisch, »ich sage das nur, weil die Leute, die mit Drogen dealen, normalerweise auch Drogen nehmen. Daher ist es ungewöhnlich, dass das nicht der Fall ist.«

»Nun, es ist nicht der Fall.«

»Okay, gut, das ist großartig.« Sie schiebt die Hand über den Tisch und tätschelt meinen Unterarm. Es ist eine seltsame Geste. Ich blinzle kurz, dann ziehe ich den Arm ein wenig zurück. Jennifer wirft mir ein trauriges Lächeln zu.

»Ich bringe dich durcheinander. Das wollte ich nicht. Machen wir weiter.«

Mich bringt so schnell nichts durcheinander, ganz sicher aber Jennifer, wenn sie Gefühle zeigt. Ich erwarte von ihr, dass sie die Betonmauer zwischen mir und der Welt spielt. Sie muss objektiv sein und praktisch und nach den Vorschriften handeln. Und diese Vorschriften beinhalten keinen Paragrafen mit dem Titel *Futter für die Seele der Gefängnisinsassin.*

»Wie dem auch sei, lass uns über diese Tabletten sprechen. Du hast begonnen, sie zu verkaufen. Wie fing das alles an?«

Ich kneife die Augen zusammen. In der Ferne erkenne ich ein altes Farmhaus. Piedmont ist von Getreidefeldern umgeben. Hier draußen gibt es immer noch Leute, die von der Landwirtschaft leben. Nein, falsch. Hier draußen gibt es immer noch Leute, die *versuchen,* von der Landwirtschaft zu leben. Einige von ihnen, so wie Dad, scheitern kläglich daran.

»CeCe?«

Ich frage mich, wie es wohl ist, direkt neben dem Gefängnis zu leben. Ist es ein Leben der Extreme? Hat man Angst, dass man im Schlaf erstochen wird, oder ist man eher zuversichtlich, dass die Wachen schon ihren Job machen werden? Ganz zu schweigen von den Zäunen und den Kameras.

»Cecelia?«

Ich seufze. Jennifer lässt mich nicht mehr vom Haken. Noch zwei Wochen bis zu meiner Anhörung, und jetzt will sie, dass ich meine Seele entblöße?

»Ein paar Leute in der Schule haben sich nach Cy erkundigt«, fange ich an. »Sie wussten, dass er etwas hatte. Sie sagten, sie hätten Interesse, etwas zu kaufen.« Jasons Gesicht flackert vor meinem geistigen Auge auf und verpufft dann wieder.

»Dann war das also ein Deal zwischen dir und Cyrus?«

Ich schüttle den Kopf. »Nein. Ich habe sie einfach gestohlen.«

Jennifer wirkt überrascht. »Und er hat es nicht gemerkt?« Sie runzelt die Stirn. »Süchtige bewahren den Überblick über ihren Vorrat. Wie kann es sein, dass er es nicht merkte?«

Ich zucke mit den Schultern, dann schaue ich wieder zum Zaun hinüber. Die Häftlinge sind jetzt weg und der Zaun ist nur noch eine kaum vorhandene Grenze. Nur eine zaunähnliche Falte im Raum-Zeit-Kontinuum.

»Er war high. Ungefähr die ganze Zeit. Zu high, um klar zu sehen. Ich habe nie viele auf einmal geklaut, außerdem erhöhte er seine Dosis ohnehin dauernd. Wahrscheinlich wäre er nie darauf gekommen, dass am Verschwinden seiner Pillen jemand anderes schuld sein könnte.«

»Glaubst du, er hat noch andere Drogen genommen?«, fragt sie. »Als Ergänzung?«

»Kann sein.«

»Irgendeine Idee, was?«

Ich denke einen Moment darüber nach. »Nein. Ich habe immer nur Oxys gesehen.«

»Okay.« Jennifer schaltet das Aufnahmegerät ab, dann schreibt sie etwas in ihr Notizbuch. »Ich kann beim Gerichtsmediziner den Autopsie-Bericht anfordern. Darin werde ich finden, was ich wissen muss.«

Und das sehe ich vor mir, wenn sie *Autopsie* sagt: Cyrus' sterbliche Überreste, ein Jahrhundert später.

Die Hülle meines verhärteten Herzens wird irgendwie durchlässig und ich fühle sie – die zähe, sirupartige Trauer, die ich seit dem Moment ignoriert habe, in dem ich wusste, dass Cy tot war. Trotz all des Schmerzes sehe ich abends, wenn ich mich hinlege, die Momente, in denen wir uns nahe waren – wenn wir die Art von Bruder und Schwester waren, die gern ihre Zeit miteinander verbrachten.

Es war schwer, zu etwas anderem überzugehen. Aber als ich es getan hatte, war es, als hätte ich das Bedürfnis nach einer Beziehung zu einem anderen Menschen verloren.

Und jetzt denke ich an seinen Körper – mumifiziert, kalzifiziert, oder was immer dazu führt, dass er mürbe und nicht wiederzuerkennen wäre. Seine Knochen braun, sein Fleisch verschwunden. Es ist nichts mehr übrig, was man lieben könnte, und das ist gut so, weil ich nicht weiß, ob ich das noch will.

»Wo wir gerade von Berichten sprechen …«

Jennifer hält eine Akte hoch – braun, unbeschriftet, unscheinbar –, die auf ihrem Schoß gelegen hat. Sie blättert darin herum und zieht ein gelbes Blatt heraus. Es ist dünn wie Gewebe und leuchtet fast ein wenig, wenn Licht hindurchfällt.

»Die Krankengeschichte einer Familie gibt oft wichtige Hinweise auf ihr Verhalten. Sie beantwortet zwar nicht unsere Fragen, hilft uns aber normalerweise, die richtigen zu stellen …«

Sie verstummt und schielt auf das Formular hinunter.

»Wir sind deine Krankenakte durchgegangen, CeCe.«

Jennifer reicht mir das Papier. Ich versuche, gleichmäßig zu atmen, um es nicht aus Versehen mittendurch zu reißen. Sie zeigt auf die Adresse oben links.

»Erinnerst du dich daran, CeCe?«

Ja.

»Nein.«

»Wir haben das bei euch zu Hause gefunden. Dein Vater sagte, deine Mom hätte ein großartiges Ablagesystem gehabt.«

Alles an Mom war großartig.

»Okay.«

»Du erinnerst dich also nicht daran, bei diesem Therapeuten gewesen zu sein? Nachdem deine Mom gestorben ist?«

Natürlich erinnere ich mich daran. Dr. Marks war jung gewesen, zu jung, um ernst genommen zu werden. Er hatte die nervöse Angewohnheit, sich zu räuspern, und ich muss ihn wohl nervös gemacht haben, denn er hat es oft getan. Ich glaube, er hat befürchtet, ich würde mich aufschlitzen und seine schönen gepolsterten Ohrensessel vollbluten.

»Das ist lange her.«

»Vier Jahre.«

»Eine lange Zeit.«

Jennifer nimmt das Blatt wieder an sich und überfliegt die Seite. Sie fängt an zu lesen. »›Patientin weist aufgrund des Todes ihrer Mutter schwere Depressionen auf. Sie ist lethargisch, emotionslos und isoliert sich, um mit dem Verlust zurechtzukommen. Größte Gefahr: mögliches Selbstmordpotenzial.‹«

Sie sieht auf. Mein Kiefer ist angespannt.

»Was meint er mit ›möglichem Selbstmordpotenzial‹?«

»Falls Sie wissen wollen, ob ich versucht habe, mich umzubringen, dann lautet die Antwort nein.«

»Hast du je daran *gedacht,* dich umzubringen?«

Ich zucke mit den Schultern. »Manchmal.«

Ich spähe auf Jennifers Uhr und nicke dann Richtung Tür.

»Trina erwartet mich. Ich sollte jetzt gehen.«

Jennifer rutscht auf ihrem Stuhl herum. »Sag mir nur noch eins.«

»Klar, schießen Sie los.«

»Denkst du immer noch daran?«

»Woran?«

»Dich umzubringen?«

Ich schaue wieder zum Zaun, dem Maschendraht, der hier von dort trennt. Auf der anderen Seite ist nichts als Asphalt und Leere; das Einzige, was auf dieser Seite anders ist, ist das Gras.

Irgendwie gibt es auf dieser Seite der Welt noch Leben. Und irgendwie bin ich noch immer Teil davon, obwohl ich mich nach dem Gegenteil sehne.

»Nein«, seufze ich schließlich, während ich aufstehe und mich strecke. »Diese Möglichkeit besteht jetzt wohl nicht mehr.«

Ich deute auf die Kameras, die auf mich gerichtet sind. Jennifer schneidet eine Grimasse.

»Der Tod ist nicht die Antwort, Cecelia«, sagt sie mit zusammengekniffenen Augen.

Ich stoße ein kurzes Lachen aus, das eher ein Schnauben ist. »Bitte, erzählen Sie mir etwas, das ich noch nicht weiß.«

Der Tod ist *nie* eine Antwort, worauf denn auch? Es ist doch so: Der Tod bringt keine Antworten, der Tod bringt einen nur unter die Erde. Und das bringt einem nichts.

21. Juni

Eine kurze Zeit lang wollten Cyrus und ich nichts weiter als uns vertragen. Ganze Nachmittage sangen wir kreischend das Musikvideo von Queens „Bohemian Rapsody" mit. Cy hüllte sich in Moms Schals und benutzte ihre Rundbürste als Mikrofon. Wie immer spielte ich nur die zweite Geige und begnügte mich mit einem schwarzen Filzstift.
Durch das wilde krampfartige Tanzen wurde mir schwindlig. Ich wollte einfach wie mein großer Bruder sein – ich wollte mich bewegen, singen und atmen wie er. Wenn er auf die Couch sprang, folgte ich ihm. Wenn er sich hinkniete, tat ich es ihm nach. Cy machte mir nie einen Vorwurf daraus, dass ich ihn nachahmte. Es war die einzige Zeit, in der er wollte, dass ich sein Schatten bin.
Wenn die Musik langsam war, wiegten wir uns hin und her. Beim Crescendo ließen wir das Tanzen ganz sein und sangen dafür umso lauter. Wir standen uns mitten im Zimmer gegenüber und brüllten uns die Liedzeilen zu.
Unaufhaltsam ebbte die Musik wieder ab, was immer mit demselben Ritual endete – wir ließen uns auf die Couch fallen. Tief durchatmen. Eine letzte, langsame Textzeile, die wir kaum noch singen konnten.

10

Der Nachmittag mit Jennifer ist so ungewohnt gewesen, dass es sich fast fremd anfühlte – schließlich komme ich kaum noch an die frische Luft. Doch als sich die Therapiesitzung, für die Barnes schon die ganze Woche die Werbetrommel rührt, als Exkursion herausstellt, ertappe ich mich dabei, dass ich fast so etwas wie aufgeregt bin. Die Vorstellung, in einem Auto irgendwohin zu fahren, fühlt sich verdächtig nach neuen Möglichkeiten an und wirkt irgendwie berauschend.

Natürlich ist ein Schrottplatz das Letzte, womit ich gerechnet habe, als der Kleinbus vor *Bertie's Scrap Metal* anhält. Aus mir kann nichts Gutes herauskommen, wenn ich von so viel Tod umgeben bin, auch wenn es nur die löchrigen Karosserien alter Autos sind.

Barnes, der auf dem Beifahrersitz sitzt, dirigiert den Fahrer durch das Tor, dann dreht er sich um und lächelt uns an.

»Ist das unser Ziel?«, fragt Aaron. Er klingt so misstrauisch, wie ich mich fühle.

Barnes nickt.»Ich habe euch doch gesagt, dass wir heute einen therapeutischen Ausflug machen.«

»Ja, aber ich dachte, das bedeutet, dass wir einen Zen-Garten oder ein Yoga-Studio oder so einen Mist besuchen und keinen Park voller Schrott.«

Barnes bedeutet uns, den Mund zu halten, als eine sehr füllige Frau aus dem schuppenartigen Büro tritt. Er gibt ihr Geld und wir gehen zwischen zwei rostigen Oldtimern hindurch.

Ein paar Minuten später stehe ich zwischen Aarti und einem kaputten Camaro IROC und trete von einem Fuß auf den anderen, als müsste ich pinkeln. Um uns herum stapeln sich Backsteine, ein halbes Dutzend Bowling-Kugeln, ein Baseballschläger aus Metall sowie ein paar Betonplatten.

»Willkommen zur Zerstörungstherapie«, sagt Barnes. In seinen Worten liegt so etwas wie Triumph oder Stolz. Offensichtlich ist er sehr zufrieden mit sich.

»Bertie hat uns dieses Prachtstück von Wagen gespendet«, fährt er fort und tätschelt die Motorhaube des IROC, »damit wir ihn für unsere heutige Übung verwenden können. Drei Regeln müsst ihr bei der Zerstörungstherapie beachten. Erstens: Jeder kommt an die Reihe. Zweitens: Benutzt Worte, um zu kommunizieren. Und drittens: Schlagt euch nicht gegenseitig.«

»Das ist doch lächerlich«, murrt Aaron.

»Hey, betrachte es doch mal so: Wir sind aus Piedmont rausgekommen. Und wir dürfen mit Dingen werfen und schreien«, sage ich zu ihm.

Er grinst. »Das kann ich, wann immer mir danach ist.«

Aber eigentlich will niemand der Erste sein, der auf das Auto losgeht. Es folgen ein paar unbehagliche Minuten, in denen wir mit den Füßen scharren und nach Müll treten, aber dann schnappt sich Aarti den Baseballschläger. Ihr dickes Haar fällt ihr über das Gesicht, und sie nähert sich vorsichtig dem Wagen, als könne er jeden Moment erwachen und sie anknurren. Auf dem ganzen Schrottplatz herrscht gespenstische Ruhe. Als würden alle nur darauf warten, dass Aarti ausrastet. Und dann tut sie es.

Zuerst stürzt sie sich auf die Scheinwerfer. Sie schlägt sie mit dem Griff des Baseballschlägers ein. Beim ersten Schlag knackt das Glas, beim zweiten zerbricht es.

»Das ist für meinen Mann«, sagt Aarti, »der mich als sein Eigentum betrachtet hat.«

Sie lässt den Baseballschläger herumwirbeln und schlägt kraftvoll auf die Motorhaube. Der Knall klingt wie ein Donnerschlag, der von dem Metall, das uns umgibt, zurückgeworfen wird.

»Der dachte, er könnte mich überall, wo er will, berühren«, sagt Aarti. »Der sagte, ich bräuchte einen echten Mann, der mir zeigt, wie man's richtig macht.«

Schon bald ist der Schläger vergessen, und sie kämpft mit einer Betonplatte, die sie durch die Heckscheibe schleudern will. Sie verfehlt sie und die Platte landet knirschend auf dem Kofferraum. Der Lack splittert ab und hinterlässt eine Schleifspur aus graublauer Grundierung. Aarti keucht und beugt sich vor, um wieder zu Atem zu kommen. Dann blickt sie auf und wirft uns ein kleinlautes Lächeln zu.

Mehr Leute treten vor und greifen nach Betonplatten und Backsteinen als Waffen gegen ihre Exfreunde, Lehrer, gegen ihre Drogendealer, ihre Eltern, gegen sich selbst. Tucker attackiert seinen Drogendealer und Leslie kreischt ihren Stiefvater an. Aaron stürzt sich auf einen Freund, der ihn mit Crystal Meth bekannt gemacht hat. Als Barnes mir den Schläger in die Hand drückt, scheint es bereits sinnlos. Kaum eine Oberfläche des Autos ist noch unberührt, es ist bis zur Unkenntlichkeit zerstört.

»Versuch es mal«, drängt er mich. »Kann ja nicht schaden, oder?«

Das ist eine seltsame Frage, wenn man sie jemandem stellt, der gerade einen Baseballschläger schwingt.

Ich gehe zur Fahrertür und rüttle am Türgriff. Als sich die Tür knirschend öffnet, greife ich in den Fußraum, um die Motorhaube zu öffnen. Als ich wieder nach vorne gehe, verdichtet sich die Luft zu einem Summen, das wie eine Art Echo klingt. Ich versuche es zu ignorieren, wie man das Rauschen des Autobahnverkehrs auf der anderen Seite einer strategischen, aber zu dünnen Baumreihe ignoriert.

Unter der Motorhaube ist der IROC fast unberührt. Jemand hat dieses Auto gepflegt, bevor es den Geist aufgegeben hat. Ich reiße den Schläger nach oben. Dann drehe ich mich um und sehe, dass Tucker mir aufmunternd zunickt. Wut überkommt mich – der Kerl versucht immer noch, meinen Therapeuten zu spielen, aber in meinem Leben gibt es keinen Platz für einen weiteren Therapeuten. Daher sehe ich bei meinem ersten Schlag Tuckers Gesicht vor mir.

»Auf wen bist du sauer?«, ruft Barnes mir zu und übertönt dabei meine Schläge. Ich knirsche mit den Zähnen und versuche mich zu konzentrieren.

»Meinen Dad«, sage ich schließlich. Ich lasse den Schläger fallen und gehe auf die noch unangetasteten Bowlingkugeln zu.

»Warum?«

Bevor ich dichtmache und mich zurückziehe, sehe ich einige Kugeln Seite an Seite im Schmutz liegen, sie sind lila, blau oder grün marmoriert. Ich schnappe mir die nächstbeste und gehe zum Auto zurück. Ich starre auf das Spinnennetz aus Rissen auf der Windschutzscheibe. Die Risse haben sich wie eine Krankheit nach allen Seiten ausgebreitet. In der Mitte erkenne ich Cyrus' Gesicht, all die gezackten Linien gehen von ihm aus.

»Das ist dafür, dass du das alles zugelassen hast«, sage ich. »Dafür, dass du alles den Bach hast runtergehen lassen.«

Ich schleudere die Kugel auf das Glas. Kaum ist es zerschellt, nehme ich schon die nächste.

»Das ist für meine Mom. Dafür, dass sie gestorben ist. Dass sie mich im Stich gelassen hat, damit ich allein kämpfe.«

»Das ist für meinen nicht vorhandenen College-Fonds.«

»Das ist für meine absolut beschissenen Zukunftsaussichten.«

»Das ist für meine Vergangenheit.«

Meine Arme sind schon ganz zittrig vor Erschöpfung, als ich die letzte Kugel mit beiden Händen hochhebe. Ich gehe hinten am Auto herum und finde ein teilweise intaktes Rücklicht, auf das ich zielen kann. Ich beobachte, wie die Sonne auf der zerbrochenen Oberfläche aufblitzt. Die Rechtecke aus rotem Plastik blinzeln mich an, und ich weiß, dass es jetzt nur noch eins zu sagen gibt.

»Das ist für Cyrus.«

Ich will sie stark werfen, aber meine Arme sind zu müde. Stattdessen werfe ich sie von unten, aber das ist nur ein schwacher Ersatz für das, was ich eigentlich tun sollte. Als die Kugel im Matsch landet, anstatt das Auto zu treffen, fühlt es sich an, als hätte ich versagt. Tränen brennen mir in den Augen. Ich trete einen Schritt zurück, weg von der Gruppe. Dann noch einen. Und noch einen.

Und dann drehe ich mich um und renne los.

Umgeben von einem Wald aus verlassenen Fahrzeugen, versuche ich, den Schrott um mich herum nicht mit Cyrus' Kellerzimmer zu vergleichen. Neben einer bis zur Unkenntlichkeit verrosteten Karosserie bleibe ich stehen und setze mich auf den Boden, den Rücken an einen Reifen gelehnt. Ich lasse den Tränen freien Lauf. Sie fühlen sich glitschig auf meinem Gesicht an – gar nicht wie Wasser, eher wie Blut. Ich will sie trinken und in mich aufnehmen. Ich will sie abweisen und ausspucken.

»CeCe?«

Ich ignoriere Tucker, auch wenn seine Stimme weich wie Samt klingt. Ich versuche zu vergessen, wie sich die Struktur seiner Augen ständig verändert und dass ich nicht aufhören kann, sie mit Dingen, die ich berührt habe, zu vergleichen. Ich blicke nicht auf, als er sich neben mich setzt und die Knie an die Brust zieht.

»Alles okay?«, fragt er.

»Es geht mir gut«, lüge ich.

Als ich endlich aufsehe, spiegeln seine Augen den Rost um uns herum. Sie sind irgendwie gealtert und absolut atemberaubend. Er legt mir die Hand auf die Schulter, und ich spüre, wie die Stelle, an der er mich berührt, schmilzt. Meine Knochen verwandeln sich in etwas Flüssiges und einen kurzen Moment lang fühlt es sich wie eine Erinnerung an.

»Wer ist Cyrus?«

Hier ist sie: die Gelegenheit, aufrichtig zu sein. Trotzdem antworte ich nicht. Ich warte darauf, dass uns jemand unterbricht, dass Barnes um die Ecke kommt und mich ausschimpft, weil ich »meine eigenen Fortschritte unterdrücke«. Aber eine weitere Minute verstreicht geräuschlos, abgesehen von dem Metall-auf-Metall-Lärm, der noch in meinem Kopf widerhallt, während ich die kaputten Autos anstarre und mir die Unfälle vorstelle, in die sie verwickelt waren. Frontalzusammenstöße, durchstoßene Beifahrertüren – physische Brutalität lässt sich wie ein Bluterguss leicht erkennen. Es sind die inneren Schäden, die immer noch im Verborgenen liegen.

Vielleicht ist es besser, die Wahrheit zu sagen, zu gestehen. Wenn man seine Verletzungen entblößt, gibt man ihnen vielleicht die Chance zu heilen.

»Mein Bruder«, sage ich schließlich.

Mein Mund fühlt sich durch eine klebrige Schicht Speichel trocken und watteartig an. Ich will, dass meine Zunge die Worte wie ein Lasso zurückholt. Tucker nimmt seine Hand von meiner Schulter und legt sie auf mein Knie. Ein Beben durchläuft meinen ganzen Körper. Er spürt, dass ich erschauere, und zieht sich ein wenig zurück.

»Du musst es mir nicht erzählen, CeCe«, sagt er und richtet sich ein wenig auf, »aber ich hoffe, dass du es eines Tages tun wirst.«

Dann ergreift er meine Hand, und ich vergesse, wie man Fragen stellt. Die Autos und Pick-ups um uns herum sind so verrostet, dass sie fast auseinanderfallen. Sie erinnern mich an Lawinen, die ich im Fernsehen gesehen habe – wenn Eis und Schnee zu etwas Kaputtem und Furcht einflößendem werden. Hier besteht die potenzielle Bedrohung jedoch nur aus einem Feld voller Windschutzscheiben und Dächer. Wenn ich die Augen zusammenkneife, sind wir auf dem Parkplatz eines Kinos oder vor dem Postamt oder wir stecken an einer Bushaltestelle fest. Wenn ich die Augen zusammenkneife, sehe ich nur das, was normal ist, und zum ersten Mal seit Wochen bin ich ruhig.

Doch als Tuckers Daumen mit seiner trockenen, rauen Nagelhaut und der schwieligen Fingerspitze methodisch über meine Handfläche streicht, fällt mir wieder ein, dass normal kein Bewusstseinszustand ist, sondern ein Ort, an dem ich nicht mehr lebe. Ich will meine Hand wegziehen, aber er verstärkt seinen Griff.

»Nicht.«

Misstrauisch sehe ich ihn an, dann werden meine Augen schmal, weil ich mich an seinen raschen Abgang beim Vortrag der Gastrednerin erinnere.

»Du bist so ein Heuchler«, sage ich kopfschüttelnd.

Tucker weicht ein Stück zurück. »Wie bitte?«

»Du benimmst dich, als ob du mir helfen willst oder so, aber als du mich gestern zu dieser Gastrednerin geschleift hast, warst du innerhalb von zwanzig Minuten verschwunden. Was zum Teufel sollte *das* denn?«

Er lässt meine Hand fallen, als hätte er sich verbrannt.

»Ich nehme an ...«, beginnt Tucker. Dann gehen seine Augen zu. Nicht indem er die Augenlider schließt, sondern indem er in Bezug auf das, was er denkt, dichtmacht. Er schließt mich aus.

»Das war lauter Zeug, das ich schon eine Million Mal gehört habe«, beendet er seufzend den Satz. Dann steht er auf. »Komm, lass uns zurückgehen.«

»Lag es an etwas, was ich gesagt habe?«

Er lächelt, und es ist das erste Mal, dass ich seine Zähne bemerke. Sie sind weiß, aber nicht fluoreszierend, sondern hollywoodmäßig. Ein natürliches Weiß. Als hätte er einfach von Natur aus gute Zähne. Irgendwie verspüre ich dadurch mehr denn je das Bedürfnis, ihm zu vertrauen.

»Wir wollen schließlich nicht den Bus verpassen«, sagt er und wischt sich die Hände an seiner Jeans ab. »Ganz zu schweigen davon, dass ich Barnes versprochen habe, dich in einem Stück zurückzubringen.«

»Klar. Na ja, danke, dass du mich nicht in Stücke gehackt hast oder so.«

Tucker sieht mich von der Seite an. »Du bist ein bisschen krank, weißt du das eigentlich?«

Ich pruste vor Lachen, als er plötzlich, wie aus heiterem Himmel, ganz nah kommt und seine Lippen auf meine presst. Es ist ein unschuldiger, flüchtiger Kuss. Er fühlt sich trocken an und erinnert mich an Küchenpapier. Als er wieder zurückweicht, blinzle ich hektisch, dann öffne ich den Mund. Kein Wort kommt heraus. Innerhalb von Sekunden lächelt Tucker nicht mehr breit, sondern sexy.

»Das wollte ich schon immer tun«, flüstert er langsam, »aber ich wollte nicht in Schwierigkeiten geraten.«

Eine der Vorschriften bei uns in der Verhaltenstherapie ist, dass man keine romantischen Beziehungen eingehen darf. In Anbetracht der Tatsache, dass die meisten von uns total im Eimer sind, gibt es Tage, an denen man einfach jemanden drücken, mit jemandem kuscheln oder rummachen will. Manchmal fühlt sich der Mangel an menschlicher Nähe wie ein Schmerz in der Magengrube an. Manchmal will man nur, dass der Druck, der den eigenen Körper zerquetscht, von außen kommt, von den Armen eines Menschen, und nicht von der klischeeartigen, selbst auferlegten Folter.

Ich zwinge mich einzuatmen, die Luft zieht stotternd an meiner Zunge vorbei. Tucker beobachtet mich wachsam, als hätte er Angst, ich würde verpuffen oder in Tränen ausbrechen. Stattdessen schenke ich ihm etwas, was ich schon lange niemandem mehr geschenkt habe – ein Lächeln. Es ist ein langsamer Prozess, eine Aufwärtsbewegung, die beinahe wehtut, weil sie sich inzwischen so ungewohnt anfühlt. Als sich meine Mundwinkel nach oben ziehen, ertappe ich mich dabei, dass mir das Gefühl zu grinsen fehlt – die Art von Grinsen, bei dem einem die Wangen wehtun. Ich frage mich, ob es mir je vergönnt sein wird, wieder so glücklich zu sein.

Ich weiß nicht mehr, wie das heißt, aber etwas gibt einem dieses Gefühl, high zu sein, wenn man glücklich ist. Endorphine vielleicht? Dopamin? Was auch immer, es strömt etwas Fieberhaftes, Ungezügeltes durch mich hindurch, als wir zurück zum Bus gehen. Ich habe ein wenig Angst vor diesem Wahnsinn, diesem Außer-Kontrolle-Sein. Tucker geht so dicht neben mir her, dass seine Hand mehr als einmal meinen Arm streift. Ich versuche, mich daran zu erinnern, wie es sich anfühlt, wenn man einen Kuss erwidert. Man gibt sich jemandem hin, wenn ich mich richtig erinnere. Ich stelle mir vor, Tucker würde mich noch mal küssen.

So lebendig habe ich mich seit Monaten nicht mehr gefühlt.

11

MÄRZ Drei Monate zuvor

Die Morgensonne fühlte sich immer zu hell an, vor allem wenn man eine Stunde lang fast ganz hinten in einem Schulbus saß. Ich blinzelte an der Sexton Hall hinauf, dem Gebäude mit den weißen Säulen am Eingang des Edenton-Campus. Es erinnerte mich an die Exkursion nach Washington D.C. in der zweiten Klasse. Die Monumente fühlten sich wichtiger an als alle Gebäude, die ich je gesehen hatte. Sexton Hall war für mich wie eine Kreuzung zwischen dem Kapitol und dem Lincoln Memorial.

Natalie zupfte an meinem Ärmel. »Sieh dir das an.« Sie zeigte auf die Karte. »Direkt auf dem Campus gibt es ein Starbucks! Wie cool ist das denn? Glaubst du, dass man sich im ersten Jahr seine Zimmergenossin aussuchen kann? Vielleicht sollten wir heute unsere Wohnheimbewerbungen ausfüllen.«

»Okay. Klar.« Ich zwang mich zu lächeln.

Als Jeremy den Ausflug abgesagt hatte, war ich mir sicher gewesen, dass Natalie das Ganze abblasen und mir eine Ausstiegsstrategie bieten würde. Es ergab jetzt keinen Sinn mehr, Edenton zu besichtigen. Es war ein Klub, zu dem ich niemals Zutritt haben würde. Und ich hatte Natalie nicht erzählt, dass mich die Stipendiumsstiftung abgelehnt hatte – sie brauchte sich um solche Dinge keine Sorgen zu machen. Ihr Studium war praktisch schon bezahlt.

Aber sie hatte mich gestern Abend angerufen, um mir Edentons tolle Kritiken aus dem Internet vorzulesen. Offenbar erfuhren Bowle und Lachgas gerade ein Revival im sozialen Leben außerhalb des Campus. Vielleicht war das der Grund, weshalb so viele Leute diese Besichtigungstour mitmachten. Der Bus war voll und eine Handvoll Zwölftklässler waren auch noch mit ihren Eltern im Schlepptau angereist. Ich weiß nicht, ob sie wegen des Lachgases mitgekommen waren, aber wissen kann man das nie.

Eddie, ein Student, der die Tour anführte, trat von einem Fuß auf den anderen, während er Juli Hardwick, die Kapitänin des Cheerleader-Teams, in Augenschein nahm. Julie hatte es für eine hervorragende Idee gehalten, für die Studienfahrt heute Morgen die Partyklamotten von gestern Abend zu tragen, zusammen mit einem sexy Klecks Lidschatten auf den Augen. Ich wusste schon immer, dass sie Stil hatte.

Ein paar Jungs fragten Eddies Kommilitonen Vince über das Sportprogramm der Uni aus, während Mr Morton, unsere Begleitperson, mit ein paar Eltern plauderte. Ich benutzte meinen heruntergekauten Fingernagel, um das Abzeichen vorne auf meinem »Willkommen in unserem höllisch teuren College, in dem das einzig Kostenlose, was du bekommst, dieser Ordner ist«-Ordner abzuknibbeln.

»Das ist also noch immer deine persönliche Nummer eins unter den Colleges?«, fragte mich Natalie. Sie blätterte durch das Kursverzeichnis. »Wenn es keine Kurse in Modedesign gibt, bin ich nicht interessiert.«

Ich zuckte mit den Achseln und pulte Sticker-Klebstoff unter meinem Nagel hervor. Ich spürte, wie Galle oder Panik oder beides in mir aufstieg. Ich wusste nicht, was ich mir dabei gedacht hatte – wie sollte ich den ganzen Tag so tun, als würde ich ab Herbst tatsächlich hierherkommen? Mit Pillengeld würde ich niemals Kurse in Edenton finanzieren können. Ich war dazu bestimmt, einen Abschluss an einem absolut unwichtigen Community College zu machen.

Ich dachte darüber nach, einen verstauchten Knöchel vorzutäuschen, und schaute mich nach etwas um, worüber ich stolpern könnte. Wenigstens konnte ich dann im Bus herumlungern, während alle anderen ihre Zukunft planten.

Ansonsten konnte ich mich immer noch im Starbucks verstecken, dachte ich.

»Cecelia?«

Die Stimme war heiser und rauchig und männlich und – ich müsste lügen, aber noch bevor ich wusste, wer es war, stand jedes Haar an meinem Körper ab und nahm Kenntnis davon.

Ich drehte mich um und sah Lucas Andrews hinter Natalie stehen, kaum anderthalb Meter von mir entfernt. Seine Augen waren von einem Blau, wie man es bei Disney-Prinzen sieht – sie waren königsblau oder kobaltblau oder saphirblau. Ich hätte angefangen zu singen, wenn ich noch Luft bekommen hätte. Natalie schaute nur noch zwischen Lucas und mir hin und her.

»Wie geht's?«, fragte er und blickte jetzt Natalie an.

Sie schenkte ihm ein Donut-mit-Zuckerguss-Lächeln inklusive Schlafzimmerblick, das Natalie normalerweise für ihren Freund oder für Backwaren reservierte. Durch die Sonne war Lucas' Haar noch blonder als sonst. Ich hätte nicht geglaubt, dass das überhaupt möglich war. Es sah fast so aus, als hätte er einen Heiligenschein um den Kopf.

»So, so, Edenton also?«, sagte Lucas, dieses Mal zu mir gewandt. Er schob die Hände in die Taschen seiner Jeans.

»Ähm, ja. Du auch?«

Er antwortete nicht, sondern stand nur da und sah mich mit diesem Lächeln an, das sich unter seinen Lippen verbarg, sodass sein ganzer Mund eine Verheißung darauf darstellte. Irgendwie merkte ich, dass er es gewohnt war, Fragen nicht zu beantworten, auf die die Leute eine Antwort haben wollten. Und das war höllisch sexy.

Einen Moment lang standen wir alle drei da wie ein nicht verbundenes Dreibeinstativ, und Natalie starrte mich nur an, als wäre mir ein zusätzliches Paar Brüste gewachsen, die die einzige Erklärung für die Aufmerksamkeit sein konnten, die Lucas mir zuteilwerden ließ. In der Zwischenzeit hatte Eddie angefangen, unsere Gruppe zu einem amorphen Gebilde zusammenzutreiben, das immer mehr Leute aufnahm, während es sich fortbewegte. Das aus dreißig bis vierzig Leuten bestehende Publikum schien ein wenig zu schwanken, als es auf die nahe gelegene Bibliothek zuging. Natalie blickte wieder zu Lucas hinüber und grinste mich dann an, bevor sie ihre Mappe in die Tasche steckte und durch die Menge ganz nach vorne ging. Ich beobachtete, wie die Locken an ihrer Schulter wippten und dann aus meinem Blickfeld verschwanden.

Lucas und ich gingen langsam weiter, und der Rest der Menge ging an uns vorbei, um Eddies Gequatsche anzuhören. Ich blätterte durch meine Mappe, bis ich einen fotokopierten Plan fand. Der Campus von Edenton war in einem Rechteck angelegt, das durch diagonale Wege und Gebäude unterteilt wurde. Wir gingen auf das Gemeinschaftsgebäude zu, wo es eine Uni-Buchhandlung, die Mensa und Postfächer für die Studenten, die im Wohnheim wohnten, gab.

»Dieser Campus ist ziemlich klein«, sagte Lucas.

Ich nickte und sah ihn aus den Augenwinkeln an. Sein vorgestrecktes Kinn drückte irgendwie Selbstbewusstsein aus. Sein ganzes Gesicht wirkte arrogant.

»Wohnungen für verheiratete Paare befinden sich direkt hinter diesem Gebäude.« Eddie deutete auf eine doppelte Reihe von Wohncontainern. Sie erinnerten mich an die Container-Klassenzimmer an unserer Highschool. Die Lehrer nannten sie immer »Lernblocks«, während die Schüler »Wohnwagensiedlung« bevorzugten.

»Wer zuerst kommt, mahlt zuerst, und sie sind sehr schnell voll, deshalb solltet ihr es gleich mit auf eure Bewerbung setzen, wenn ihr so etwas braucht«, sagte Eddie gerade. »Ansonsten landet ihr im Mehrbettzimmer.«

»Ich kann mir nicht vorstellen, ans College zu gehen und verheiratet zu sein«, murmelte ich. Lucas zog eine Augenbraue nach oben.

»Was, du möchtest nicht mit siebzehn in den Hafen der Ehe einlaufen? Vielleicht wird auf MTV über dich berichtet, wenn du dich dazu bereit erklärst.«

Ich schnitt eine Grimasse. »Nur wenn sie genug zahlen, dass meine Unterrichtsgebühren damit abgedeckt sind.«

Wir gingen durch eine Pergola auf die Wohnheime der Erstsemester zu. Lucas beobachtete mich jetzt, und sein Blick fühlte sich irgendwie scharf an, als würde ich mir die Zunge verbrennen. Nur nicht so schmerzhaft. Eher prickelnd.

»Was ist mit Stipendien?«, fragte er schließlich. »Du bist so gut in der Schule – AP-Kurse, Liste der besten Schüler und all der Mist.«

Er weiß etwas über mich? Das Prickeln in meinen Wangen wurde intensiver und ich biss mir auf die Unterlippe.

»Der Plan mit dem Stipendium ist bei mir irgendwie nicht aufgegangen«, gestand ich. »Wenn ich noch ein Jahr Zeit hätte, könnte ich mehr finanzielle Hilfe beantragen, aber …«

Und da blieb Lucas stehen. Er bewegte sich nach links, wo ein Gebäude seinen Schatten über ein paar Bänke und zwei traurig aussehende Rhododendronsträucher warf. Es dauerte ein paar Sekunden, bis ich merkte, dass er dabei meine Hand ergriffen hatte.

»Hör mal, ich bin nicht hier, weil ich nach Edenton gehen will.«

Was ich dachte: *Nein, Lucas, du bist hier, weil ich irgendetwas an mir habe. Wir haben uns kaum unterhalten, aber da ist diese Verbindung zwischen uns …*

Was ich hörte: »Ich bin hier, weil Jason mich darum gebeten hat.«

Die Welt rückte sich wieder gerade. Natürlich.

»Er hat eine Nachricht für deinen Bruder«, sagte Lucas und fuhr sich mit der Hand durch die Haare. Zufälligerweise genau die Hand, die noch vor ein paar Sekunden meine gehalten hatte. »Er will eine größere Menge und ist bereit, gut dafür zu bezahlen.«

Ich blinzelte heftig. »I-ich habe Jason getroffen. Gestern Abend.«

Lucas zog die Augenbrauen nach oben, und ich spürte, wie ich rot wurde.

»Um ihm … Stoff zu bringen«, sagte ich und hatte plötzlich Angst, dass mich jemand hören könnte.

»Ja, ich weiß. Aber Jason hat mir achtzig Mäuse gegeben, damit ich dich heute finde und dir sage, dass du ihm mehr besorgen sollst.«

Ich schluckte. »Wie viel genau ist ›mehr‹?«

Lucas zuckte mit den Schultern. »So viel wie Cyrus entbehren kann, nehme ich an. Mindestens ein paar Dutzend.«

Ich atmete aus. Ich wusste, dass das nicht ging, nicht auf einmal zumindest.

»Ich spreche mit Cyrus«, sagte ich vorsichtig. »Es könnte eine Weile dauern.«

»Ja, klar. Versteh ich.« Lucas schaute auf seine Uhr. »Krass, Mann. So leicht habe ich noch nie achtzig Dollar verdient.«

Ich fühlte mich wie Dreck.

»Ich glaube, ich gehe dann mal«, sagte Lucas. »Ich verhungere.« Er sah mich mit schief gelegtem Kopf an. »Hast du Lust auf Frühstück?«

»Ich weiß nicht …«, sagte ich langsam und spähte um die Ecke des Gebäudes.

Eddie und die Gruppe entfernten sich immer weiter, aber ich hörte, wie er über Wahlfächer redete, während ein paar Eltern einen historischen Glockenturm fotografierten. Ich konnte Natalie in der Menge nicht sehen und bekam Gewissensbisse, weil ich meine Freundin im Stich gelassen hatte. Ich wandte mich wieder Lucas zu.

»Ich sollte wohl wenigstens einen Teil der Besichtigungstour mitmachen.«

»Ach, komm schon – brich ein einziges Mal die Regeln«, sagte Lucas. Er grinste und kam näher.

Irgendetwas in meiner Brust stotterte, und ich beobachtete, wie sich das halbe Lächeln über sein ganzes Gesicht ausbreitete.

»Woher willst du wissen, dass ich nicht schon die ganze Zeit die Regeln breche?«, erwiderte ich in dem Versuch zu flirten, ohne mich zu übergeben oder meine Zunge zu verschlucken. Lucas lachte.

»Ich habe das Gefühl, dass du so ziemlich dein ganzes Leben lang ein braves Mädchen warst.«

Klar. Das brave Mädchen, das Drogen verkauft? Das brave Mädchen, das sein Traum-College aufgibt? Das brave Mädchen, das seine beste Freundin anlügt und mit einem fast Fremden frühstücken geht?

Da zwinkerte Lucas mich an.

Und ich fragte: »Wo hast du denn geparkt?«

∞

Lucas' Mazda war ziemlich gut ausgestattet – er hatte eine super Stereoanlage und ein eingebautes Navigationssystem. Im Fußraum lagen schwarze Matten, in deren Mitte ein Marihuana-Blatt abgebildet war, das im Dunkeln leuchtete.

»Wie lange hast du den schon?«, fragte ich und deutete auf den Wagen.

»Ein Jahr oder so.«

»Hast du ihn aus Kalifornien mitgebracht?«

»Was?«

»Aus ... Kalifornien?«, wiederholte ich unsicher. »Ich dachte, du hast dort gewohnt oder so.«

Er lachte. »Nein. Wer hat dir das erzählt?«

»Ähm, das weiß ich nicht mehr. Irgendjemand in der Schule.«

»Ich komme ursprünglich aus Kansas. Aus der Nähe von Topeka.«

»Oh. Okay.«

Ich betrachtete Lucas' Profil, während er mit irgendwelchen Knöpfen auf dem Armaturenbrett zugange war. Zum ersten Mal bemerkte ich eine dünne, leicht erhabene Narbe, die über seine Wange verlief; sie war lang und schlängelte sich bis hinter sein Ohr.

Er schraubte eine Weile an der Stereoanlage herum, während ich auf die Uhr sah. Es war zehn Uhr vormittags.

»Ich glaube, ich bin am Ortseingang an einem Diner vorbeigekommen. Für Mittagessen ist es etwas früh, aber Frühstück bieten sie bestimmt den ganzen Tag an.«

Ich zuckte mit den Schultern und tat so, als wäre mir das egal. Mir war ohnehin schon ganz übel vor Nervosität, weil ich mit ihm allein war. Irgendwo in der Öffentlichkeit mit ihm zu sein konnte auch nicht schlimmer sein, als zusammen in seinem Auto zu sitzen, unsere Körper nur Zentimeter voneinander entfernt. Ich hatte schon einige Typen toll gefunden, aber noch nie hatte einer freiwillig Zeit mit mir verbracht. Bei dieser Erkenntnis wurde mir einerseits ganz schwindlig, andererseits bereitete sie mir völliges Unbehagen.

Tatsächlich erinnerte mich irgendetwas an Lucas an meine allererste große Liebe. Er hieß Josh, aber ich nannte ihn Joshua, und er spielte in der Mittelstufe in Cys Fußballmannschaft. Ich schrieb auch gern das Wort Joshua auf meinen Block – vor allem gefolgt von »+ CeCe«. Ich war ziemlich lange in Josh verliebt gewesen, sogar nachdem er herausgefunden hatte, wie gern ich ihn mochte, und noch lange nachdem er angefangen hatte, sich deswegen bei seinen Mannschaftskollegen über mich lustig zu machen.

Cyrus war hin- und hergerissen gewesen. Manchmal hatte er mich wie seine Freunde ausgelacht. Manchmal hatte er mich die ganze Heimfahrt über angeschrien, weil ich so bescheuert war, einen Jungen zu mögen, der sich einen Dreck für mich interessierte.

Am besten erinnerte ich mich noch daran, wie Cy Josh geschlagen hatte. Ich weiß nicht, was gesagt wurde oder wie es angefangen hatte, aber von der Seitenlinie hatte ich beobachtet, wie die Schultern meines Bruders irgendwie wellig und breiter wurden. Wie bei Hulk, hatte ich gedacht, als schon die Fäuste geflogen waren. Cys Mannschaft hatte das Spiel verloren. Meine Eltern hatten ihn zu einer Woche Hausarrest verdonnert, und Cyrus musste erfahren, dass selbst er Konsequenzen zu tragen hatte.

Natürlich war Cyrus ab da nicht mehr so extrem loyal mir gegenüber. Ab da war er einfach nur noch extrem.

Als Lucas und ich beim »University Diner« ankamen, führte uns die Kellnerin zu einer breiten Nische am Fenster. Ich konnte hören, wie der Kies unter den Reifen der Autos knirschte, die auf den Parkplatz fuhren oder ihn verließen. Wir lasen kurz die Speisekarte durch. Na ja, Lucas las die Speisekarte. Ich tat so, als würde ich mir meine ansehen, aber die laminierte Oberfläche glänzte zu sehr, als dass ich mich darauf hätte konzentrieren können. Alles, woran ich denken konnte, war, dass Lucas eine ganze Stunde gefahren war, um mich zu finden. Vielleicht war er mit vierzig Dollar Benzin ausgekommen, das schloss aber Frühstück nicht mit ein.

»Sollen wir uns eine Portion French Toast teilen?«, fragte er. Er blickte mir über ein Foto von Omelettes hinweg in die Augen, aber mein Gehirn fühlte sich wie Rührei an.

»Ähm, okay. Klar.«

»Also, Edenton – ja oder nein?«, fragte er, nachdem die Bedienung unsere Bestellung aufgenommen hatte. Ich schüttelte den Kopf.

»Nein. Es ist einfach zu teuer.«

»Wie viel ist zu teuer?«

»Etwa vierzig Riesen pro Jahr.«

Er stieß einen leisen Pfiff aus und schüttelte den Kopf, dann schaute er auf sein Handy. Nervös fummelte ich an meiner Serviette herum.

»Wie hast du eigentlich Jason kennengelernt?«, fragte ich, um die Stille zu füllen.

»Ich habe ihn nie wirklich kennengelernt.« Als ich ihn verwirrt ansah, lachte Lucas. »Er ist mein Cousin.«

»Oh.« Die Tatsache, dass Lucas und Jason verwandt waren, schien unmöglich zu sein. Sie könnten gar nicht unterschiedlicher aussehen. »Deshalb sind wir auch hierhergezogen«, sagte Lucas. »Mom und Tante Wendy sind Zwillinge – sie machen alles gemeinsam. Jedes Mal, wenn sie an verschiedenen Orten gewohnt haben, ist am Ende immer eine von ihnen in die Nähe der anderen gezogen. Sie beenden die Sätze füreinander – das ganze Programm, das Zwillinge eben abspulen. Das ist super nervig.«

»Aber irgendwie ist das auch toll, finde ich«, gab ich zu. Ich versuchte, mir eine Welt vorzustellen, in der ich nicht so weit wie möglich von Cyrus weg sein wollte.

Lucas griff nach seiner Limo. Erst als sein Mund auf den Strohhalm traf, merkte ich, dass ich die ganze Zeit seine Lippen anstarrte, als wären sie die Schlagzeile des Tages. Er musste es bemerkt haben, denn ich konnte sehen, wie ein Grinsen seine Mundwinkel nach oben bog. Ich geriet ein wenig aus dem Gleichgewicht und versuchte, mich wieder zu sammeln.

»Hast du irgendwelche Pläne für den Sommer?«

Ich wäre beinahe zusammengezuckt, weil meine Frage so steif klang.

Lucas zuckte nur mit den Schultern. »Ich suche mir wahrscheinlich einen Job. Schraube an meinem Auto herum.«

»Und im Herbst?«

Wieder zuckte er mit den Schultern. »Community College vielleicht? Ehrlich gesagt, geben meine Noten nicht viel mehr her. Schule ist einfach nicht mein Ding.«

Ich nickte. So war es bei Cyrus auch, nur dass er immer eine Drei halten musste, damit er ins Fußballteam gewählt werden konnte.

Als unser Essen kam, zwang ich mich, ein Stück French Toast zu essen, auch wenn ich absolut keinen Hunger hatte. Ich verbrannte mir die Finger an dem heißen Fett, aber Lucas aß seinen Bissen, als würde er überhaupt nichts spüren.

»Stimmt etwas nicht?« Er deutete auf mein Stück, das gerade in Sirup ertrank.

»Es ist zu heiß.«

Er sah darauf hinunter. Eine kleine Fahne aus Dampf stieg an einem Ende auf. Da beugte er sich über den Tisch, sah mich an, schürzte die Lippen und pustete.

Der Dampf verschwand. Und in meiner Brust begann etwas Kaltes und Hohles zu schmelzen.

»Nun ...« Lucas zog eine Augenbraue nach oben und sah mich an, dann tauchte er ein weiteres Stück French Toast in den Sirup.

»Nun«, wiederholte ich. Ich spürte, wie sich Wärme auf meinen Wangen ausbreitete, und zwang mich, mir nicht auf die Lippe zu beißen.

»Hast du einen Freund?«

Ich blinzelte Lucas an. Sein Lächeln war eher selbstsicher als neugierig. Als würde er die Antwort bereits kennen. Ich schüttelte den Kopf. »Nein, hab ich nicht.«

»Hmm.« Er kaute und schluckte, dann lehnte er sich auf seinem Stuhl zurück. »Dann fühle ich mich verpflichtet, dir mitzuteilen, dass mir diese Information gefällt.«

Ich lächelte schüchtern. »Oh, ähm, nun ja … freut mich, dass sie dir gefällt.«

»Gut.«

Lucas aß weiter, und ich bemühte mich, nicht auf seinen Mund zu starren. Jungs machten mich immer nervös, und ich zwang meine Hände unter den Tisch und setzte mich auf sie, um nicht mit dem Besteck herumzufummeln.

Ich fing an, mir Mantras auszudenken.

Ich werde nicht seinen Nachnamen hinter meinen Vornamen schreiben.

Ich werde ihm nicht nachlaufen.

Ich werde das nicht ruinieren, bevor es überhaupt angefangen hat.

»Du hast schöne Augen, Cecelia.«

Von diesem Moment an fühlte sich die Art und Weise, wie Lucas Andrews mich ansah, wie ein Wunder an. Ich leckte mir die Lippen und griff nach einem Stück French Toast. Es war mir egal, ob ich mich dabei – an irgendetwas – verbrannte.

12

Als Lucas mich zum ersten Mal küsste, fühlte es sich wie eine Fremdsprache in meinem Mund an. Ich wusste nicht, was ich erwidern sollte – nicht so richtig jedenfalls. Alles, was ich tat, schien leicht daneben zu sein, als würde meine Unsicherheit direkt von meinem Gehirn auf meine Lippen übertragen und sie praktisch an Lucas' weichem, drängendem Mund lähmen.

Als wir uns voneinander lösten, lehnte er sich auf dem Fahrersitz zurück und stellte das Radio ein, um das Rauschen ein wenig zu verringern. Ich wollte ihm sagen, dass das nichts bringt, dass wir bei uns in der Einfahrt keinen Empfang haben, aber ich war zu sehr damit beschäftigt zu spüren, wie sich mein Mund anfühlte, auch wenn seiner nicht mehr darauf lag. Er war irgendwie taub, als hätte man mir beim Zahnarzt eine Spritze gegeben.

»Als du vorgeschlagen hast, zu dir nach Hause zu kommen, meintest du dann nach drinnen oder einfach nur in die Nähe?«

Er schenkte mir ein schiefes Lächeln und ich spürte Panik in mir aufsteigen. Ich wusste nicht, was mir mehr Angst einjagte – hier mit Lucas allein zu sein oder zu riskieren, auf Cyrus, den Oxy-Freak, zu treffen. Als er angeboten hatte, mich von Edenton nach Hause zu bringen, schien es mir nur höflich, ihn ins Haus einzuladen.

»Ich weiß nicht …«

Lucas blickte zur Innenbeleuchtung hinauf. Die Birne war blau und ließ seine Haut ein wenig zombiemäßig aussehen.

»Wir könnten mit Cyrus abhängen oder so«, schlug er vor, während er noch immer an die Decke schaute. »Glaubst du, er ist zu Hause?«

Verdammt.

»Ich bin mir ziemlich sicher, dass er nicht da ist, er … hatte heute einen Termin. Oder so was.«

»Oh, okay. Dann eben ein anderes Mal.«

Lucas beugte sich vor und streifte meine Wange mit seinen Lippen. Sie waren trocken und aus irgendwelchen Gründen stiegen Tränen in mir auf.

»Dann sehen wir uns bald?«, fragte er. Seine Lippen wanderten immer näher zu meinem Mund. Ich spürte seinen Atem und wollte den Abstand zwischen uns überbrücken. Ich wünschte, er würde sagen, dass er mich heute Abend anruft. Ich wollte, dass er mich wiedersehen *wollte.* Aber ich sagte: »Klar. Wir sehen uns bald.«

Lucas lachte. »Wie wäre es, wenn wir aus ›bald‹ so schnell wie möglich machen würden?«

Ich hatte noch nie so viel Verheißung in so wenigen Worten wahrgenommen. »Ja, klar.«

Dann stieg ich aus und winkte ihm; und dann war er auf der Straße und außer Sichtweite, während ich noch in der Einfahrt stand, benommen und mit wild klopfendem Herzen, unfähig, mein Gehirn davon abzuhalten, Kreise zu ziehen, die mehr Worte als tatsächliche Gedanken enthielten. Ich berührte mit den Fingern meine Lippen. Am liebsten hätte ich mir die Lippen abgeleckt, aber ich hatte Angst, dass sie sich dann nicht mehr so anfühlten wie jetzt. Da war noch fast so etwas wie ein Nachgeschmack, ein Echo, das ich kaum noch hören konnte. Zum ersten Mal war ich berauscht.

Ich versuchte, leise zu sein, als ich die Haustür öffnete und wieder schloss. Als ich oben an der Treppe war, hörte ich etwas in der Küche. Jane war noch bei der Arbeit und Dad war auf der zweistündigen Fahrt zum nächsten Geschäft für landwirtschaftlichen Bedarf, um mehr Düngemittel zu holen. Ich wusste also, wer es war, als ich jemanden herumschlurfen hörte. Es hörte sich an, als würden Waschbären im Müll wühlen, aber das hier war eine andere Art von Abfallfresser.

Dad hatte nicht besonders viel Glück mit seinem Versuch gehabt, Samen im großen Stil zu verkaufen. Er hatte ein paar Bestellungen bekommen, aber das meiste Geld verdiente er auf Wochenmärkten. Weil er zu naiv oder vertrauensselig oder beides war, bewahrte er seine Geldkasse in der Küche auf. Er hätte es wirklich verstecken sollen. Andererseits sollte er das wirklich nicht nötig haben.

Cyrus hatte die Metallkasse auf die Theke gestellt, das obere Fach herausgerissen und beiseitegeworfen. Er wusste, dass die größeren Scheine unten lagen. Ich sah zu, wie er das Geld in die Hosentasche stopfte.

»Cyrus.«

Sein Name schmeckte wie Gift. Früher war er wie ein Lächeln über meine Lippen geglitten. Cy zuckte ein wenig zusammen, als er meine Stimme hörte, und wirbelte herum.

»Was zum Teufel willst du hier?«

Seine Augen waren vollkommen schwarz. Die warmen goldenen Iriden, die wir beide hatten, waren von einer dunklen, gierigen Macht gestürzt worden. Früher hatten die Drogen Cyrus faul und müde gemacht, er war abwesend und war nicht mehr in der Lage zu funktionieren. Sie hatten nie *so* auf ihn gewirkt – angetrieben von etwas Hässlichem.

»Cyrus«, wiederholte ich und bemühte mich, dass meine Stimme nicht zitterte. »Tu das nicht. Bitte. Dad braucht dieses Geld. *Wir* brauchen es.«

»Halt deine blöde Fresse.«

Er drehte sich wieder um, schnappte sich den Rest des Geldes und schob die Kasse dann wieder zurück an die Kaffeemaschine. Ich trat vor und berührte ihn an der Schulter, aber es war, als hätte ich versucht, ihn mit einem Stromschlag zu töten. In Sekundenschnelle presste er mich gegen die Tür zur Speisekammer, seine Hand an meiner Kehle.

»Verdammt, Cy«, stieß ich krächzend hervor, »komm runter. Ich wollte nur …«

»Du hältst dich für so perfekt, oder?« Sein Atem war heiß und stank. Ich rang nach Luft.

»Du machst nie Fehler, oder, CeCe? Du machst immer alles richtig. Und du glaubst, du wärst so viel besser als ich.«

»Cy?« Tränen stiegen mir in die Augen. Ich presste sie zu.

»Oh, bitte«, spottete er. »Schlampen weinen nicht. Sie haben keine Gefühle.«

Dieses Wort – *Schlampe.* Ich erwachte aus meiner Starre und schubste ihn weg. »Fahr zur Hölle!«, brüllte ich ihm ins Gesicht. »Merkst du denn nicht, wie viel du uns kostest – wie viel du uns *alle* kostest? Mom haben wir schon verloren, und jetzt versuchst du einfach, den schnellstmöglichen Abgang hinzulegen? Verdammt, ist es dir echt so egal, was du Dad damit antun würdest? Und mir?«

Ich schüttelte den Kopf, Gift schoss mir durch die Adern.

»Aber weißt du was? Du willst dein Leben zerstören? Du willst deine Tage und Nächte im Oxy-Rausch verbringen, der dich am Ende umbringen wird? Dann tu das – aber mach es lieber gleich richtig. Denn es wäre verdammt noch mal einfacher – und verdammt viel *günstiger* – für uns alle, wenn du einfach eine Überdosis nimmst und das Ganze beendest.«

Ich hatte keine Chance, noch etwas zu sagen, denn Cyrus stieß mein Gesicht nach hinten, bis mein Hinterkopf gegen die Speisekammertür knallte. Das Letzte, was ich sah, bevor ich zu Boden stürzte, war die Kasse, die ausgeweidet und klaffend dastand, wie ein Opfer.

»Leck mich, Cecelia. Fahr zur Hölle mit deinem perfekten Scheißleben.«

Die Schmerzen wanderten rasch von meinem Kopf zu meinen Rippen, als sein Stiefel meinen Körper traf. Ich versuchte, den Mund zu öffnen, um zu sprechen, aber irgendwie fühlte es sich so an, als wäre es nicht einmal möglich, es mit Worten zu versuchen.

»Glaubst du etwa, das gefällt mir? Glaubst du etwa, ich habe mir das ausgesucht? Ich hatte alles, CeCe! Ich hatte ein Leben, von dem andere nur träumen können. Ich habe es mir nicht ausgesucht, dass mein Knie im Arsch ist. Ich habe es mir nicht ausgesucht, dass meine Fußballkarriere den Bach runtergeht. Ich habe nichts mehr – kapierst du das nicht?«

Mit all meiner Kraft, die ich noch übrig hatte, drehte ich den Kopf, um ihm anzusehen. Seine Augen waren wirr und glasig, und ich fragte mich, ob er mich überhaupt sehen konnte.

»Ich habe nichts mehr«, wiederholte er leise.

Ich rollte mich zu einer Kugel zusammen, bereit, mich vor einem weiteren Tritt zu schützen.

»Du lässt mich verdammt noch mal in Ruhe – du hältst dich aus meinen Geschäften und aus meinem Leben raus.« Er beugte sich vor und packte mich am Kinn. »Und wenn du Dad davon auch nur ein einziges Wort sagst – dann bringe ich dich um, kapiert?«

Als er meinen Kopf zurück auf den Boden knallte, überkamen mich alle Gefühle auf einmal.

Und dann empfand ich plötzlich nichts mehr. Oder genauer gesagt – ich fühlte mich, als wäre ich *nichts*. Als wäre die Welt nichts und ich wäre nichts und mein Körper würde unerklärlicherweise in zwei Hälften brechen, angefangen beim Herzen und von dort immer weiter nach außen.

∞

Als ich die Augen aufschlug, lag ich auf dem Linoleumboden in der Küche. Ich wusste nicht, wie viel Zeit vergangen war. Als ich die Hand auf meinen Brustkorb legte, zuckte ich zusammen. Direkt über dem Herzen war eine empfindliche Stelle, etwas war dadrin zerbrochen. Ich fühlte mich gebrochen. Zerrissen.

Cyrus war weg. Vielleicht schützten ihn seine Pillen vor dem Gefühl von Schuld oder Verantwortung. Anderseits war das eben aus uns geworden: Ich war für immer zerbrochen und Cyrus, *mein* Cyrus, war für immer verschwunden.

Ich kann mich nicht daran erinnern, dass vor diesem Tag je körperliche Gewalt in unserem Haus vorgekommen wäre. Dad hatte nur ein einziges Mal einem von uns den Hintern versohlt, und das war, als Cy mit Streichhölzern gespielt hatte. Es war ein kalter Abend draußen in unserem Spielhaus gewesen. Cy hatte Zweige gesammelt und ein paar Zeitungen zerrissen – nach weniger als dreißig Sekunden hatten die Flammen über einen Meter hochgeschlagen. Dad hatte das Feuer mit einem knallroten Feuerlöscher gelöscht. Ich war noch so klein gewesen, dass ich das alles ziemlich aufregend gefunden und Dad für einen echten Feuerwehrmann gehalten hatte – so einer, wie er in Büchern steht.

Als sich der Rauch zu lichten begann, hatte Dad Cy gepackt und ihn noch auf dem Hof übers Knie gelegt. Cy hatte nicht geweint, sondern es einfach eingesteckt, die Schläge aufgenommen wie ein Schwamm, der etwas triefend Nasses einfach wegwischte. Dad hatte gesagt, er wollte, dass Cy eine Lektion lernte, aber nie verraten, worin sie bestand. Anscheinend hatte mein Bruder an jenem Tag gelernt, dass man jemandem mit den eigenen Händen wehtun konnte, wenn derjenige etwas falsch gemacht hat. Das, und dass man recht hatte, solange man der Stärkere war.

Wie ein Hund kroch ich auf allen vieren durch den Flur in mein Zimmer, wo ich es schaffte, mich aufs Bett zu hieven. Die Sonne stand noch immer hoch am Himmel und schien hell, als ich einschlief. Als ich wieder aufwachte, war die Abenddämmerung schon fast in Dunkelheit übergegangen, und ich fühlte mich, als hätte mich ein Auto überrollt. Schwankend kam ich zum Stehen und stellte mich vor einen großen Spiegel, um den Schaden zu begutachten. Ich sah aus wie ein Kunstobjekt – die Spuren von Cyrus' Ausraster waren über meine Brust und meine Schultern verteilt. Die angehenden Blutergüsse waren noch rot, das Blut darunter war an die Oberfläche gesickert. Auf meiner Wange war ein dunkler Fleck, den ich mir wohl bei meinem Zusammenprall mit dem Küchenboden zugezogen hatte. Als ich meinen Kiefer bewegte, knackte etwas.

Ich hörte jemanden im Wohnzimmer umhergehen. Als der

Fernseher anging und Fußballgeräusche über den Flur dröhnten, war ich mir sicher, dass es Dad war – und das bedeutete, dass ich eine Entscheidung treffen musste. So weit war ich schon einmal gewesen. Ich stand in meinem Zimmer und setzte mich damit auseinander, ob ich meinem Dad eine weitere Wahrheit über Cyrus erzählte, von der es ihm irgendwie gelingen würde, sie zu vergessen oder zu ignorieren. Ich schnappte mir den Concealer und fing an, ihn auf meiner Wange zu verteilen. Vielleicht wäre ich auf diese Weise diejenige, die vergaß oder ignorierte.

Dad wollte gerade in den Saatgutschuppen hinausgehen, als ich zwanzig Minuten später ins Wohnzimmer kam.

»Hallo, Kleines.« Er warf mir einen flüchtigen Blick zu, sah mich aber nicht wirklich. Vielleicht wäre das Make-up gar nicht notwendig gewesen.

»Hey.«

»Irgendwelche Pläne für heute Abend?«

Ich schüttelte den Kopf und bereute es sofort. Der Schmerz kam so unmittelbar und war so stark, dass ich ihn förmlich hören konnte.

»Alles klar, gut, ich bin draußen im Schuppen, falls du mich brauchst, okay?«

Die Schiebetür öffnete sich kreischend und das Hämmern in meinen Schläfen weitete sich zu einer Welle der Übelkeit aus. Ich umklammerte die Tischkante und bemühte mich, die Galle in meiner Kehle hinunterzuschlucken. Nachdem ich ein paarmal tief durchgeatmet hatte, gelang es mir, eine Tasse Wasser in der Mikrowelle aufzuwärmen. Hinten im Schrank fand ich einen Beutel Pfefferminztee. Durch das Fenster konnte ich Dad sehen, der die kürzlich bestellten Beete harkte, sodass Erdklumpen und Steine um seine Füße prasselten.

Ich umfasste mit beiden Händen die Tasse und nippte den noch kaum gezogenen Tee. Direkt gegenüber von mir hing das letzte Familienfoto, das wir gemacht hatten, bevor Mom gestorben war. Das war am Unabhängigkeitstag gewesen. Mom hatte ein leuchtendes Haarband mit glitzernden Schmetterlingsfühlern über ihre Perücke gestülpt. Mein Dad lächelte, wie ich ihn seit Jahren nicht mehr hatte lächeln sehen, und Cyrus und ich hatten Wunderkerzen in den Händen. Es war eine Zeit, in der sich Dinge wie mit der Familie herumhängen oder mit dem Feuer spielen nicht so gefährlich angefühlt hatten.

Ich trank meinen Tee aus und versuchte, mich wieder hinzulegen, aber jedes Mal, wenn ich die Augen schloss, sah ich Cyrus vor mir. Sein Gesicht war von Zorn verzerrt – es war rot und irgendwie zerklüftet. Er sah mich an, als wäre ich ein Verräter. Ein Feind.

Draußen auf den am weitesten entfernten Feldern breitete sich ungleichmäßiger Nebel aus. An Abenden wie diesem konnte ich normalerweise bis zur Baumgrenze sehen. In diesem Moment konnte ich überhaupt nicht über dieses Haus, meinen Bruder und die Katastrophe, die um mich herum ausgebrochen war, hinausblicken.

Als sich die Haustür öffnete und wieder schloss, wurde ich von Panik überwältigt. Ich hätte mich am liebsten versteckt, was so weit ging, dass ich mich im Zimmer nach passenden Möglichkeiten umschaute. Als ich Janes hochhackige Schuhe über den Holzboden klappern hörte, atmete ich jedoch aus. Ich machte die Tür einen Spalt auf und sah, wie sie ihren Mantel an die Garderobe hängte.

Wenn Dad mich schon nicht sehen kann – wenn er nicht sieht, was hier passiert –, dann ist es vielleicht an der Zeit, mit Jane zu sprechen …

Mit Jane sprechen bedeutete natürlich, dass man mit Jane *sprechen* musste – und darin war ich noch nie besonders gut gewesen, obwohl sie schon seit Jahren zu meinem Leben gehörte.

Mom war neun Monate, drei Wochen und zwei Tage tot gewesen, als Dad uns von Jane McPherson erzählt hatte. Er hatte sie im Supermarkt kennengelernt. Sie hatten beide nach dem letzten Becher Cherry-Garcia-Eis von Ben & Jerry's gegriffen. Ein ähnlicher Eisgeschmack reichte als Basis für eine Beziehung offenbar aus.

Ich wollte, dass Dad glücklich war, und konnte sehen, wie Jane ihn aufmunterte. Zuerst hatte sie scheinbar gespürt, wie viel Raum sie einnehmen durfte. Sie kochte abends für uns, trug dabei aber nie Moms Schürze. Sie schaute Filme mit uns an, setzte sich dazu aber nie in Moms Fernsehsessel. Es dauerte eine Weile, bis sie nicht mehr nur Gast, sondern Teil von uns geworden war.

Mein erster Schulball war im Frühling meines ersten Jahres an der Highschool gewesen und Jane hatte mit mir gemeinsam ein Kleid kaufen wollen. Dieses Übergangsritual ins Erwachsenenleben war ein »Mom-Job« – eine Stelle, die bei mir neu zu besetzen war.

Doch als wir im Einkaufszentrum gewesen waren, hatte Jane mehr Kleider anprobiert als ich. In Schwarz und Grün sah sie toll aus, in Orange auch. »Das sind meine Farben«, hatte sie mir erklärt und ich konnte nicht widersprechen. Am Ende hatte sie zwei Kleider für sich und eines, das ich nicht einmal anprobiert hatte, für mich gekauft.

Jane hatte eine neue Garderobe. Dad hatte eine neue Freundin. Ich hatte ein Kleid, das ich nie auf einem Ball getragen hatte, weil ich nämlich gar nicht hingegangen war. Manchmal ist wohl das Bild, das man sich vom Leben macht, wichtiger als das Leben, das man tatsächlich führt.

Ich räusperte mich, woraufhin Jane sich umdrehte.

»CeCe?« Sie blinzelte mich an, und ich merkte, dass sie mehr Eyeliner aufgetragen hatte als sonst. »Ich bin gerade erst von der Arbeit weggekommen. Ist dein Vater im Schuppen?«

»Ja.«

Meine Stimme war nur wenig mehr als ein Krächzen. Jane runzelte die Stirn. »Bist du krank?«

Ich dachte einen Moment darüber nach. »Ich ... ähm, irgendwie bin ich mit Cyrus aneinandergeraten.«

Jane verdrehte die Augen. »Ich habe es deinem Vater immer gesagt, dass wir den Jungen aus diesem Keller holen und einen Job für ihn finden müssen. Was hat er dieses Mal angestellt? Hat er dich um Geld angehauen?«

Ich hätte über die Ironie in ihrer Formulierung gelacht, wenn daran irgendetwas lustig gewesen wäre. Stattdessen öffnete ich den Mund, um ihr die Wahrheit zu sagen – aber da hatte sich Jane schon umgedreht, um zurück in die Küche zu gehen.

»Mach dir deswegen keine Sorgen, CeCe – er hat uns alle schon angeschnorrt. Versuch, ihm kein Geld zu geben, vielleicht geht er dann mal raus und bewirbt sich um einen Job. Ganz abgesehen davon, kannst du ihm ausrichten, dass er diesen Saustall da unten aufräumen soll, wenn du ihn heute Abend noch mal siehst.«

Sie verschwand um die Ecke und ich lehnte mich an den Türrahmen. Offenbar war mir nur das Haus eine Stütze – auf eine Art und Weise, wie es mein Vater und Jane nicht sein konnten. Wenigstens war es da und ich konnte mich daran anlehnen.

Ich überlegte, ob ich Natalie anrufen sollte, vielleicht konnte ich zu ihr gehen und dort übernachten. Sie wusste, dass Cy verletzt war und zu Hause wohnte. Sie wusste, dass wir viel stritten und dass er nicht am College war wie seine Freunde. Bestimmt wusste sie auch, dass er Drogen nahm, aber sie sprach nie darüber. Ich *wollte* nie darüber sprechen.

Nein, ich musste etwas anderes tun – etwas für mich selbst, etwas, womit ich meinem Ziel näher kam, diese Familie zu verlassen und mein eigenes Leben zu leben.

Es kostete mich riesige Anstrengung, die Treppe hinunterzugehen. Als ich endlich unten ankam, lehnte ich mich an die Waschmaschine und lauschte. Nichts. Nicht dass das etwas zu bedeuten hätte. Wenn Cyrus zugedröhnt war, war er normalerweise tot für die Welt. Ich streckte die Hand aus und schaltete die Waschmaschine ein, nachdem ich ein paar herumliegende Handtücher hineingeworfen hatte. Immer noch nichts. Kein Knarren, kein Schlurfen, kein Rascheln von zerknülltem Papier unter Füßen. Ich griff nach der Klinke. Es war nicht abgeschlossen.

Als ich klein gewesen war, vielleicht vier oder fünf, hatte ich mich in unserem alten Haus immer in Cyrus' Zimmer geschlichen. Die Wände dort waren dunkel gewesen – marineblau oder jägergrün, das wusste ich nicht mehr so genau –, und wann immer ich dorthin gegangen war, war es mir dort kühler vorgekommen als im übrigen Haus. Kühler im Sinne von kalt, aber auch kühler im Sinne von cool. Auf seiner Kommode hatten bereits erste Trophäen gestanden. Ich hatte sie heruntergenommen und war mit meinen kleinen Fingern über die gravierten Tafeln gefahren, die unten an ihnen angebracht waren. Dort, wo »Cyrus« stand, hatte ich ganz fest gedrückt. Dadurch hatte sich sein Name für ein paar Sekunden in meine

Haut eingeprägt und war dann langsam wieder verschwunden. Manchmal hatte ich so fest gedrückt, dass es wehtat, in der Hoffnung, die Buchstaben würden wie ein Tattoo für immer bleiben.

In Cyrus' jetzigem Kellerzimmer waren auch ein paar Trophäen, aber sie standen nicht gerade im Mittelpunkt. In einem Zimmer wie diesem verwandelte und vergrößerte sich das Unheil immer mehr, und irgendwie sah das Chaos auf dem Boden anders aus, als ich das letzte Mal hier war. Ich stieg über einen Haufen Müll und fand, wonach ich gesucht hatte – Cys Vorrat. Zuerst stieg Angst in mir auf, danach Wut. Ich schluckte beides hinunter und griff nach der Schachtel.

Die Folie war weg, aber es waren immer noch ein paar Strohhalme da, an deren Spitzen graue Schlieren waren – vermutlich vom Rauch. Puderartige Rückstände hatten sich in der Ecke des Behälters angesammelt. Die Dose mit den Tabletten, die halb voll war, lag unter einem gefalteten Umschlag.

Und dann sah ich die Spritzen.

Es waren fünf, die mit einem Gummiband zusammengefasst und mit orangefarbenen Plastikstopfen verschlossen waren. Unten in der Schachtel lagen ein paar benutzte, zusammen mit einem Löffel, dessen Griff verbogen war.

Gerne wäre ich schockiert gewesen, aber dieses Gefühl war mir inzwischen abhandengekommen. Stattdessen dachte ich daran, dass Cyrus früher Angst vor Spritzen gehabt hatte, wie er vor Angst geschrien hatte, wenn es Zeit für eine Auffrischungsimpfung oder zum Blutabnehmen war. Ich schloss die Augen. Dort warteten Cyrus und sein Zorn auf mich. Sie drängten mich in die Ecke. In Gedanken gewürgt zu werden, war auch nicht schlimmer. Der einzige Unterschied bestand darin, dass ich dieses Mal darauf gefasst war.

Ich steckte die halb volle Flasche Oxys ein. Jede einzelne Pille, die ich verkaufte, wäre für meinen Bruder ein unerwarteter Schlag in den Magen. Und jede einzelne Pille, die ich verkaufte, würde mich einen Schritt näher ans College bringen, einen Schritt näher an Lucas und hundert Schritte weg von diesem Leben, das ich führte.

∞

»Hast du sie gezählt?«, fragte mich Jason. Ich nickte und versuchte, mich auf die Handvoll kleiner weißer Pillen in seiner hohlen Hand zu konzentrieren und nicht auf Lucas' Blick, der über meinen Körper wanderte.

»Es sind achtundsechzig«, sagte ich, während ich nervös mit den Füßen scharrte. »Das macht zweitausend Dollar – Massenrabatt.«

Ohne mit der Wimper zu zucken, zog Jason seine Geldbörse heraus. Ich sah mich wieder in seinem gut ausgestatteten Zimmer um: Ledersofas, ein Billardtisch, in der Ecke ein abgedeckter Whirlpool. Es war wohl typisch, dass ein Typ, der so reich war, sein Geld für Drogen zum Fenster hinauswarf. Ich war hin- und hergerissen, ob ich Schuldgefühle haben sollte, weil ich seinen Niedergang beschleunigte, oder mich lieber freuen sollte, eine verfügbare Geldquelle gefunden zu haben.

Jason drückte mir ein Bündel Geldscheine in die Hand, und ich überlegte, ob es geschmacklos wäre, die Scheine hoch in die Luft zu werfen und wie Konfetti auf mich herunterregnen zu lassen.

»Hey, Jay«, sagte Lucas. Er schlenderte zu Jason hinüber und legte ihm die Hand auf die Schulter. »Kann ich mit CeCe eine Runde Billard spielen?«

Jason nickte. »Klar, ich nehme das Zeug sowieso mit nach oben. Meine Eltern sind nicht da.« Er blickte von mir zu Lucas. »Wollt ihr mitkommen? Dann können wir uns zusammen was reinziehen.«

Ich fragte mich, ob Jason die Pillen rauchte oder schnupfte – oder ob er auf Spritzen umgestiegen war wie mein Bruder. Eine Sekunde lang blinzelte ich ihn nur an, dann schüttelte ich den Kopf. »Nein, ich … ähm … ich mache diesen Mist nicht.«

Lucas schüttelte leicht den Kopf und Jason zuckte mit den Schultern. Er sah sich nicht um, als er die Treppe hinaufging. Ich hörte, wie sich leise eine Tür hinter ihm schloss.

Als ich mich wieder Lucas zuwandte, lächelte er. Seine Lippen waren sexy auf eine Art und Weise, wie nur Männerlippen sein können – dick und voll, ohne diesen Anflug von Farbe, Gloss oder Konturstift. Der Widerspruch zwischen markanter Männlichkeit und etwas Rundlichem. Ich spürte, wie sich meine Mundwinkel nach oben bogen.

»Spielst du Billard?«, fragte er.

Ich schüttelte den Kopf. »Eigentlich nicht.«

Er steckte die Hände in die Taschen seiner Jeans und gab mir die Gelegenheit, die Muskeln an seinen Armen zu studieren.

»Wir müssen auch nicht spielen«, sagte er und deutete mit dem Kopf auf den Billardtisch. »Ich wollte nur, dass Jason uns eine Weile alleinlässt.«

Sein Blick schweifte durch das Zimmer und blieb am Whirlpool hängen. Dann sah er wieder mich an und zog eine Augenbraue nach oben.

»Ich habe keinen Badeanzug dabei«, sagte ich und spürte, wie meine Wangen und mein Hals ein wenig rot wurden.

Lucas grinste. »Ja, das ist ein Problem.«

Ich war mir sicher, er würde gleich sagen, dass wir nackt oder in Unterwäsche baden könnten, und ganz egal, wie sehr ich spüren wollte, wie Lucas mich berührte, wusste ich, dass ich nicht bereit war, in irgendeiner Form meine Kleider abzulegen. Als er nicht weiter drängte und nichts tat, außer zu einem der Sofas zu gehen und sich darauf fallen zu lassen, fühlte ich, wie sich in meiner Brust etwas lockerte. Etwas befreite sich dort. Als würde ich meine Schutzschilde langsam senken.

»Wir könnten uns einfach unterhalten«, schlug er vor.

Was von meinen Schutzschilden noch übrig war, löste sich in Wohlgefallen auf.

Stunden später – es war fast Mitternacht – fuhr ich rückwärts in unsere Einfahrt. Ich zog den Schlüssel ab und spähte den Hügel hinauf zum Saatgutschuppen. Die Lichter waren an. Durch die Jalousien konnte ich sehen, wie mein Dad von der einen Seite des Raumes zur anderen ging. Ich dachte an das Geld, das er verloren hatte, an die leere Kasse, von der er wahrscheinlich noch gar nichts wusste. Dadurch fühlte sich das Geld in meiner Tasche noch unverzichtbarer an.

Während der ersten paar Minuten der Fahrt war ich noch trunken von Lucas – von seinen Augen mit den Lachfältchen, von seinem heiseren Lachen und vor allem von der Art und Weise, wie seine Lippen über meinen Kiefer und an meinem Hals hinunterstrichen, während wir mit ineinander verschlungenen Beinen auf der Couch in Jasons Keller saßen. Doch auf halber Strecke nach Hause stieg plötzlich Panik in mir auf, ich könnte mit so viel Geld und einer leeren Dose Oxycodon erwischt werden. Ich verbrachte mehr Zeit damit, im Rückspiegel nach Blaulicht Ausschau zu halten, als auf die Straße vor mir zu schauen. Irgendwie ertönte eine innere strenge GPS-artige Stimme in meinen Ohren. Sie befahl mir abzubiegen, das

Viertel zu verlassen, auf dieser Straße weiterzufahren, in die Einfahrt einzubiegen, aus dem Auto zu steigen, ins Haus zu gehen. Nicht über »Los!« gehen. Sie haben Ihre zweihundert Dollar schon kassiert. Und noch mehr als das.

Als ich im Haus war, war der durch Adrenalin befeuerte Schwung jedoch verschwunden, und ich fühlte mich, als würde ich durch Honig waten. Er ließ meine Schritte zäh werden und zog mich nach unten wie ein Schuldgefühl. Das dauerte aber nur so lange, bis ich sah, dass die Tür zu meinem Zimmer weit offen stand. Ich hatte sie fest zugemacht, als ich weggegangen war. Der Honig um meine Beine gab nach und verflüssigte sich. Als ich die Tür aufstieß, gaben auch meine Beine nach und verflüssigten sich.

Drinnen hatte ein Tornado gewütet und nichts war davon verschont geblieben. Mein Schreibtischstuhl war umgeworfen und überall war Papier auf dem Boden verstreut. Kleider waren aus meiner Kommode und meinem Schrank gerissen und auf den Boden geworfen worden. Meine Matratze lag quer über dem Bettgestell.

Wenn etwas passierte, das mit Cyrus zusammenhing, wenn zum Beispiel Geld in meinem Portemonnaie fehlte oder ein Stapel angeschimmelter Klamotten auf der Kellertreppe lag, fand ich normalerweise einen Weg, es zu ignorieren. Es lohnte sich nicht, Dad darin zu verwickeln, vor allem nicht, wenn ich dadurch zwei Menschen gegenüber in die Defensive geriet, die alles daransetzten, den Elefanten, der hier herumtrampelte, zu verleugnen. Aber diese Katastrophe war irgendwie größer und lauter als der Elefant.

Natürlich war ich dieses Mal nicht frei von Schuld. Aber als mein Dad verschwitzt und müde durch den Flur auf mich zukam, sagte ich ihm auch nicht, er solle kehrtmachen. Stattdessen starrte ich auf die Implosion und stellte mir vor, wie mein lebloser Körper wohl aussehen würde, wenn er mitten in diesem Chaos liegen würde. Was, wenn ich hier gewesen wäre? Hätte die Zerstörung auch mich getroffen? Ich presste den Kiefer bei diesem Gedanken zusammen und zuckte wegen des unmittelbaren Schmerzes zusammen. Das war eine deutliche Erinnerung daran, was Cy bereits zerstört hatte.

»Was ist los?«, fragte mein Dad, der ausnahmsweise meinen Gesichtsausdruck wahrnahm. Ich deutete auf mein Zimmer und beobachtete, wie der Optimismus, den die Miene meines Vaters stets ausdrückte, von seinem Gesicht glitt und auf den zugemüllten Boden trudelte.

»Verdammt, CeCe! Was zum Teufel ist passiert?«

Ich sah ihn an, dann wanderte mein Blick zurück zu meinem Zimmer. »Was glaubst du denn, was passiert ist, Dad?«

»Hat Cyrus das getan?«

Ich nickte.

»Ich kann es nicht glauben. Was … warum? Warum sollte er das mit deinem Zimmer machen? Hat er irgendwas gesucht?«

»Ich … ich weiß nicht.« Lügen fühlte sich schon mehr als nur natürlich an. Wie blinzeln.

Dad blickte zur Decke hinauf und dann wieder zu der Verheerung in meinem Zimmer. Ich wusste, was in seinem Kopf gerade vor sich ging – er versuchte, Ausreden für Cy zu finden, Gründe, weshalb er das getan hatte. Dieses Mal wirkte Dads Gesicht jedoch gebrochen. Es erinnerte mich daran, wie ich früher an diesem Tag im Bett gelegen hatte. Fragmentiert. Zerschmettert. Unfähig, mich zusammenzureißen.

»Ich habe es wohl nicht wirklich begriffen …« Dad verstummte, dann schüttelte er den Kopf. Er stieg über einen

Stapel Kleider, um aus dem Fenster zu schauen. »Ich hätte das schon viel früher beenden sollen. Ich hätte ganz genau erkennen sollen, wie schlimm das alles geworden ist. Es ist nur … na ja, nachdem deine Mutter … nachdem wir sie verloren hatten, wollte ich euch Kindern einfach nicht das Gefühl geben, ihr würdet nicht geliebt. Nicht gewollt.«

Ich blinzelte seinen Rücken an, durch die Tränen in meinen Augen überkreuzten sich die Linien auf seinem Flanellhemd.

»Ich weiß, dass du mich liebst, Dad. Ich glaube nur nicht, dass du mich wahrnimmst.«

Da sah er mich an und seine Augen füllten sich mit denselben ungeweinten Tränen wie meine.

»Ich nehme dich wahr, CeCe. Ich sehe all das Gute – nur Gutes. Deshalb kann ich auch zugemüllte Kellerräume und Arztrechnungen ignorieren. Wenn ich meine Kinder anschaue und nichts als Liebe sehe, tut mir das Herz weniger weh als am Tag zuvor.«

Meine Augen wurden schmal. »Was ist mit den Spritzen? Hast du sie gesehen, als du alles andere ignoriert hast?«

Er blinzelte mich an. »Wovon redest du?«

Ich schüttelte den Kopf und atmete schwer aus. Der letzte Fetzen Respekt, den ich für meinen Vater noch hatte, schien meinen Körper mit dem Atem zu verlassen. »Er spritzt sich, Dad. Ich bin mir nicht mal sicher, wie lange schon, aber ich weiß, dass es stimmt. Und ich weiß, dass Cyrus weit, weit mehr ist als ein Tablettensüchtiger. Er ist ein Junkie.«

Dads Augen wurden schmal, als wollte er es leugnen – zusammen mit allem anderen, das er schon so lange verleugnete. Aber er schluckte nur schwer.

»Ich … ich hätte nicht gedacht, dass es je so schlimm werden würde.«

Und ich hätte ihn am liebsten gewürgt und an den Haaren nach unten in die Höhle aus Cyrus' Müll und seinem persönlichen Ruin geschleift. Stattdessen schlang ich mir die Arme um die Taille und drückte gerade so stark zu, dass ich mich an die Blutergüsse an meinen Rippen und den Schmerz in meinem Herzen erinnerte.

»Er braucht Hilfe, Dad. Wir müssen ihm helfen.«

Unfähig mich anzusehen, starrte mein Vater zum Fenster hinüber. Die Jalousien waren leicht geöffnet und nach innen gebogen, weil Cyrus – wütend, wie er war – etwas dagegen geworfen hatte.

»Du hast recht«, sagte Dad traurig, dann seufzte er. »Wir müssen Hilfe für ihn holen. Sofort. Und ich kann nicht glauben, dass ich das so lange mit angesehen habe. Es tut mir leid, Kleines.«

Das war die einzige Entschuldigung, dich ich je bekommen hatte – die Arzttermine, die hitzigen Streitereien, die versäumten Abendessen, der Geldmangel und alles, was Cyrus gesagt oder getan hatte – Dad hatte nie zugegeben, dass etwas nicht stimmte. Oder zumindest, dass da etwas war, was einem leidtun könnte.

Fast hätte ich »schon gut« gesagt. Aber diese Lüge wäre mir nicht so leicht über die Lippen gekommen wie die andere.

Stattdessen ließ ich zu, dass er mich in eine Umarmung zog, die sich wie viele Dinge gleichzeitig anfühlte. Hauptsächlich wie ein Trostpreis. Ich erwiderte die Umarmung und irgendwie wurde ich dadurch wieder ein wenig heil. Mein Dad umarmte mich und ich weinte und Cyrus war weggegangen oder bewusstlos oder gestorben, und keiner von uns wollte wissen, was davon.

13

JUNI Heute

Das Wort »Besuchstag« hat nur dann eine positive Bedeutung, wenn es um Zoos oder Großeltern geht und man selbst etwa fünf Jahre alt ist. Wenn jemand, den man liebt, vorhat, einen in einem Therapieprogramm, in einem Gefängnis, zu besuchen, ist das nicht gerade eine erfreuliche Aussicht. Deshalb ist es wahrscheinlich gut, dass mich heute niemand besuchen kommt. Normalerweise findet unser einziger Kontakt zu den Nicht-Inhaftierten durch eine kugelsichere Scheibe statt. Aber Barnes behauptet, dass »Familie und Freunde ein integraler Bestandteil des Heilungsprozesses« seien.

Ich beobachte, wie Tucker durch den Raum geht und sich neben einem Motivationsposter an die Wand lehnt. Sein Haar lockt sich ein wenig und ist noch nass von seiner morgendlichen Dusche. Ich spüre eine Art Sehnsucht wie eine Gänsehaut über meine Haut jagen. Seit dem Schrottplatz hat Tucker mich genau zweimal geküsst – einmal, als wir irgendwie plötzlich allein im Flur waren, und gestern Abend, als er mich in der Nähe des Getränkeautomaten in eine dunkle Ecke des Gemeinschaftraums gezogen hat.

»Du weißt, dass Küssen hier mehr oder weniger zu den

fleischlichen Sünden zählt«, hat er im Dunkeln an meinen Lippen gemurmelt. Ich habe mit den Schultern gezuckt und ihm die Arme um den Hals geschlungen.

»Es wäre bestimmt nicht die erste Sünde, die ich begangen habe.«

Ich ließ meine Finger über seinen Wangenknochen und hinunter zu seinen Lippen gleiten. Er packte mein Handgelenk und drückte einen schnellen Kuss darauf, dann ließ er mich neben dem summenden Getränkeautomaten stehen, dessen warme Seitenwand an meinen Rücken gepresst war – wie ein Körper, der darauf bedacht ist, mich zu beschützen.

Aber heute? Heute müssen wir unseren Familienangehörigen gegenübertreten. Tucker zumindest. Ich habe ja eigentlich keine mehr, denen ich gegenübertreten könnte, und mein Dad wird heute ganz bestimmt nicht hier aufkreuzen. Ich glaube, einerseits ist dieses Wissen schmerzhaft für mich, andererseits würde ich vor Erleichterung am liebsten seufzen. Ich wüsste ohnehin nicht, was wir uns jetzt noch zu sagen hätten.

Schon bald sind die Emotionen im Gemeinschaftsraum geradezu greifbar, und ich bin wie eine Kanonenkugel, die in einen Haufen Federn sinkt – etwas Schweres, Unbewegliches, während alle anderen im siebten Himmel schweben. Leute umarmen sich und ich möchte eigentlich nur weg. Je näher die Körper einander kommen, desto mehr verkrieche ich mich in mir selbst.

Tucker lehnt noch immer an der Wand neben der Tür. Er schaut auf seine Füße hinunter, dann nach oben zur Decke. Dann blickt er zu mir herüber, grinst und schaut wieder weg. Eine Frau, groß und anmutig wie eine Balletttänzerin, steht zögernd in der Tür. Tucker richtet sich ein wenig auf, bevor er die Arme nach ihr ausstreckt.

»Hi, Mom.«

»Oh, Tucker. Hallo, mein Liebling.«

Das Gesicht von Tuckers Mutter ist ausdruckslos, als sie weiter ins Zimmer kommt. Er folgt ihr wie ein Hündchen. Mir fällt ein, dass ich meiner Mom auch immer so hinterhergelaufen bin. Die Geste ist so kindlich und vertraut, dass es fast schmerzt.

Ich versuche, meine Aufmerksamkeit auf die Familien zu richten, die sich überall im Raum zu Grüppchen versammeln. Ein paar gehen nach draußen, um über die Betonplatten der Terrasse zu spazieren.

»Wie läuft deine Genesung?«, fragt Tuckers Mutter, während sie auf die Glasschiebetür zugehen. Ihre Augen sind wasserblau – die Art von Augen, die normalerweise immer leuchten. Aber ihr Gesicht sieht wächsern aus und auf ihrer Stirn glitzert ein dünner Schweißfilm.

Tucker beantwortet die Frage seiner Mutter nicht. Stattdessen dirigiert er sie in meine Richtung und Panik kommt in mir auf. Die Hyperventilation beginnt in meinem Bauch und breitet sich durch alle Adern meines Körpers aus.

»Mom, das ist Cecelia, eine Freundin aus dem Programm. CeCe, das ist meine Mom, Debbie.«

Ich schenke ihr ein schwaches Lächeln und traue mir selbst nicht zu, etwas zu sagen. Sie erwidert mein Lächeln – irgendwie. Wir starren praktisch aneinander vorbei, ohne uns gegenseitig anzusehen, als würden wir eine Art »Erste Begegnung in einem Irrenhaus/Gefängnis«-Grenze nicht überschreiten.

»Nun«, sagt Debbie schließlich, nachdem sie ihr Unbehagen hinuntergeschluckt hat, »ich bin froh, dass Tucker Freunde gefunden hat.«

Ich weiß nicht, was ich dazu sagen soll. Tucker scharrt irgendwie mit den Füßen, und ich merke, dass er nervös ist. Dann fallen mir der gestohlene College-Fonds und das Auto, mit dem er ins Wohnzimmer gefahren ist, wieder ein. An seiner Stelle wäre ich wahrscheinlich auch nervös.

»Dad kommt heute also nicht?«, fragt er. Seine Mutter zuckt unverbindlich mit den Schultern.

»Er ... er ist einfach noch nicht bereit.«

Ich schaue auf meine Schuhe hinunter und denke nach, was ich sagen könnte, damit ich nicht mehr so verlegen bin.

»Hey, Tucker.«

Wir drehen uns alle drei um und entdecken etwa drei Meter von uns entfernt Mary Jensen, die fabelhafte Gastrednerin. Der Sessel, der vor ihr steht, schneidet sie an der Taille ab, sodass sie aussieht, als hätte sie keine Beine.

Ich sehe Tucker an. Sein Gesicht ist noch blasser als vorher. Debbie tritt von ihm weg und geht auf Mary zu. Bevor sie bei ihr angelangt ist, stürzt Mary nach vorne und reißt Tucker in ihre Arme.

»Ich habe dich vermisst«, sagt sie. Ihre Stimme wird von seiner Schulter gedämpft.

Die Gefühle während dieser Situation fühlen sich wie Drachen an einer Schnur an, die aber so dicht beieinander und ineinander verschlungen sind, dass es unmöglich ist, sie zu trennen. Dann überkommen mich Erinnerungen – sie breiten sich aus wie Rauch, den ich unwillkürlich einatme. Als ich Tucker damit konfrontiert habe, dass er den Vortrag der Gastrednerin geschwänzt hat, sagte er: *Das war lauter Zeug, das ich schon eine Million Mal gehört habe.* Jetzt erkenne ich die Ähnlichkeit zwischen Bruder und Schwester. Ich kann nicht fassen, dass sie mir nicht aufgefallen ist, als Mary auf der Bühne gewesen ist.

Plötzlich flattert irgendetwas mit Flügeln in mir herum, etwas schlägt seine Klauen in meinen Brustkorb und versucht, zu entkommen. Ich warte nicht ab, bis ich in aller Form vorgestellt werde oder auch noch allen anderen, die Tucker liebt, die Hand schütteln muss. Stattdessen überlasse ich ihn der Wiedervereinigung mit seiner Familie und gehe weg, wobei ich mich innerlich unerklärlich zerrissen fühle.

Vielleicht nicht zerrissen. Vielleicht einfach gebrochen – in Stücke gebrochen und die Hälfte dieser Teile fehlt. Mein Dad. Meine Mom. Mein Bruder. All meine herausgebrochenen, scharfkantigen Teile sind nicht wiederzuerkennen, verglichen mit der Person, die ich einmal war, und der Familie, zu der ich einmal gehört habe. Ich habe mich noch nie so sehr danach gesehnt, irgendwo dazuzugehören, wie jetzt. Und ich habe mich noch nie so allein gefühlt wie jetzt, als ich zu dieser Tür hinausgehe und die Familien aller anderen zurücklasse, nur nicht meine eigene.

∞

Trina trägt heute eine andere Brille. Sie hat einen pinkfarbenen Rahmen, was mich wahnsinnig macht. Ich sehe Trina nicht in Rosa – eher in Grau oder so was. Eine solide neutrale Farbe. Wie ein in Massenware angefertigtes Haushaltsgerät.

Sie holt tief Luft. »Du weißt, dass das unsere letzte Sitzung vor der Anhörung ist.«

»Ja, das weiß ich«, erwidere ich. Meine Nerven liegen immer noch blank von Tuckers spontanem Familientreffen.

»Nun, ich dachte mir, du würdest vielleicht gern bestimmen, was wir heute machen. Innerhalb eines vernünftigen Rahmens natürlich.«

Ich schnaube. »Da geht er hin mein Plan, auf den Nachtbus nach Vegas aufzuspringen.«

Genau wie Jennifers Augen wirken auch Trinas nie glücklich. Sie sind entweder traurig oder mitleidig, zumindest wenn sie mich ansehen. Ich frage mich, ob sie diesen Blick bei all ihren Patienten an sich hat. Wie ein freiwilliger Helfer im Tierheim empfindet sie selbst für die Nutzlosesten, für die hoffnungslosesten Fälle nichts als Mitgefühl.

»Hast du irgendetwas auf dem Herzen?«, fragt Trina, während sie es sich auf dem Schreibtischstuhl bequem macht. Wir sind dieses Mal in Dr. Barnes' Büro. Die meisten Konferenzzimmer und Therapieräume sind heute durch Familiensitzungen belegt.

»Eigentlich nicht«, sage ich kopfschüttelnd.

Sie sieht mich skeptisch an. »Irgendwie glaube ich dir nicht.«

»Sie glauben mir *nie,* was macht das schon?«

Trina zuckt mit den Schultern, die sich in etwas verwandeln, woran ich mich nicht anlehnen kann, selbst wenn ich es wollte.

»Ich glaube«, beginne ich, während ich meine Hände nach einem Spickzettel oder so durchsuche. Ich habe das Gefühl, als hätte ich all meine Antworten in meinem anderen Körper zurückgelassen. »Ich glaube, ich bin einfach fertig mit den Menschen.«

»Was meinst du damit?«

»Fertig wie fertig – ich bin es leid zu versuchen, Freundschaften zu schließen. Ich bin es leid zu reden.«

»Warum?«

»Weil Menschen nerven.«

Trina schlägt die Beine übereinander. »Wie wär's, wenn du mir das genauer erklärst?«

Ich zucke mit den Schultern. »Es ist nur ... Ich meine, ich habe an das Gute im Menschen geglaubt ... bevor alles den Bach runterging.«

»Und jetzt?«

»Und jetzt bin ich entweder so darauf fixiert, enttäuscht zu werden, oder sie interessieren mich einen Dreck.«

»Daraus schließe ich«, sagt Trina langsam, »dass Menschen nie deine Erwartungen erfüllen. Dass sie dem Hype, der um sie gemacht wird, nicht gerecht werden.«

»Richtig«, sage ich und deute mit dem Finger auf sie. »Genau das ist es – sie werden dem Hype nicht gerecht.«

Trina mustert mich eine Minute lang, dann schiebt sie die Brille wie eine Sonnenbrille nach oben in ihre Haare. »Okay, ich habe gelogen.«

»Inwiefern?«

»Ich habe dir gesagt, dass wir keine Visualisierung mehr machen würden, aber wir sollten es noch ein einziges Mal versuchen.«

»Sie machen Witze«, stöhne ich. Unter diesen Umständen würde nichts, was ich *visualisiere*, irgendetwas bewirken. So oder so werde ich nächste Woche vor Gericht stehen. So oder so sitze ich hier drin fest. So oder so ist mein Bruder tot.

»Na los, mach es dir bequem«, befiehlt mir Trina und ich lehne mich auf meinem Stuhl zurück. Wir machen ein paar Atemübungen, was mich immer ankotzt. Atmen gehört zu den Dingen, die ich gerade noch selbst kann, vielen Dank auch.

»Na schön, CeCe«, sagt Trina ruhig. »Jetzt schließ deine Augen.«

Ich neige den Kopf zum Licht über mir. Mit geschlossenen Augen versuche ich mir vorzustellen, dass es die Sonne ist, dass ich zehn Jahre jünger bin und dass ich die Worte Piedmont, Oxycodon und Visualisierungstechniken nie gehört habe.

»Ich will, dass du dir vorstellst, du wärst an einem sicheren Ort«, fängt sie an, ihre Stimme ist singend und folgt einem Rhythmus. »Stell dir vor, du bist an einem Ort, den du schon immer als tröstlich empfunden hast, seit du ein Kind warst, oder einen Ort, an dem du dich geborgen fühlst.«

Ich presse den Kiefer aufeinander. Es ist schwer, mich an eine Zeit zu erinnern, in der ich sicher oder getröstet war. Als tatsächlich eine Erinnerung an die Oberfläche dringt, treibe ich mitten auf einem riesigen See.

»Und jetzt«, sagt Trina, »stell dir einen Moment vor, in dem du innere Wärme empfindest. Einen Moment, der Gegenwart und Vergangenheit zugleich ist.«

Moms Familie stammt aus dem nördlichen Teil des Bundesstaates New York. Alle zwei Jahre sind wir zu einem Familientreffen raufgefahren und haben außerhalb von Buffalo in einer Hütte am See übernachtet. Ich erinnere mich daran, dass der See so riesig war, dass er mich eher ans Meer erinnerte als an die Seen, die ich von zu Hause kannte. Am zweiten Tag brachte uns meine Tante oder meine Cousine oder sonst jemand ein Kanu, und Cy war wild entschlossen, es auszuprobieren. Ich hatte daran weit weniger Interesse.

»Komm schon, CeCe«, sagte er. Seine Stimme krächzte, weil er bereits im Stimmbruch war. »Das macht bestimmt Spaß.«

»Warum gehst du dann nicht einfach allein?«, fragte ich.

»Weil es ein KANU ist, Dummkopf. Und Kanu bedeutet ZWEI.«

»Sag nicht Dummkopf zu mir!«, kreischte ich und jagte ihn zum Anleger hinunter.

»Kannst du mir sagen, was du siehst?«, höre ich Trina fragen. Aber ich bin noch nicht bereit zurückzukehren. Zum ersten Mal seit Jahren sehe ich Cyrus so lebendig vor mir. Zum ersten Mal will ich mich wirklich an ihn erinnern.

Als wir es geschafft hatten, in das Kanu zu steigen, ohne zu kentern, versuchte Cy mir beizubringen, wie man paddelt. Ich war ziemlich schlecht darin, meine Arme waren zu kurz, sodass meine Ruder kaum ins Wasser reichten.

»CeCe, ich könnte genauso gut allein hier draußen sein«, beklagte er sich. Ich erinnere mich daran, wie seine Ruder uns durch das Wasser zogen, seine Arme machten die ganze Arbeit, die meine nicht leisten konnten. Ich erinnere mich daran, gedacht zu haben, dass er allmählich wie Dad aussieht, wie ein Mann und nicht mehr wie ein Junge.

»Nee«, sagte ich. Ich gab das Paddeln auf, lehnte mich stattdessen zurück und genoss die Sonne. »Du wirst nie allein hier draußen sein. Kanu bedeutet zwei, das weißt du doch.«

»Ja, aber … nicht wenn du nicht hilfst.«

»Ich helfe dir dabei, nicht zu kentern«, sagte ich. »Wir halten uns gegenseitig über Wasser.«

Und dann verschwinden das Kanu, der See und mein Bruder, sie schnellen wie ein brennendes Gummiband zurück in meinen Kopf. Ich reiße die Augen auf, mein Gesicht ist noch immer den fluoreszierenden Lichtern über mir zugewandt.

Ich schaue Trina nicht an. Ich schaue nirgendwohin, nur nach oben. Als ich die Augen wieder schließe, kann ich immer noch die Sonne auf meinem Gesicht spüren und das Schaukeln des Wassers unter mir. Kurz fühlt es sich an, als würde mir mein Bruder gegenübersitzen.

Und dann ist er weg, einfach so.

»Öffne die Augen.«

Trina starrt mich an und ich blinzle zurück, dann lasse ich meinen Blick durch das Zimmer schweifen. Er wandert an den Linien entlang, an denen die Wände auf Decke und Boden treffen. Sie fühlen sich wie Falten an. Ich fühle mich eingesperrt.

»Kannst du mir erzählen, was du gerade erlebt hast, CeCe?«

Ich schlucke schwer. Ich möchte diese Erinnerung nicht teilen – sie fühlt sich wie ein Geschenk an. Sie fühlt sich wie ein Geheimnis an.

»Es ging um meine Mom«, lüge ich. »Ich habe an meine Mom gedacht.«

Trina nickt langsam. »Inwiefern an deine Mom?«

Ich zucke mit den Schultern. »An ... an ihren Geruch. Wie sie gerochen hat – ich bemühe mich wirklich sehr, ihn nicht zu vergessen.«

Das ist zwar eine Lüge, aber ich schaffe es wenigstens, sie wahr werden zu lassen.

»Gerüche stellen oft mächtige Erinnerungen dar«, sagt Trina. »Sie ziehen uns nach hinten, anstatt uns nach vorne zu katapultieren.«

Das ergibt jede Menge Sinn, wenn man mal betrachtet, woran ich denke, wenn ich mich an die letzten Momente mit meiner Mutter erinnere.

»Ich möchte dich um etwas bitten, CeCe.«

Ich schniefe. »Okay.«

Trina verstummt, dann räuspert sie sich. »Ich möchte, dass du mir von deiner Mutter erzählst, über ihren Tod.«

Mein Blick verschwimmt und ich beiße mir auf die Lippe. Ich will Nein sagen. Ich will weglaufen. Ich will in Flammen aufgehen, ertrinken, erfrieren oder verpuffen. Ich will woanders sein, egal wo, nur nicht hier.

»Schon bald wirst du Fragen über deine Familie beantworten müssen«, sagt Trina mit weicher Stimme. »Vielleicht wäre es hilfreich, wenn du mir jetzt mal etwas erzählen würdest, das wahr ist.«

Ich schlucke schwer.

Ich könnte Nein sagen. Aber ich habe in letzter Zeit schon so oft Nein gesagt – zu Tucker, zu Barnes, zu Cam und zu Jennifer. Aber Trina hat etwas an sich – vielleicht ist es ihre Brille oder ihre zierliche Figur oder ihre überwältigende Aufrichtigkeit ... Irgendetwas ruft bei mir den Wunsch hervor, Ja zu sagen.

Ich hole tief Luft.

»Kann ich es aufschreiben?« Irgendwie kommt das wie ein Krächzen heraus.

Sie denkt darüber nach. »Wie wäre es damit? Du erzählst mir jetzt von *einer* Erinnerung und schreibst später noch etwas in dein Tagebuch. Auf diese Weise hast du zwei Erinnerungen geteilt – und wir sind unserem Ziel, dass du dich dabei wohlfühlst, deine Gefühle zu ergründen, zwei Schritte nähergekommen.«

»Okay.« Ich schlucke, dann blicke ich hinauf zur Decke. »Könnten Sie mir vielleicht ein Stichwort geben? Ich meine, worüber ich reden soll. Einen Vorschlag.«

Trina tippt sich mit ihrem Kugelschreiber an die Unterlippe. »Hmm. Wie wäre es mit ... Erzähl mir von etwas, das deine Mutter nicht mochte. Zum Beispiel Leber oder Spinnen. Etwas, das sie wirklich nicht ausstehen konnte.«

Darüber muss ich überhaupt nicht nachdenken.

»Schmerzmittel.«

Trinas Augenbrauen schießen nach oben. »Schmerzmittel?«

Ich nicke. »Wir wussten, dass es ihr wirklich beschissen

ging, als sie die Tabletten tatsächlich genommen hat. Die Dosen wanderten von der Küche ins Bad und von dort auf ihren Nachttisch – sie kamen immer näher, je schlechter es ihr ging. Und sie hasste das. Sie sagte, sie würden sie bekloppt und faul machen, zwei Dinge, die Mom niemals gewesen war, bevor sie krank wurde.«

Trina rutscht auf ihrem Stuhl herum. »Was für Medikamente hat sie eingenommen? Erinnerst du dich daran?«

Ich schniefe. »Eine ganze Menge verschiedene. Etwa sechs Monate nach ihrer Diagnose verschrieb ihr Arzt ihr Oxys. Wie es aussah, war ein betäubender Nebel das größte und einzige Geschenk, das wir ihr machen konnten. Nachdem sie die Oxys eingenommen hatte, konnte oder wollte Mom gar nicht mehr aufstehen.«

Ich verfalle in Schweigen und denke an diese kleinen orangefarbenen Fläschchen. Auf dem Etikett stand fettgedruckt Moms Name. Die weißen, kindersicheren Verschlusskappen saßen immer ein wenig schief und waren dadurch alles andere als kindersicher.

Trina ist ganz still, vollkommen reglos. Als ich aufblicke, leuchtet Erkenntnis auf ihrem Gesicht auf.

»Cecelia?«

»Ja?«

»Wann hat dein Bruder zum ersten Mal Oxys ausprobiert?«, fragt sie langsam. Wie so viele Dinge trifft mich diese Frage sofort – vor allem kommt sie mir wie ein Vorwurf vor.

»Meine Mom hat meinem Bruder keine Drogen gegeben, falls es das ist, was Sie wissen wollen«, fauche ich.

Sie schüttelt den Kopf. »Nein. Darauf wollte ich nicht hinaus. Aber als deine Mom tot war … blieben die Pillen da zurück? Ich meine, in eurem Haus?«

Ich zucke mit den Schultern, was ich bestimmt schon tausendmal getan habe. »Einige davon bestimmt.«

»Glaubst du, Cyrus hat sie genommen?«

»Das könnte sein«, räume ich ein. »Darüber habe ich … ähm … eigentlich nie nachgedacht.«

Trina nickt und blickt zur Decke hinauf. »Die Sache ist die, CeCe. In Bezug auf Sucht – manchmal ist sie schon in unserem Gehirn vorprogrammiert. Mag sein, dass Cyrus schon vor seiner Knieverletzung Schmerzmittel ausprobiert hat, vielleicht die deiner Mutter oder die eines Freundes. Vielleicht war es nur eine Frage der Zeit – eine andere Verletzung vielleicht – bis die Drogen ihn eingeholt hätten.«

Ich starre zu Boden.

»Du hättest nichts daran ändern können.«

Das Gefühl, das ich am meisten hasse – der Kloß in meinem Hals, der sich wie ein Ballknebel anfühlt –, steigt mir in die Kehle, und ich gebe mein Bestes, um ihn hinunterzuschlucken.

»Ich hätte etwas sagen sollen«, würge ich hervor.

Sofort wünsche ich, ich könne meine Worte zurücknehmen, denn Trinas Augen füllen sich mit diesem Mitleid, das ich so hasse. Das Mitleid, das sagt: *Du hast deine ganze Familie, deine Freiheit und deine Zukunft verloren.* Das Mitleid, das sagt: *Du hast alles verloren.*

»Zu wem hättest du etwas sagen sollen?«, fragt sie.

Ich konzentriere mich noch eingehender auf den Boden – auf das Linoleum, das aussehen soll wie Marmor. »Zu Dad.«

»Hast du das nie getan?«

Ich reibe mir die Augen. »Am Anfang schon. Am Ende nicht mehr. Obwohl ich es hätte tun sollen.«

Trina kommt auf mich zu und geht in die Knie, um mich dazu zu zwingen, ihr in die Augen zu schauen.

»Cyrus’ Sucht – und sein Tod – waren nicht deine Schuld, CeCe. Und es ist auch nicht deine Schuld, dass dein Vater das zugelassen hat. Dein Vater hat nur das gesehen, was er sehen wollte.«

Darüber hätte ich fast gelacht, doch stattdessen rollt mir eine Träne über die Wange.

»Er hat mich nie wahrgenommen.«

Trina lächelt mich an, dann ergreift sie meine Hand und drückt sie. »Ich nehme dich wahr, Cecelia«, flüstert sie.

Für eine Sekunde, vielleicht auch länger, glaube ich ihr.

27. Juni

Mom wollte zu Hause sterben.
Dad hasste das, weil wir alle überhaupt nicht dafür ausgerüstet waren, ihr das Leben zu retten. Erst als es keine Hoffnung mehr gab, als „retten" zu einem leeren Versprechen wurde, stimmte er endlich zu.
Aber manchmal geht es gar nicht um Tod oder Leben. Manchmal ist es nicht so einfach. An einem Donnerstagabend schlief Mom, noch immer atmend, ein, während wir uns Jeopardy anschauten. Dad trug sie ins Bett. Sie wachte nicht mehr auf, aber sie starb auch nicht. Dad war hin- und hergerissen – es gab kein Protokoll für Halb-Leben. Was hätte sie an dieser Stelle gewollt?
Er rief den Notarzt an.
Am Anfang war der Krankenhausgeruch eine fremde Kombination aus Latex und Desinfektionsmitteln. Nach einigen Tagen und Nächten wurde er uns jedoch so vertraut wie Weichspüler. Er setzte sich wie Rauch oder Fett in unserer Kleidung und unseren Haaren fest. Es roch zwar sauber, aber das bedeutete nicht, dass man sich nicht schmutzig fühlte.
Moms Bettzeug war von zu Hause – nur so konnten wir ihr den Tod schenken, um den sie gebeten hatte. Zwei Stunden, nachdem sie aufgehört hatte, von allein zu atmen, legte ich meinen Kopf neben sie und atmete alles ein, was ich

konnte. Ich roch alles, was vergänglich war, und alles, was für mich Zuhause bedeutete – die Haare meiner Mutter, unser typisches Putzmittel und so etwas wie Leben. Ich wollte mir so viel nur ging einverleiben. Ich wollte nie wieder ausatmen. Dinge, die wie Duft und Atem in der Luft liegen, verschwinden immer zuerst.
Noch Wochen später durchsuchte ich verzweifelt unser Haus nach diesem Geruch – ich vergrub mich unter Moms Pullovern und meiner Trauer. Es dauerte Monate, bis ich nicht mehr nach diesem vertrauten Geruch suchte. Und noch viel länger dauerte es, bis ich aufhörte, mir zu wünschen, ich könnte ihn wiederfinden.

– C.P. –

14

An diesem Abend halte ich nicht nach Tucker Ausschau, und ich glaube, Tucker sucht mich auch nicht. Stattdessen tauchen wir einfach zur selben Zeit am selben Ort auf. Ich würde es Zauberei nennen, wenn ich nicht immer noch wegen Schwester Mary Jensen angepisst wäre. Die einzige Zauberei, die mich gerade interessiert, ist, mich in Luft aufzulösen.

»Cecelia.«

Tuckers Stimme klingt irgendwie heiser, aber mit Funken, als würde ein Streichholz über die Reibefläche scharren, bevor es angezündet wird. Ich verenge meine Augen zu Schlitzen und sehe ihn wütend an.

»Cecelia«, wiederholt er. Ich öffne die Augen so weit, dass ich sie verdrehen kann.

»Sie ist also deine Schwester«, sage ich. Das ist keine Frage.

Tucker zuckt mit den Achseln. »Sie ist meine Schwester.«

»Wusstest du, dass sie hierherkommt?«, frage ich.

Wieder zuckt er mit den Achseln. »Eigentlich nicht. Ich meine, ich wusste, dass sie Gastrednerin werden wollte. Ich habe nicht das Recht, ihr zu sagen, dass sie das nicht darf. Es sollte hilfreich sein.«

»Und war es hilfreich?«

»Für mich?« Er schüttelt den Kopf. »Ich habe mich früher weggeschlichen. Ich wollte mir nicht etwas über das Versagen anhören, das zu meinem Vermächtnis geworden ist.«

»Ja, das habe ich gemerkt. Ich dachte, du wärst einfach nur ein Arsch.«

»Na ja. Das auch.«

»Wie auch immer.«

Ich wende mich zum Gehen, aber Tucker packt mich am Handgelenk. Ich versuche, mich loszureißen, aber er ist stärker als ich. Einen Augenblick lang bin ich wütend darüber. Dann fühlt sich sein Griff plötzlich weniger bedrohlich, aber dafür intimer an. Die Wut sickert durch die Venen in meinem Handgelenk hinaus und sammelt sich in der Luft um mich herum.

»Ich habe dich nicht angelogen«, sagt er.

»Okay.«

»Ich schulde dir keine Erklärungen.«

»Das weiß ich.«

Tucker lässt mein Handgelenk los, und ich reibe es, als wäre es wund, auch wenn es das natürlich nicht ist.

»Meine Schwester arbeitet ehrenamtlich«, sagt er, als hätte er mir nicht zugehört. »Normalerweise spricht sie vor Schülern der Highschool.«

»Hast du gewusst, dass sie kommt?«

Er nickt. »Mehr oder weniger. Ich wusste nur nicht, wann.«

»Warst du angepisst?«

Tuckers Mund zieht sich auf einer Seite nach oben. Es wäre ein halbes Lächeln gewesen wäre, wenn so etwas wie Glück dahintergesteckt hätte. Stattdessen sieht das Ganze aus wie eine Art Comic-Grimasse.

»Ich weiß nicht genau, ob ich angepisst war«, antwortet er. »Die Sache ist – na ja, es ist auch ihre Geschichte, weißt du? Ich hab die Scheiße gebaut, aber für sie hat es dann Scheiße geregnet.«

Das muss ich kurz verdauen. Ich schaue aus dem Fenster. Draußen herrscht ein nebelartiger Nieselregen, der eher schwebt als fällt. Es ist die Art von Wetter, die mein Dad liebt – so kann er pflanzen und gießen gleichzeitig. Manchmal ist die Natur auf seiner Seite.

Ich blicke wieder zu Tucker.

»Mein Bruder ist mal fast ertrunken.«

Verwirrt blinzelt er mich an. Dann scheint er zu begreifen, was ich gerade vorhabe. Ich versuche, ihm etwas von mir zu erzählen – über meine Familie. Um einen Ausgleich zu schaffen, nehme ich an. Ich habe seine Schwester kennengelernt. Ich habe seine Welt gesehen. Vielleicht sollte ich ihm ein Fenster zu meiner öffnen. Oder vielleicht will ich das einfach endlich.

»Ich war noch klein«, fahre ich fort und blicke auf meine Hände hinunter. »Ganz klein, meine ich. Ich wusste nicht, was Atmen bedeutet oder dass man es unter Wasser nicht kann. Ich wusste nicht, dass es nicht immer gut war, sich im Wasser treiben zu lassen. Eigentlich war das die einzige Art von Schwimmen, die ich damals beherrschte.

Mom war mit all ihren Klamotten direkt in den Pool gesprungen. Als sie ihn herauszog und anfing, ihn wiederzubeleben, wusste ich nicht, was sie da tat. Ich dachte, sie würde ihm einen Gutenachtkuss geben.«

Darüber lächle ich. Ich erinnere mich daran, dass sie mir später erklärte, was das wirklich gewesen war. Cy ruhte sich inzwischen aus und die Sanitäter waren wieder gegangen. Sie sagte, dass sie für ihn geatmet hätte, weil er nicht für sich selbst hatte atmen können. Ich konnte einfach nicht verstehen, dass etwas Unsichtbares dafür sorgt, dass wir überhaupt existieren.«

Tucker nickt, seine Bewegungen kontrolliert, als wolle er mir keine Angst einjagen. Ich versuche, das überwältigende Bedürfnis, mal wieder dichtzumachen, den Mund zu halten und davonzulaufen, zu unterdrücken, indem ich schwer schlucke.

»Mein Bruder, Cyrus … er war auch von Oxys abhängig«, bringe ich heraus. »So wie du.«

Tucker sieht mich erstaunt an. »Echt?«

»Ja.«

»Und jetzt nimmt er sie nicht mehr?«, fragt er. Meine Hände verkrampfen sich, und ich versuche, mich nicht wieder zu verschließen, nicht wieder die Augen zusammenzukneifen. Ich versuche, für ihn offen zu bleiben.

»Er ist tot.«

Tucker schweigt einen Augenblick.

»Das tut mir leid.«

»Ja, na ja …«

In der Stille des Raumes ist es unmöglich, den Rhythmus meines Atems zu ignorieren, der jetzt abgehackt und gestresst klingt. Wenn sie könnte, dann würde die Luft jetzt pochen. Wie der Regen draußen schwebt der Sauerstoff im Raum – als würde er lauschen. Mit Absicht atme ich langsam ein. Es fühlt sich an, als würde ich einen Mundvoll Bleichmittel inhalieren.

»Es war meine Schuld.«

Tucker zieht die Augenbrauen zusammen. »Was war deine Schuld?«

Ich reibe mir mit der Hand über das Gesicht. »Sein Tod. Mein Bruder ist *meinetwegen* gestorben.«

Tucker sagt nichts dazu. Ich bin erschöpft vom vielen Reden – von so viel Aufrichtigkeit –, deshalb suche ich nach etwas zum Sitzen. Ich lasse mich in einen Sessel fallen und Tucker setzt sich auf das dazugehörige Sitzkissen. Es ist das erste Mal seit langer Zeit, dass ich Anspruch auf etwas erhebe. Bei mir zu Hause bekam bei allem immer der Älteste oder Schnellste die beste Wahl.

Aber es ist das Hier und Jetzt, wovor ich mich fürchte. Diesen Moment, wenn jemand anfängt, all die Fragen zu stellen, die Jennifer stellt und Trina stellt, und all die Fragen, die ich mir selbst stelle und auf die ich eigentlich immer noch keine Antwort habe. Ich bin froh, dass wir gerade nicht in der Gruppe sind. Ich bin froh, dass nur Tucker hier ist. Und ein Teil von mir, ein ganz kleiner, ist froh, dass er einen Teil von meiner Wahrheit kennt.

»Wenn du ein Tier sein könntest, was für eins wärst du dann?«

»Was?« Das war die letzte Frage, die ich erwartet hätte. Tucker sieht mich von der Seite an und ich unterdrücke ein Lachen. Ich weiß, was er da gerade macht. Ich weiß nicht, ob ich mich darüber freuen soll. Das Thema zu wechseln, gewährt mir eine Auszeit, aber ich verdiene eigentlich keine.

»Ich glaube, ich wäre ein Elefant«, sagt er nachdenklich und blinzelt in die Neonlichter über uns.

»Ja? Warum denn?«, frage ich ihn.

»Na, du weißt schon, sie sind stark und taff. Sie können auch schnell sein, wenn sie wollen. Sie sind nett zu ihren Kindern. Sie halten sich gegenseitig am Schwanz fest, wenn sie in einer Reihe gehen, das ist irgendwie cool.«

»Du willst also sagen, dass du gern mit der Nase den Schwanz eines anderen halten würdest, der untrennbar mit der Stelle verbunden ist, an der derjenige kackt?«

Tucker legt den Kopf schief und denkt eindeutig noch mal darüber nach. »Dann vielleicht alles außer dem Teil mit dem Schwanz.«

Plötzlich tut es mir leid für ihn, dass er sein mächtiges Tier so leicht aufgibt. Ich schüttle den Kopf.

»Ich glaube nicht, dass du dabei vollgekackt wirst oder so. Du müsstest nur gut aufpassen. Aber ich bin mir sicher, dass Elefanten genug Manieren haben zu warten, bis niemand mehr ihren Schwanz hält, wenn sie ihr Geschäft verrichten wollen.«

»Vielleicht ist es ja auch so, als würde man jemandem die Haare nach hinten halten, wenn derjenige kotzt.«

Wir verfallen in Schweigen und ich denke an Delfine und Pferde, die typischen Mädchen-Tiere. Ich könnte Einhörner sagen und einfach gemein sein. Stattdessen versuche ich es mit einer aufrichtigen Antwort.

»Ich glaube, ich wäre ein Präriehund.«

»Echt?« Tucker sieht mich angewidert an. »Sind das nicht einfach nur bessere Hamster?«

»Nein!« Ich bin stellvertretend für alle Präriehunde empört. »Sie sind wirklich schnell. Und sie leben in einem komplexen System aus Löchern und Tunneln.«

»Wie Maulwürfe.«

»Ja, nur dass sie sehen können. Sie arbeiten zusammen und leben in Familien. Einen Präriehund sieht man nie allein – sie sind immer in einer Gruppe.«

»Wie eine Sekte?«

Ich ignoriere ihn. »Sie sind meine Lieblingstiere im Zoo.«

»Das zählt nicht.«

»Was? Warum?«

»Wenn du sie nur als Zootiere kennst, kannst du unmöglich ihr ursprüngliches Wesen kennen. Du musst sie in freier Wildbahn sehen.«

»Damit wir uns recht verstehen«, sage ich langsam, »du hast Elefanten in freier Wildbahn gesehen?«

»Na ja, nein … Aber ich habe sie im Fernsehen gesehen.«

»Echt jetzt?«

»Sie sind in freier Wildbahn *gefilmt* worden.«

Dieses Mal kann ich nicht anders als zu lachen. Das Geräusch ist kaum wiederzuerkennen.

»Weißt du, du siehst wirklich hübsch aus, wenn du lachst.« Seine Augen, die jetzt von Fältchen umgeben sind, haben einen leichten Kupferton angenommen, wie schimmernde neue Pennystücke, die mich direkt anstarren. Ich senke den Blick und schüttle den Kopf.

»Du siehst mich nur so selten dabei«, sage ich. »Deshalb ist es etwas ganz Neues.«

Er hebt die Hand in Richtung meines Gesichts. Ich glaube, er will mein Kinn anheben, damit ich ihn ansehen muss, aber stattdessen legt er sie flach auf meine Wange. Die Wärme ist beruhigend. Ich lege meine Hand auf seine. Da sitzen wir nun, meine Haut, meine Knochen, mein Blut bilden ein Sandwich um seine. Ich habe ihn ebenfalls gefangen genommen. Und trotzdem hat er mich an sich gebunden, jetzt aber auf eine andere Art.

Unsere Lippen treffen sich einen halben Meter über dem Zwischenraum zwischen Sessel und Sitzkissen. Wenn wir kleiner wären, würden wir vornüberkippen. Wenn wir schlauer wären, würden wir aufstehen. Stattdessen benutzen wir unsere freien Hände dazu, die Möbelstücke zusammenzuhalten, und wir küssen und küssen und küssen uns, bis der Regen eher nach Sonne aussieht und sich die Luft unendlich und süß anfühlt.

∞

Jennifer räuspert sich. »Kannst du für die Aufzeichnung deinen Namen nennen?«

»Cecelia Price.«

»Und wo bist du geboren?«

»In Roanoke, Virginia.«

»Bitte beschreibe jetzt deine Kindheit.«

Ich beiße mir auf die Lippe. Sie schmeckt roh. Ich muss wohl schon mal darauf gebissen haben, auch wenn ich mich jetzt nicht mehr daran erinnere.

»Werden Sie mir diese Frage wirklich stellen?«, jammere ich. Jennifer zieht ihren Blazer aus und wirft ihn auf einen Stuhl in der Nähe.

»Ja, das werde ich. Wir müssen zeigen, dass du eine glückliche Kindheit hattest. Ich habe dir aber immer wieder gesagt, dass du damit rechnen musst, dass die Befragung in viele verschiedene Richtungen gehen kann. Die Verteidigung stellt deine Familie vielleicht als die perfekte Familie dar und dich als das schwarze Schaf. Oder sie schlagen einen anderen Kurs ein.«

In Generalproben war ich noch nie gut. Ich war nie gut darin, irgendetwas einzustudieren. Ich habe mich nie großartig auf Tests vorbereitet. Ich habe das alles ganz gut allein geschafft. Deshalb fühlt es sich mehr als unecht an, wenn wir für meine Anhörung proben – es macht mich unruhig. Ich sitze aufrecht auf einem Holzstuhl, in einem langärmligen Oberteil und mit stoischer Miene. Was in diesem Raum gerade passiert, hat nichts Natürliches an sich.

»Hör mal.« Jennifer zieht einen Stuhl neben mich und setzt sich. Wir blicken beide auf die bilderlose Wand. »Jetzt ist der richtige Zeitpunkt, mir Fragen zu stellen. Worüber machst du dir Sorgen? Wie, glaubst du, wird es werden? Auf welche Konsequenzen bist du vorbereitet?«

Ich denke über den Gerichtssaal in meiner Zukunft nach. Vielleicht werde ich ganz ruhig sein. Vielleicht werde ich gegen die Details protestieren. Ich glaube nicht, dass ich bisher auch nur ein einziges Mal widersprochen habe. Das ist die Aufgabe meiner Verteidigerin.

»Ich glaube, ich fürchte mich davor, meinen Dad zu sehen«, gestehe ich.

»Ja.« Jennifer nickt feierlich. »Das wird schwierig werden. Seitdem du hier bist, hast du ihn nicht mehr gesehen, oder?«

Ich schüttle den Kopf. »Ich habe eigentlich nicht mit ihm gesprochen, seit Cyrus ... seit ich hier bin.«

»Okay.«

»Also, ansonsten glaube ich nicht, dass mich irgendetwas aus der Fassung bringen kann ... Moment mal, habe ich überhaupt Klamotten, die ich in einem Gerichtssaal tragen kann?« Mir fällt ein, dass ich außer Jeans, Kapuzenpullis und Turnschuhen gerade nichts habe.

»Ich bringe dir etwas mit – du kannst dich dann umziehen, bevor wir zum Gerichtsgebäude fahren.«

Die Zukunft ist voller Widersprüche. Nicht genug, dass ich mich mit Reue, Wut und Angst herumschlagen muss, dazu kommt auch noch die bange Aussicht, wieder hinaus in die Welt zu kommen. Seit Jennifer mich hierhergebracht hat, bin ich nicht mehr in einem Auto gefahren. Nachts stelle ich mir manchmal vor, wie ich in meinem Honda über die Hügel bei unserem Haus fahre. Als ob man auf einem Schiff ist, kann ich fast spüren, wie ich mich nach vorne neige beziehungsweise in den Sitz gedrückt werde, je nachdem, wie sich das Auto bewegt.

»Um wie viel Uhr werden Sie hier sein?«, frage ich, als Jennifer aufsteht und ihre Jacke von der Stuhllehne nimmt. Sie trägt heute einen grauen Anzug, der einen Tick dunkler ist als mein Sweatshirt. Ihre weiße Bluse hat ein ganz mattes violettes Muster. Es ist das auffälligste Kleidungsstück, das sie je hier getragen hat.

»Ich werde gegen acht da sein, spätestens um neun müssen wir los«, antwortet sie, während sie ihre Jacke über die Schultern zieht. »Kannst du um diese Zeit fertig sein?«

Was für eine bescheuerte Frage. Ich zucke mit den Schultern. »Bestimmt wird mich Tom oder einer der anderen Sicherheitsleute wecken.«

Heute begleitet mich Jennifer zurück zu meinem Zimmer. Ich gehe zu Aarti hinein, die mit gekreuzten Beinen vor unserem großen Spiegel auf dem Boden sitzt und sorgfältig Eyeliner aufträgt. Sie sieht aus wie Kleopatra, und ich frage mich, ob genau das ihr Plan ist. Wir haben alle unsere Masken.

»Bis morgen, CeCe«, sagt Jennifer über die Schulter hinweg. Die Tür geht hinter ihr zu, und das vertikale Rechteck aus Glas hallt ein wenig nach, weil sie sie fast zugeschlagen hat.

»Deine Anwältin?«, fragt Aarti, obwohl sie es weiß. Aarti weiß mehr über mich, als ich ihr je erzählt habe – das ist ein Nebeneffekt, wenn man sie als Zimmergenossin hat.

Ich lege mich auf die nicht besonders weiche Steppdecke

auf meinem Bett. Aarti trägt weiterhin Make-up auf, und ich stütze den Kopf auf den Arm, um ihr dabei zuzusehen.

»Woher hast du das überhaupt?«, frage ich. Die Wärter hatten mein Kosmetiktäschchen konfisziert, als ich hierherkam – nicht dass besonders viel darin gewesen wäre.

»Victoria hat erlaubt, dass ich es bekomme. Wir hatten eine gute Therapiesitzung.« Victoria ist Dr. Barnes' Stellvertreterin. »Aber nur für heute.«

Ich verfalle in Schweigen und schaue zu, wie sie sich Puder auf die Wange pinselt.

»Von wem hast du das gelernt?«

»Was gelernt?«

»Wie man Make-up aufträgt und so. Hat dir das deine Mom beigebracht?«

Sie schüttelt den Kopf, den Mascara-Stift nur ein paar Zentimeter von ihrem Auge entfernt.

»Meine Schwester hat es mir gezeigt. In Indien trägt man Make-up bei Zeremonien und so. Selbst wenn man noch ganz jung ist.«

Sie trägt Mascara auf, was irgendwie hypnotisierend wirkt. Mom hat mir nie so richtig gezeigt, wie das mit dem Make-up geht. Ich meine, hinter die Grundlagen bin ich schon selbst gekommen: Lippenstift für die Lippen, Lidschatten für die Augen. Aber ich weiß immer noch nicht, welche Farben ich wählen soll oder wie man sie kombiniert. Ich weiß auch nicht, welche Pinsel für was benutzt werden. Als würde ich diesen ganzen Teil des Frauseins überhaupt nicht kennen, als hätte ich eine Woche lang den Weiblichkeitsunterricht verpasst und hätte so nie gelernt, wie man sich schön macht.

»Soll ich es dir zeigen?«

Ich blinzle sie an, als sie mir bedeutet, zu ihr auf den Fußboden zu kommen. Ich zögere kurz, während ich über die stille, einsame Alternative nachdenke. Dann mache ich ein paar behutsame Schritte und lasse mich neben ihr nieder.

»Meine Grundierung wird viel zu dunkel für dich sein, aber ich könnte dir zeigen, wie du Augen und Lippen schminkst.«

Aarti lächelt und streicht sich das dunkle Haar hinter das Ohr. Als sie die Hand ausstreckt, um mein Kinn nach oben zu neigen, zwinge ich mich, nicht zusammenzuzucken.

»Mich hat noch nie jemand geschminkt«, gestehe ich, während sie ihre Puderdosen und Pinsel durchsieht. Sie sieht mich mit zusammengekniffenen Augen an, während sie eine Palette violetter Lidschatten aussucht.

»Deine Mom hat es dir nie gezeigt?«

Ich schüttle den Kopf. »Sie war … Sie ist gestorben, bevor ich wirklich Interesse daran hatte.«

Ich warte auf das mitleidige Lächeln, aber Aarti schenkt es mir nicht. Stattdessen sagt sie nur: »Schließ die Augen.«

Und das tue ich.

»Du musst morgen vor Gericht?«, fragt Aarti. Ich spüre, wie sie bis hinauf zu meinen Brauen Lidschatten auf mein Augenlid pinselt.

»Ja.«

»Nervös?«

Ich atme aus. »Ja, ziemlich.«

»Glaubst du, du kommst wieder hierher zurück?« Sie geht zum anderen Augenlid über und ich zucke ein wenig mit den Schultern.

»Ich weiß nicht … Ich meine, in meinem Fall gibt es nicht so viele Alternativen.«

»Hmm.«

Dann schweigen wir wieder. Ich atme langsam aus, während der Pinsel über meine Haut streicht, und versuche, mich an eine Zeit zu erinnern, in der ich etwas so Schönes, so vollkommen Tröstliches und absolut Angenehmes empfunden habe. Dann fallen mir Tuckers Küsse ein, und ich merke, dass ich erst vor einer Stunde die gleiche Art von einfacher, süßer Flucht empfunden habe.

»Okay, Augen auf.« Aarti sieht mich an, als ich die Augen aufschlage. »Du brauchst ein wenig Eyeliner. Und Mascara wird bei deinen Wimpern Wunder wirken.«

Sie schnappt sich einen schwarzen Kajalstift und die Wimperntusche. Automatisch schließe ich die Augen, als sie sich an die Arbeit macht.

»Du musst deine Schwester wirklich vermissen«, sage ich, während Aarti entlang meiner Wimpern eine Linie zieht.

»Ja, sie ist das Beste, das mir in diesem Land noch geblieben ist. Eigentlich das Einzige. Ich hoffe, dass ich in ihre Nähe ziehen kann, wenn ich erst mal achtzehn bin.«

»Wieso hast du so früh geheiratet, wenn ich fragen darf?«

Meine Wimpern gehen flatternd auf, und ich sehe, dass sie mit den Schultern zuckt, bevor ich die Augen wieder fest schließe.

»Mein Mann hat ein Sabbatjahr in Kalkutta verbracht. Ich habe nach einem Weg gesucht, dort rauszukommen, und dachte, er wäre der sprichwörtliche – wie nennt man das noch? Der Ritter in der schimmernden Rüstung?«

»Ja.« Ich schlucke.

Selbst auf der anderen Seite der Welt ist das Gefühl verbreitet, dass man jemanden braucht, der einen rettet. Trotzdem ist es irgendwie ermutigend zu sehen, wie sie versucht, sich selbst zu retten.

»Und hat es sich gelohnt?«, frage ich sie.

Es folgt eine lange Pause, und ich spüre, wie ihr Handballen sanft auf meinem Wangenknochen ruht, während sie mit einem größeren Pinsel über meine Stirn streicht.

»Ja«, sagt Aarti schließlich. »Es hat sich gelohnt, denn mein Leben in Kalkutta … war vorherbestimmt. Trotz allem bin ich jetzt hier. Ich werde letztendlich in der Lage sein, meine eigenen Entscheidungen zu treffen, auch wenn sie mir momentan noch diktiert werden.«

Ich schlucke. Das helle Licht der Hoffnung auf eine Zukunft scheint direkt durch meine geschlossenen Lider, und ich würde zusammenzucken, wenn es nicht so schön wäre.

»So – schau es dir mal an«, sagt Aarti.

Blinzelnd wende ich mich dem großen Spiegel zu und habe ein wenig Angst, was ich darin sehen werde – aber nur bis ich meine Augen ganz aufgemacht habe und genau sehe, was meine Zimmergenossin vollbracht hat.

»Wow.«

Sie hat mit dem schwarzen Eyeliner einen Rahmen um meine Augen gezogen, der mit den Schatten darunter konkurriert und sie weniger auffallen lässt, vor allem durch die lavendelfarbenen Lidschatten darüber.

Meine Augen wirken weniger traurig, weniger gebrochen als noch vor ein paar Stunden. Ich weiß nicht, was mir am meisten gutgetan hat – Tuckers Küsse, Aartis Make-up oder sogar Trinas Therapie. Eigentlich glaube ich nicht, dass es eine Rolle spielt.

»Danke.«

Ohne nachzudenken überbrücke ich den Abstand zwischen uns und umarme meine Zimmergenossin, diese beinahe Fremde, die meine Albträume mitbekommen, mir beim Essen zugeschaut und die Augen abgewandt hat, wenn ich meine Ruhe haben wollte. Erst jetzt, wo ich wahrscheinlich so gut wie fort bin, finden wir endlich Kontakt zueinander. Ich würde mich schlecht fühlen, weil ich so viel Zeit vergeudet habe, wenn ich nicht so dankbar für die letzten zehn Minuten wäre. Für die letzten paar Stunden. Für die letzte Woche.

Und wenn es auch nichts anderes gebracht hat, so habe ich immerhin das bekommen: eine Lektion im Schminken von meiner Zimmergenossin, eine Therapiestunde, bei der ich mir nicht die Haare ausreißen wollte, und einen Kuss von einem Jungen, der als Gegenleistung nur Küsse von mir wollte. Ein Junge, der Oxys genommen und seine Eltern hintergangen hat. Ein Junge wie mein Bruder, der aber nicht mein Bruder ist. Ein Junge, der noch am Leben ist.

15

APRIL Zwei Monate zuvor

Nachdem er mein Zimmer verwüstet hatte, kam Cyrus nicht nach Hause. Mein Dad hatte die wildesten Theorien, aber in den ersten Tagen gingen wir einfach davon aus, dass er bei einem Freund übernachtete. Dad versuchte, ein paar von seinen Fußballteamkollegen zu erreichen, weil er sich sicher war, dass Cyrus sich als Erstes an sie wenden würde. Ich sagte nicht, was ich dachte – dass Cys einzige Freunde eher andere Drogenabhängige und nicht seine alten Kumpels waren. Dass er seit fast einem Jahr nicht mehr mit seinen Teamkollegen gesprochen hatte.

Als er schon ein paar Tage weg war, lud ich Lucas zum ersten Mal zu uns nach Hause ein. Dad war weggegangen – auf irgendeinen Markt, den er sich anschauen wollte – und Jane war bei der Arbeit. Ohne Cyrus war das Haus mehr als nur ruhig, es war friedlich auf eine völlig fremde Art und Weise. Ich schaffte es nicht einmal, nicht jederzeit damit zu rechnen, das gefürchtete dumpfe Geräusch der Schuhe meines Bruders zu hören, wenn er die Kellertreppe heraufkam.

»Möchtest du fernsehen?«, fragte ich Lucas. Er sah sich gerade ein gerahmtes Foto von mir an, auf dem ich noch in der Grundschule war. Er blickte auf und zuckte mit den Schultern.

»Gerne. Übrigens warst du echt bezaubernd.« Er deutete auf das Bild, dann näherte er sich mir und schlang mir den Arm um die Taille. »Tatsächlich bist du immer noch ziemlich bezaubernd.«

»Findest du?«

»Mm-hm.«

Ich schaltete den Fernseher ein – irgendeine Morgennachrichten-Unterhaltungs-Show füllte den Bildschirm und die Stille aus – aber ich glaubte kaum, dass Lucas oder ich überhaupt mitbekamen, ob außerhalb unserer Körper, die sich aneinanderpressten, überhaupt etwas im Zimmer passierte. Er hatte mich rückwärts zur Couch gedrängt und mich gezwungen, mich hinzulegen, noch bevor ich überhaupt darüber nachdenken konnte, Nein zu sagen. Nicht dass ich das gewollt hätte. Der Druck seines Gewichts auf meiner Haut, meinen Knochen und meinen Muskeln war die allerbeste Art von Druck – die Art, vor der man keine Angst hat, die Art, für die der Körper lebt.

»Lucas«, keuchte ich, als seine Hand über meinen Bauch und dann unter den Saum meines T-Shirts strich.

»Möchtest du, dass ich aufhöre?«, murmelte er an meiner Haut und bedeckte mein Schlüsselbein mit Küssen.

Wollen? Nein.

Müssen? Irgendwie schon.

»Ja ... Ich ... Es tut mir leid. Ich bin einfach nicht ...«

Er ließ von mir ab und schüttelte den Kopf. »Mach dir keine Sorgen, CeCe. Ich bin nicht deswegen hergekommen.«

Er umfasste mit einer Hand mein Kinn, dann lehnte er sich in die Sofakissen zurück und schnappte sich die Fernbedienung.

Ich schmiegte mich an seine Schulter und er zappte durch die Kanäle. Die schlichte Alltäglichkeit dieses Moments – einen Jungen bei mir zu Hause zu haben, im Wohnzimmer mit ihm fernzusehen – ließ mich so ziemlich alles vergessen, was in meinem Leben alles andere als schlicht und einfach war.

Als eine weitere Woche verstrichen war, wurde es schwierig, die Augen davor zu verschließen, was um mich herum passierte. Ich war so schlimm geworden wie Dad. Mein Zimmer war noch immer verwüstet, weil ich mir nicht mal die Mühe gemacht hatte, es aufzuräumen. An dem Morgen, an dem ich endlich beschloss, alles in Ordnung zu bringen, saß ich auf meiner Matratze und hörte, wie Dad mit Jane telefonierte. Er verzweifelte allmählich wegen Cys Verschwinden, seine Stimme klang schrill und blechern.

»Vielleicht ist er von der Brücke gesprungen oder sonst was!«, schrie Dad. »Vielleicht haben sie ihn irgendwo sterbend zurückgelassen!«

Ich stellte mir die Beerdigung meines Bruders vor und mir wurde schlecht vor Erleichterung. Dann stellte ich mir vor, dafür bezahlen zu müssen. Die ungewohnte Stille im Haus war willkommen, so erfrischend, und doch hing sie gleichzeitig wie ein Gestank in der Luft. Wie der Rauch, den Cy mit sich genommen hatte, als er verschwand.

Jane kam und ging die ganze Woche, ohne ein Wort zu sagen. Das einzige Mal, dass Dad und sie miteinander redeten, war am Telefon. Sie sagte, sie würde in der Kanzlei bei einem großen Fall assistieren. Ich hörte, wie sie zu Dad so was sagte wie dies sei »ihre Chance, vorwärtszukommen«, und ich dachte noch, *Vorwärtskommen im Sinne von sich weiterentwickeln? Oder im Sinne von hier wegzukommen?* Ich sah sie jeden Morgen und Abend ein paar Minuten. Jedes Mal hielt sie einen Becher Kaffee in der Hand und hatte einen Blick, als wäre sie ganz weit weg von zu Hause. Ihre Wangen waren gerötet, aber nicht von irgendeinem Make-up. Statt zu vertuschen, verrieten sie sie. Ich konnte ihre Schwermut schon aus einer Meile Entfernung riechen.

Außerhalb der Familie erzählte ich niemandem davon, dass Cy vermisst wurde. Stattdessen ging ich zur Schule, auch wenn ich an den meisten Tagen noch vor dem Acht-Uhr-Läuten mit Lucas wegging. Ihn zu sehen war zu einer täglichen Notwendigkeit geworden wie persönliche Hygiene. Schwärmerei verwandelte sich in Verknalltsein. Ich war geliefert.

»Hunger?«, fragte Lucas mich am Donnerstag, während er seinen Wagen über den Parkplatz der Schule zurück auf die Hauptstraße lenkte. Ich schüttelte den Kopf und beobachtete, wie er zwei Zigaretten aus seiner Packung klopfte. Wenn ich ihn morgens ansah, wusste ich, dass sein zerzauster Look authentisch war – keine Dusche und keine Rasur vor der Schule. Alles, was ich denken konnte, war: *So wäre es, wenn man neben ihm aufwachen würde.*

Und so beschloss ich, dass Zwischenprüfungen unwichtig waren und dass ich kein Abschlussdiplom brauchte.

»Das ist der dritte Tag in Folge, den du schwänzt.« Grinsend reichte mir Lucas eine Zigarette und beobachtete mich dabei, wie ich sie ungeschickt anzündete. »Du meintest das wohl ernst, als du gesagt hast, du würdest nicht ans College gehen, was?«

Ich zuckte nur mit den Schultern und bemühte mich, ohne zu husten an der Zigarette zu ziehen. Ich kurbelte das Fenster herunter und atmete aus, während wir in den McLaughlin Park einbogen. Die städtische Parkanlage war jetzt unsere Anlaufstelle. Nichts unterbrach uns, außer das staccatoartigen Aufprallen von Tennisbällen, die auf dem nahe gelegenen Tennisplatz geschlagen wurden. Diese Art von Hintergrundgeräusch, dieser Beweis von Leben jenseits unserer Peripherie, war irgendwie erregend. Es gab nichts über Beinahe-Alleinsein, um den Vorteil von Privatsphäre genießen zu können.

Küssen fühlte sich auch natürlicher an, seit ich jeden Tag mit Lucas übte. Manchmal, wenn ich die Augen schloss und alles, was ich wahrnahm, Lucas war, dachte ich an Fußball – an Cyrus, wie er zu jeder erdenklichen Zeit aufgestanden war, wie der Sport all seine Stärke, sein Interesse und sein Gefühl in Anspruch genommen hatte. Dass es immer noch Morgen gewesen war, wenn er mit allem fertig und völlig erschöpft war. Dieses Gefühl gab Lucas mir auch. Ich gab ihm alles, was ich hatte, und für jemand anders war nichts mehr übrig. Besonders praktisch war das in einer Zeit, in der ich eigentlich so viele andere Dinge hätte empfinden müssen – Schuld, Angst oder Reue.

»Erklär mir mal was«, sagte Lucas, nachdem er seine Lippen von meinem Hals gelöst hatte. Wir hatten den Wagen ganz am Ende des oberen Parkplatzes des Parks abgestellt. So früh kamen weniger Leute hier herauf, und in diesem Moment fühlte es sich an, als wären wir die einzigen Menschen auf der Welt.

»Hm?«

»In der Schule. Ich meine, fällt dir die Schule leicht?«

Ich bewegte mich, um ihn anzuschauen. »Wie meinst du das?«

Lucas zuckte mit den Schultern. »Ich meine, du hast gute Noten und all so was. Wir haben früher Witze darüber gemacht, aber wir wissen beide, dass du ans College gehst.«

Ich schnaubte. »Aber nicht auf ein gutes.« Dann biss ich

mir auf die Lippen, weil ich wusste, wie das klang. »Ich meine, nicht auf so etwas wie eine Elite-Uni.«

»Ich weiß, was du meinst.«

Einen Moment lang herrschte Schweigen, und ich befürchtete schon, ich hätte ihn beleidigt. Dann streichelte er die weiche Seite meines kleinen Fingers. Ich lächelte ein wenig und schlang dann meine Finger zwischen seine.

»Du könntest auch gute Noten bekommen«, sagte ich leise. Jetzt war Lucas derjenige, der schnaubte.

»Bitte. Schon mal was von hoffnungslosen Fällen gehört?«

Ja. Ich lebe mit einem zusammen. Lebte *mit einem.*

»Es gibt keine hoffnungslosen Fälle«, log ich.

Er fuhr sich mit der Hand durch die Haare, dann legte er sie über die Augen. »Ich bin nicht für die Schule gemacht.«

Momente wie diese verwirrten mich. Ich habe genug Bücher gelesen und genug Filme gesehen, um zu wissen, dass ich eigentlich versuchen sollte, einen besseren Menschen aus Lucas zu machen, die bestmögliche Version seiner selbst. Dass ich ihn dazu bringen sollte, seinem Leben eine Wendung zu geben oder so. Stattdessen schlang ich einen freien Finger um eine Gürtelschleife seiner Jeans.

»Vielleicht kannst du morgen ja zur ersten Stunde bleiben.«

Er stieß ein bellendes Lachen aus, als hätte ich etwas völlig Unmögliches vorgeschlagen. Ich schaute auf die Uhr am Armaturenbrett. Ich verpasste gerade Dr. Schafers Stunde über Säuren und Basen. Ich fühlte mich schlecht, weil ich ihren Unterricht schwänzte – wirklich. Aber ich konnte einfach nichts dafür, Lucas' Anziehungskraft war stärker. Es war unerklärlich, aber ich hatte ein paar Hypothesen, und ein Morgen wie dieser bot mir die Gelegenheit, Informationen darüber zu sammeln.

Lucas zeigte mir unterschiedliche Seiten von sich. Heute Morgen zum Beispiel hatte ich gesehen, wie er sich eine Oxy-Pille unter die Zunge steckte, als ich in seinen Wagen eingestiegen war. Er hatte mich nie um welche gebeten, deshalb konnte ich nur annehmen, dass er sie von Jason hatte. Irgendwie fühlte ich mich schmutzig bei diesem Gedanken. Und da waren noch andere Dinge. Manchmal rauchte er eine Zigarette nach der anderen. Manchmal lachte er zu laut.

Manchmal erinnerte er mich an Cyrus – auf eine Art und Weise, die Angst und Übelkeit in mir hervorrief.

Trotzdem hatte Lucas weiche Kanten und seine Hände fühlten sich jetzt schon wie ein Zuhause an. Es klang verrückt, aber sie fühlten sich fast an wie die meiner Mom, wenn er mir das Haar nach hinten strich oder meine Wange berührte. Schon bald jedoch lernten sie, vorne über meine Jeans zu streichen. Und dann dachte ich nicht mehr an meine Mom.

Stattdessen dachte ich nur noch daran, dass diese Berührung das Zentrum meines Universums war, mein Anziehungspunkt, mein Grund zu leben. Lucas war in jeder Hinsicht zu meiner Droge geworden. Und ich war in jeder Hinsicht süchtig – genau wie mein Bruder. Und dafür hätte ich mich gehasst, wenn es sich nicht so verdammt gut angefühlt hätte.

∞

An diesem Freitag sagte ich zu Lucas, dass ich zur Schule gehen musste, dass ich zumindest versuchen musste, meine Kurse zu bestehen. Außerdem wollte ich mit Natalie reden, die in den letzten ein oder zwei Wochen vollkommen von der Bildfläche verschwunden gewesen war. Es war, als hätte Cyrus Natalie mitgenommen, als er weggegangen war.

»Ich habe dich ein paarmal angerufen, Nat«, sagte ich leise. Wir standen morgens vor der Chemiestunde vor ihrem Spind. Sie zuckte mit den Schultern.

»Hör mal, CeCe, du tust, was du tun musst – wenn du mit Lucas abhängen willst, dann ist das deine Sache.«

Ich verengte die Augen zu Schlitzen. »Was ist mit dem Mädchen passiert, das ihn total heiß fand? Wer hat mich bei der College-Besichtigung denn mit ihm allein gelassen?«

Natalie seufzte. »Hör mal, Jeremy hat mir gesagt, dass Lucas und sein Cousin in ein paar fragwürdige Dinge verwickelt sind.«

»Was für eine Art von ›fragwürdigen Dingen‹?«

»Drogendealen und so. Jeremy hat gesagt, dass der gute Jason ihm in der Umkleidekabine Oxycodon angeboten hat. Das ist ziemlich hardcore, CeCe. Das ist etwas anderes als Marihuana oder so. Ich glaube kaum, dass du in so etwas verwickelt werden willst.«

Ich rümpfte die Nase und zwang meine Stimme, ruhig zu bleiben. »Hör mal, vielleicht hat Jeremy das einfach missverstanden.«

»Missverstanden, dass man ihm Drogen angeboten hat?«

»Ich weiß nicht … vielleicht.« Ich warf meine Hände nach oben. »Ich habe dir nie die Hölle heißgemacht wegen der Typen, mit denen du ausgegangen bist. Kannst du dich nicht einfach für mich freuen?«

Natalie sah aus, als hätte sie etwas Saures gegessen, ihr Gesichtsausdruck war eindeutig verkniffen.

»Ehrlich gesagt, nein. Ich glaube, das kann ich nicht. Nicht dieses Mal.«

Dann weiteten sich ihre Augen ein wenig. Sie nahm ein Buch aus ihrem Spind und schlug ihn zu.

»Ich muss los«, murmelte sie und eilte davon. Stirnrunzelnd sah ich ihr nach.

»Guten Morgen, meine Schöne.«

Ich wirbelte herum und grinste Lucas an, der mit den Händen in den Hosentaschen dastand und mir ein Hundert-Watt-Lächeln zuwarf.

»Du bist hier! Gehst du tatsächlich zur ersten Stunde?«

Doch er legte mir den Finger auf die Lippen, als wollte er, dass ich ein Geheimnis bewahrte.

»Hör mal, du musst mir einen Gefallen tun.«

Ich runzelte die Stirn. »Klar. Was ist los?«

Er seufzte und rieb sich mit der Hand über das Gesicht. »Jason ist tierisch auf Entzug. Er hat keine Pillen mehr und geht fast drauf – er wird einen Anfall oder so was kriegen. Wir müssen ihm was besorgen, damit er nicht im Krankenhaus landet.«

»Er braucht mehr?« Ich konnte meine Fassungslosigkeit nicht verbergen – ich hatte ihm vor knapp zwei Wochen eine ganze Wagenladung Pillen verkauft.

»Du weißt, dass ich dich nicht darum bitten würde, wenn es kein Notfall wäre«, sagte Lucas und senkte dabei ein wenig die Stimme. »Glaubst du, dass Cyrus noch ein paar entbehren kann?«

Er streckte die Hand aus und spielte mit einer Haarlocke von mir. Einen Moment lang stellte ich mir vor, er würde sie zu etwas Prachtvollem verweben. Etwas, worin wir uns beide einhüllen, worin wir davonfliegen konnten. Dann ließ er die Hand wieder herunterfallen.

»Ich werde sehen, was sich machen lässt«, sagte ich schließlich. Hinter Lucas, am anderen Ende des Flurs, sah ich Dr. Schafer, die sich mit einem anderen Lehrer unterhielt. Ich hatte ihren Unterricht diese Woche dreimal geschwänzt. Als sich unsere Blicke trafen, sah sie mich an, als wäre ich eine neue Schülerin, als würde sie mich überhaupt nicht kennen.

»Ich muss heute zur Chemiestunde«, sagte ich, während ich mich wieder Lucas zuwandte. Er nickte, wirkte aber zerstreut. Ein paar Schritte von uns entfernt standen einige von Jasons – und wohl auch Lucas' – Freunden im Halbkreis.

»Ich schreibe dir eine SMS.« Seine Lippen streiften meine Wangen, und ich unterdrückte das Bedürfnis, nach seinem Gesicht zu greifen, ihn zu mir zu ziehen und ihn nicht gehen zu lassen.

Während des Unterrichts dachte ich über Wettkämpfe nach. Wenn man mit jemandem zusammen war, schien man in eine Art Spiel verwickelt zu sein, aber das war etwas Neues für mich, und ich kannte die Regeln nicht. Wenn das mit Lucas vor einem Jahr gewesen wäre, hätte ich mit Natalie darüber gesprochen. Vielleicht hätte ich sogar Cy um Rat gebeten – er hatte immer einen guten Durchblick gehabt, wenn es um Liebesangelegenheiten ging. Für mich war das alles nur ein schwer zu erreichendes Gut, etwas, das man begehrte. Cy brachte das andere Geschlecht nicht so aus der Fassung wie mich. Vielleicht hätte ich ehrlich sein sollen.

Lucas, ich kann die Pillen nicht besorgen.

Cyrus ist weg. Wir haben ihn die ganze Woche nicht gesehen.

Vielleicht sollte Jason ins Krankenhaus gehen. Ich meine, jemand, der so viele Pillen einwirft, muss ein Problem haben …

Die Sache mit der Ehrlichkeit ist jedoch, dass sie nicht nur ein kleiner Tropfen ist, sondern eher eine Sintflut auslöst. Wenn man sie ausgesprochen hat, verwandelt sich das Gefühl der Befreiung so schnell in Erleichterung, dass man sich kaum noch daran erinnert, was man gesagt hat. Sobald ich anfing, Dinge zu gestehen, konnte ich nicht mehr damit aufhören. Wer konnte schon erahnen, was dabei herauskommen würde?

Ich habe Cyrus die Pillen gestohlen. Deshalb ist er von zu Hause abgehauen.

Nachdem meine Mom gestorben war, wollte ich nicht mehr, dass mich jemand anfasst.

Ich bin einfach ein gebrochener Mensch und du hast mich fast wieder gesund gemacht.

Eigentlich hätte es mich nicht überraschen dürfen, als Dr. Schafer mich darum bat, nach dem Unterricht noch kurz zu bleiben. Ich glaubte auch, dass ich nicht wirklich überrascht war. Ich fühlte mich unbehaglich, ja. Eindeutig unbehaglich.

»Möchtest du mir erzählen, was mit dir los ist, CeCe?«

Die Frage war so nüchtern, so direkt, dass ich fast nicht hätte antworten können. Ich blickte auf meine Schuhe hinunter, dann sah ich wieder meine Lehrerin an.

»Es tut mir leid … Ich weiß, dass ich oft gefehlt habe …«

»Bitte.« Dr. Schafer verdrehte die Augen. »Zu fehlen bedeutet, dass man krank ist oder einen Termin hat. Was du da treibst, nennt man schwänzen.«

»Ich …« Ich wusste nicht, was ich sagen sollte, denn sie hatte ja recht. »Es tut mir leid.«

Sie schüttelte den Kopf und ließ sich auf ihren Schreibtischstuhl sinken.

»Du bist so klug – so talentiert, CeCe. Du hast noch dein ganzes Leben vor dir. Jetzt, so kurz vor dem Abschluss, ist nicht der richtige Zeitpunkt, dieses ganze Potenzial wegzuwerfen.«

Ich nickte. »Das weiß ich.«

»Du weißt, dass du immer mit mir reden kannst, wenn du das brauchst.« Dr. Schafer schlug einen sanfteren Ton an und ich presste den Kiefer aufeinander.

»Schon gut, Dr. Schafer«, sagte ich schließlich und bedachte sie mit einem schwachen Lächeln. »Mir geht es gut.«

»Na dann. Ich erwarte, dich ab jetzt in jeder Stunde zu sehen, okay?«

Ich schluckte schwer. »Okay.«

Ich redete mir ein, dass das keine Lüge war, wenn ich nicht wusste, ob daraus was werden würde. Und ich glaubte, dass ihr das reichte, denn sie ließ mich ohne ein weiteres Wort gehen.

∞

Nach der Schule fuhr ich nach Hause und musste in der Einfahrt warten, bis ein Entenpaar über den Kies gewatschelt war. Während ich einparkte, scharrten ein paar Hühner in der Erde neben dem Schuppen. Wenn man auf einer Farm lebte, war man nie allein. Daran hatte ich mich inzwischen gewöhnt. Allerdings dauerte es etwas länger, bis ich die Person auf der Terrasse entdeckt hatte, die leicht nach hinten gebeugt im Schaukelstuhl neben der Tür saß. Als ich die Augen schloss, machte mein Magen einen kleinen Satz.

Cyrus sah in dem Stuhl seltsam klein, aber gleichzeitig auch schlaksig aus, als wäre sein Körper zu schnell gewachsen und als könnten seine Glieder gar nichts anderes als immer länger werden. Er war schmutzig und seine Augen waren geschlossen. Ich betrachtete ihn und wartete auf das verräterische Heben und Senken des Atems. Sein Brustkorb dehnte sich nicht aus. Ich presste ihm die Hand auf die Brust.

Dann hörte ich auf zu atmen, genau wie er.

Danach konnte ich mich an nicht mehr viel erinnern, zumindest nicht, bis wir im Krankenhaus ankamen und mir klar wurde, wo wir waren – an einem Ort, der mir vertrauter war, als mir lieb war. Im Wartezimmer des Krankenhauses von London County standen noch immer die gleichen Pressholzstühle. Die Polsterung aus Vinyl sah aus wie ein Tischtuch, nur deprimierend – das Gegenteil von einem fröhlichen Karomuster in hellen Farben. Man konnte es als rotbraun bezeichnen. Eine Art Schaum, der aussah wie Ohrenschmalz, quoll durch die Säume, als wäre etwas explodiert.

Jane saß auf einem Stuhl gegenüber von mir und nicht auf dem couchartigen Zweisitzer, der direkt neben mir stand. Dann hätten wir Zeitschriften austauschen können. Stattdessen unterhielten wir uns nicht mal. Ich beobachtete, wie ihr Fuß wippte, und zuerst dachte ich, sie wäre nervös. Dann wurde mir klar, dass sie nicht nervös war vor Sorge, sondern vor Ungeduld. Es war Zeichensprache für: *Ich habe genug davon. Cyrus wird seinen Scheiß niemals geregelt bekommen.*

Dad war mit Cyrus im Aufwachraum und dem Team aus Ärzten und Krankenschwestern, die ihn wiederbelebt hatten. Es war das erste Mal seit langer Zeit, dass Cy Teil eines Teams war. Und dann auch noch ein ziemlich integraler Bestandteil. Alle hatten sich um ihn geschart.

Zu Hause war ich geistesgegenwärtig genug gewesen, einen Krankenwagen zu rufen. Jetzt da wir im Krankenhaus waren, konnte ich kaum die Seiten des *People*-Magazins umblättern. Meine Hände zitterten wie Janes Fuß, aber sie sagten dabei weniger aus. Mein Zittern war zwar auch kein Zeichen von Nervosität, aber es war ein Beweis dafür, dass ich mir Sorgen machte. Mir Sorgen machte und Hunger hatte. Ich hatte heute Morgen zum letzten Mal etwas gegessen, und mein Magen knurrte so laut, dass es mir peinlich war.

Als Dad durch die automatische Doppeltür herauskam, die in zwei verschiedene Richtungen schwingen konnte, absolvierten Jane und ich das obligatorische »Wir-erheben-uns-für-die-Nachrichten« und stellten uns vor unseren jeweiligen Stuhl. Dad ging zuerst auf Jane zu und schlang ihr die Arme um die Taille wie ein kleiner Junge. Ich wusste nicht, ob ich eifersüchtig sein sollte. Ein Teil von mir wünschte sich, er wäre zuerst zu mir gekommen. Der andere Teil von mir wusste, dass es ungefähr so wäre, als würde man an Land ertrinken, wenn er sich so an mich klammern würde.

»Janey, oh, Janey«, schluchzte Dad mehr oder weniger an ihrer Schulter. Ihr Gesicht war irgendwie teilnahmslos und ich zuckte zusammen. Den Anfang von ihrem Ende mit ansehen zu müssen, wurde immer unerträglicher. Ich war keine Hellseherin, aber ich schien die Einzige zu sein, die merkte, dass das Gebäude ihrer Ehe bröckelte.

Endlich ließ Dad Jane los und kam zu mir herüber. Er strich mir über das Haar. Seine Augen waren rot gerändert und wässrig, als hätte er einen schlimmen Heuschnupfen.

»Wir haben solches Glück gehabt, CeCe. Du bist gerade noch rechtzeitig gekommen. Hätte es viel länger gedauert, dann …« Er unterdrückte einen weiteren gequälten Aufschrei, und ich presste die Lippen zusammen, bis sie unter meinen Zähnen wehtaten.

»Du hast geholfen, sein Leben zu retten, Kleines.«

Es war lange her, dass ich klein gewesen war, und eigentlich hatte ich überhaupt nichts gerettet. Unwillkürlich fragte ich mich, ob ich eine gute Tat vollbracht oder ein Monster erschaffen hatte.

»Können wir zu ihm?«, fragte Jane in einer ungewöhnlichen Demonstration von Fürsorge.

Dad nickte.»Sobald sie ihn in ein Zimmer verlegen. Sie wollen über Nacht seine Vitalfunktionen kontrollieren, aber sie glauben, dass er morgen schon nach Hause darf.«

Jane atmete schwer aus, und mir fiel wieder ein, dass sie es eilig hatte. Sie wollte ihn sehen, um es hinter sich zu bringen. Sie umklammerte mit einer Hand ihre Handtasche, als wollte sie jeden Moment davonstürzen.

Cyrus wurde in ein Doppelzimmer verlegt, war aber allein, als wir dorthin kamen. Das Bett in der Nähe der Tür war bis auf die Plastikabdeckung abgeräumt. Ich entdeckte eine Bettpfanne aus Metall auf dem Nachttisch und bemühte mich, nicht zu würgen. Gleich hinter dem Trennvorhang sah ich Cyrus' Füße und Fußgelenke, sie waren bleich und schlaff wie tote Vögel. Vor noch gar nicht allzu langer Zeit hatten sie all seine Stärke beherbergt.

»Wie fühlst du dich, mein Sohn?«, fragte Dad. Ich zog den Vorhang zurück, um Platz zu machen, damit Jane und ich uns neben das Bett stellen konnten. Cyrus hing an einer Infusion, die ihn mit einer klaren Flüssigkeit vollpumpte – wahrscheinlich Kochsalzlösung. An seiner Brust waren Elektroden befestigt, die mit einem gleichmäßig piependen Monitor verkabelt waren. Es war, als würde man versuchen zu schlafen, wenn der Feuermelder piept und man eigentlich nur die Batterie wechseln sollte. *Da ist kein Feuer*, beharrt das Piepen, *aber ich brauche mehr Aufmerksamkeit. Ich brauche mehr Nahrung als die Flammen.*

Cyrus versuchte sich zu räuspern, aber es war nur ein trockener, kratziger Versuch. Er schloss die Augen und schüttelte den Kopf.

»Tut mir leid, Dad«, gelang es ihm zu krächzen.

Vielleicht war es eine Entschuldigung, die alles besser machen sollte. Aber ich fragte mich, weshalb er seine Entschuldigung nicht einfach ohne Zuordnung vorgebracht hatte. Es sei denn natürlich, es tat ihm nur leid, was er unserem Vater angetan hatte.

»Sch«, sagte Dad und legte die Hand auf Cys Stirn, als würde er überprüfen, ob er Fieber hatte. »Wir sind einfach nur froh, dass du okay bist.«

Ich setzte mich auf einen der Klappstühle, aber Janes Zeit war abgelaufen.

»Ich muss zurück ins Büro«, sagte sie und verstummte dann, während sie einen Blick auf die Uhr warf. Sie beugte sich vor und umarmte Cyrus halbherzig, bevor sie ging. Dad folgte ihr nach draußen. Ich konnte sie draußen vor der Tür hitzig miteinander flüstern hören. Ich sah Cy an. Er sah mich an. Ich schaute auf meine Hände.

»Danke, dass du den Krankenwagen gerufen hast«, sagte er ruhig. Seine Stimme war jetzt ein wenig kräftiger.

»Klar.«

»Ich werde clean werden, CeCe.«

Mein erster Gedanke war: wie? Mit der Infusion und den Elektroden konnte er unmöglich duschen.

Aber mir war klar, was er damit wirklich meinte. Ich betrachtete ihn aufmerksam. Plötzlich war er derjenige, der auf seine Hände hinunterschaute. Seine Fingerknöchel waren auf die Größe von Weintrauben angeschwollen und waren auch fast so violett. Auf seinem Handrücken verliefen Blutergüsse entlang der Adern, und ich wusste, dass sie nicht vom Krankenhaus stammten.

»Du spritzt dir das Zeug, Cy.«

Er folgte meinem Blick, der in seinen Armbeugen hängen geblieben war. Dann hustete er.

»Ich weiß. Es war dumm. Ich … Wahrscheinlich glaubst du mir nicht, wenn ich sage, dass ich dadurch eigentlich Geld sparen wollte.«

Ich starrte ihn an, wobei ich mich bemühte, nicht den Kopf zu schütteln oder ihm ins Gesicht zu spucken.

»Du hast recht«, sagte ich schließlich. »Ich glaube dir nicht.«

Cy zuckte mit den Achseln. »Man wird noch higher davon – man braucht weniger, um dahin zu kommen, wo man hinmuss. Deshalb brauchte ich nicht mehr so viel. Brauchte nicht mehr so viele Pillen und nicht mehr so oft zum Arzt zu gehen.«

»Ach. Dann bist du also ein effizienter Junkie?«

Ich hätte ihn an Ort und Stelle umbringen können. Genau in diesem Augenblick, wie er da in diesem Krankenhausbett lag, um ihn herum all die Ärzte und Krankenschwestern und Retter, die da waren, um ihm zu helfen. Ich hätte ihn buchstäblich würgen können, bis er blau wurde.

Doch dann sah ich ihn lächeln.

»Ja.« Er grinste. »Ein effizienter Junkie. Hättest du wohl nicht gedacht, dass ich mal jeden Cent zweimal umdrehen würde, was?«

Ich schluckte. Dieses Lächeln schlug wie ein Geschoss in meinem Herzen ein – wie eine Faust, die irgendwie unendlich viel stärker war als die, die Cy in der Küche in meine Richtung geschwungen hatte. Härter als der Linoleumfußboden. Härter als alles, was ich mir hatte vorstellen können, seit dem Moment, in dem meine Mutter diese Welt verlassen hatte.

Und fast genauso lange hatte ich meinen Bruder nicht mehr

lächeln sehen. Aber ich wollte es sehen. Ich wollte es wieder und wieder und wieder sehen.

»Ich weiß, dass du mir nicht glaubst«, sagte Cyrus. »Ich würde mir auch nicht glauben. Aber echt, ich kann nicht … Ich kann nicht mit diesem Scheiß weitermachen. Ich bin unglücklich. Es wird mich umbringen. Es geht immer nur abwärts.«

Er wohnte bereits im Keller und hing mit dem Bodensatz der Gesellschaft herum, deshalb glaubte ich eigentlich nicht, dass es noch weiter nach unten ging. Aber das sagte ich nicht. Stattdessen sagte ich: »Ich hoffe, dass du das ernst meinst.«

»So ernst wie ein Herzinfarkt«, antwortete Cyrus, was auf ironische Weise vollkommen angemessen war und gleichzeitig total unangebracht, wenn man bedachte, dass er dem Tod gerade noch entkommen war.

»Und ich glaube, ich sollte mich bei dir dafür bedanken, dass du meine Pillen geklaut hast«, sagte er. »Ich meine, ich war total auf Entzug und es ging mir beschissen, aber es hat mich gezwungen hierherzukommen. Um clean zu werden.«

»Woher weißt du, dass ich das war?«, fragte ich ihn.

»Warst du es nicht?«

Ich zuckte mit den Schultern. *Lieber nichts zugeben, was mich hinterher wieder einholen könnte.*

»Das letzte Mal waren wir mit Mom hier«, sagte Cyrus. »Um ihre persönlichen Dinge abzuholen.«

Ich blinzelte ein paarmal, dann nickte ich. »Stimmt.«

In der Stille, die folgte, erinnerte ich mich wieder daran, von welchen Dingen meine Mutter umgeben war, als sie starb: ihrem Lieblingspullover, einer Häkeldecke von ihrer Großmutter, gerahmten Bildern von unserer Familie und absoluter Stille. Niemand war da, als sie ihren letzten Atemzug nahm.

Weil jeder eine zweite Chance verdient hatte, bemühte ich mich, nicht wütend zu sein und mir nicht zu wünschen, meine Familienmitglieder würden die Plätze tauschen.

Ich war bereit zu einem Neuanfang. Das war ich wirklich. Für die Familienmitglieder, die noch übrig waren.

»Ich werde es dir beweisen, CeCe«, versprach Cyrus.

Ich starrte ihn an. Ich nickte. Ich beugte mich vor, um ihn zu umarmen, und spürte seinen warmen Atem, der noch immer in seinem System zirkulierte, ihn noch am Leben hielt.

Und dann tat ich etwas Dummes.

Ich entschloss mich, ihm zu glauben.

16

Es war erstaunlich, wie viel Gift ein Körper aushalten konnte. Laut seinem Arzt hat Cy so viele Oxys pro Tag eingenommen, dass man ein halbes Dutzend Kleinvieh damit hätte betäuben können. Kein Wunder, dass er immer noch zitterte wie Espenlaub, als er nach Hause kam. Selbst nach einer Woche Entgiftung unter Krankenhausbetreuung war er noch auf Entzug.

Ich hatte Cyrus' Angst, einen Entzug zu machen, nie verstanden, aber als ich es mit eigenen Augen sah, verstand ich, dass er versucht hatte, genau das zu vermeiden. Manchmal krümmte er sich vor Schmerzen so zusammen, als würde er versuchen, etwas in seinem Körper zu verstecken. Manchmal kratzte er sich praktisch die eigene Haut vom Leib, als würde etwas mit Gewalt versuchen, aus ihm herauszukommen.

So entwichen also die Drogen aus Cys Leben.

Auf der anderen Seite hing mein Leben noch immer von ihnen ab. Oder zumindest von dem Geld, das sie mir einbrachten. Und von den Leuten, die diese Drogen an mich banden.

Ich hatte Lucas mit der Ausrede abgespeist, dass Cy die Pillen vorzeitig ausgegangen wären. Ich sagte nichts davon, dass er gerade clean wurde. Tatsächlich war es so, dass ich nicht wusste, ob ich daran glauben sollte, und deshalb redete ich mir ein, dass es keinen Zweck hätte, diese Neuigkeiten in die Welt hinauszuposaunen.

Cyrus campierte auf der Wohnzimmercouch, bis er sich besser fühlte – auf diese Weise waren Dad und ich schneller bei ihm. Es machte mir eigentlich nichts aus zu helfen. Diese eher nüchterne Version von Cyrus war netter als die zugedröhnte und sagte sogar »bitte« und »danke«. Aber es war schwierig, eine Strategie zu entwerfen, wenn ich damit beschäftigt war, Käsetoast zuzubereiten, der nicht für mich war, oder Decken aus dem Wäscheschrank herauszusuchen, die ich nicht selbst brauchte.

Ich fing an zu glauben, dass Cyrus' Nüchternheit auch meine Chance wäre, aus dem Spiel auszusteigen. Im Moment bewahrte ich etwas mehr als zwei Riesen in einer Schuhschachtel unten in meinem Schrank auf. Das reichte, um mich für ein paar Kurse einzuschreiben, wenn ich auf ein Community College ging. Das war natürlich nicht Edenton, aber die ersten beiden College-Jahre bestanden meist ohnehin nur aus Pflichtkursen. Wenn ich erst mal ein paar Semester geschafft hatte, konnte ich wechseln, wohin immer ich wollte.

»CeCe?«

Cyrus' Stimme war kräftiger geworden, seit er sich nicht mehr alle paar Stunden übergeben musste. Jetzt konnte er mich rufen, anstatt mit dem Fuß auf den Holzboden zu stampfen. Als ich mein Zimmer verließ, schloss ich die Tür hinter mir ab. Mein Misstrauen war noch immer stärker als die Aussicht auf eine potenzielle Veränderung.

Irgendwie hatte ich gedacht, dass Cys Schlampigkeit die Folge seines Oxy-Konsums wäre, aber da hatte ich mich geirrt. Nach den drei Tagen, die er inzwischen zu Hause verbracht hatte, war unser Wohnzimmer außer für ihn für niemanden mehr bewohnbar.

»Was brauchst du?«, fragte ich ihn, während ich die Kleidungsstücke, die Zeitschriften und den Müll umschiffte, die auf dem Boden verstreut waren.

»Dad hat gesagt, der Orangensaft ist ausgegangen.« Er krächzte noch immer wie ein Karriereraucher. »Würde es dir was ausmachen, welchen kaufen zu gehen?«

Die Frage war eigentlich nicht, ob es mir etwas ausmachte. Wenn ich es nicht tat, müsste Dad gehen, und der hatte bisher mehr oder weniger alles für Cyrus getan.

»Ja, in Ordnung. Brauchst du sonst noch irgendwas?«

»Vielleicht noch ein paar Zeitschriften?«

Ich sah auf die Magazine, die auf dem Boden herumlagen, und zog eine Augenbraue nach oben. »Mit denen da bist du wohl fertig, nehme ich an?«

Wenigstens hatte er den Anstand, verlegen auszusehen. »Tut mir leid, ich bin ein Chaot.«

Ich bückte mich, um etwas Müll aufzuheben. »Mach dir deswegen keinen Kopf.«

Ich schob den hartnäckigen Gedanken von mir, dass hinter Cyrus sauber zu machen, keine Ausnahme mehr war, sondern die Regel.

Ich schrieb Lucas eine SMS, um ihn zu fragen, ob er mit mir zum Supermarkt fahren wollte – nicht unbedingt die feinste Art, ein Date zu vereinbaren. Aber es war Zeit, ihm reinen Wein einzuschenken, und ich wollte es hinter mich bringen. Mir waren die Gründe ausgegangen, weshalb ich keine Pillen besorgen konnte. Und ich hatte keine Energie mehr, mir immer wieder neue Geschichten einfallen zu lassen.

»Das Auto springt nicht an«, schrieb er zurück. »Kannst du mich abholen?«

Der Tank meines Hondas war fast leer, aber ich gab nach. Ich redete mir ein, dass es kaum auffallen würde, wenn ich zwanzig Mäuse aus meinem Schuhkarton nehmen würde.

Lucas wohnte im einzigen Wohnkomplex des Ortes, direkt neben der einzigen Reihenhaussiedlung. Er wartete bereits mit den Händen in den Hosentaschen vor dem Gebäude, als ich anhielt. Ich beobachtete, wie sich sein Fäuste öffneten, als er die Hand nach dem Griff der Beifahrertür ausstreckte. Allmählich liebte ich diese Hände am meisten an ihm. Allmählich liebte ich *ihn*, Punkt, aber ich schluckte die drei Worte hinunter, als mein Herz sie in meinen Mund spie.

»Hey«, sagte ich stattdessen.

»Selber hey.«

Er beugte sich vor und küsste mich, sein Mund presste sich dabei fest auf meinen. Etwas Hartes drückte sich an meine Lippe und zuerst dachte ich an Zähne. Aber als er sich von mir löste, sah ich die kleine silberne Perle unten an seiner Lippe.

»Neues Piercing?«

Er nickte. »Mir war langweilig.«

Für die Jungs in meinem Leben stand Langeweile anscheinend für Nadeln. Ich versuchte, das Piercing zu ignorieren.

»Was brauchen wir denn aus dem Laden?«, fragte Lucas, während er durch meinen iPod scrollte. Er hatte eine Auswahl Heavy Metal heruntergeladen, um »meinen musikalischen Horizont zu erweitern«. Die Musik hatte eine wütende Note, bei der ich mich unbehaglich fühlte. Wütend konnte ich ganz von allein sein. Dazu brauchte ich weder Furcht einflößende Gitarren noch ein Schlagzeug, das Wut verbreitete.

»Orangensaft«, antwortete ich und zuckte zusammen, als er sich für Sonic Youth entschied.

»Das war's schon? Dafür hättest du auch zum Kiosk gehen können.«

»Vielleicht brauche ich noch ein paar Sachen. Cyrus ist ... krank.«

Der Parkplatz vor dem Supermarkt war ungefähr halb voll. Ich entschied mich für eine Lücke neben dem »Parkplatz für Schwangere«. Ich schaute auf den kleinen Storch auf dem Schild und dachte an das Gespräch zwischen Jane und meinem Dad, in dem die Rede von einem Baby gewesen war. Bei der Vorstellung, wie ich mich um zwei Brüder kümmerte – einen Erwachsenen und ein Baby –, fragte ich mich, welcher von beiden hilfsbedürftiger wäre.

Trotz meiner nicht vorhandenen Einkaufsliste bestand Lucas darauf, einen Wagen zu nehmen. Er quietschte und wackelte ein wenig, aber das schien er nicht zu bemerken. Plötzlich wurde ich, ohne es zu wollen, ein paar Monate zurückkatapultiert, zu dem Tag, an dem er und Jason mich in der Bibliothek aufgesucht hatten, und zu diesem quietschenden Rad am Bücherwagen. Lucas und ich hatten damals noch kein Wort miteinander gesprochen. Außer seinem Blick hatte ich noch nichts gespürt, doch selbst der ließ mir die Hitze unter die Klamotten kriechen.

Es knisterte zwischen uns, das bildete ich mir nicht ein. Wir bewegten uns durch die Obst- und Gemüseabteilung und blieben bei den Bananen stehen, um uns die reifsten herauszugreifen – eine Situation, die etwas sehr Häusliches an sich hatte. Er war hier. Er ging mit mir einkaufen. Es waren keine Oxys darin verwickelt. Er behielt seine Hände bei sich, außer dass er mir an den Hintern griff, als wir vor den Avocados standen. Vielleicht bestand die Chance, dass er bei mir blieb, auch wenn ich den einzigen Vorteil, den ich mir erworben hatte, verlieren würde.

»Hör mal«, sagte ich, als wir den Wagen durch den Gang mit den Milchprodukten auf die gekühlten Getränke zuschoben, »ich muss dir etwas sagen.«

Lucas blieb stehen, um sich den Joghurt anzuschauen, und schnitt eine Grimasse.

»Dieses griechische Zeug schmeckt beschissen. Wie kommt es, dass so viele Leute es kaufen?«

»Keine Ahnung. Hast du gehört, was ich gesagt habe?«

»Ja, sorry.« Er beugte sich vor und drückte mir einen Kuss auf den Mund. Ich spürte, wie mir eine Woge von etwas Heißem und Schwerem gegen das Gesicht prallte – ich glaube, es war eine Kombination aus Lust, Blut und Angst.

Er machte eine Handbewegung, als wollte er mir das Wort erteilen. Das sollte keine Rede werden, aber ich holte trotzdem tief Luft. »Erinnerst du dich daran, dass ich gesagt habe, Cyrus sei krank? Er war … Er ist erst vor ein paar Tagen aus dem Krankenhaus entlassen worden.«

Lucas zog die Augenbrauen nach oben. »Überdosis?«

»Ähm, nein. Eigentlich habe ich ihn bewusstlos auf unserer Veranda gefunden. Er hat nicht mehr geatmet, aber die Rettungssanitäter haben ihn wiederbelebt. Sie haben ihn für eine Woche zur Entgiftung im Krankenhaus behalten. Jedenfalls«, fügte ich rasch hinzu, weil ich den Rest möglichst schnell hinter mich bringen wollte, »ist er jetzt clean. Oder so gut wie. Er entgiftet immer noch, aber es ist nicht mehr so schlimm, wie es gewesen ist.«

Lucas nickte. Ich konnte seinen Gesichtsausdruck nicht interpretieren.

»Das heißt, keine Oxys mehr von Cyrus.«

»Ja. Er ... er hat gesagt, dass es ihm leidtut, dass er euch so kurzfristig auf dem Trockenen sitzen lässt.«

Lucas zuckte mit den Achseln. »Es ist, wie es ist. Oxys sind toll, aber scheißteuer. Das sage ich Jason auch schon die ganze Zeit. Wenn er welche will, muss er sich direkt an die Quelle wenden.«

»Die Quelle?« *War nicht ich die Quelle?*

»Direkt zum Arzt gehen und sich ein Rezept holen.«

»Oh. Aber man muss schon irgendwie krank sein, eine Verletzung haben oder so. So hat Cyrus sie überhaupt erst bekommen.«

»Nee.« Lucas schüttelte den Kopf, während er unseren Wagen in den vorderen Teil des Ladens schob. »Es ist ganz leicht, einfach nur so zu tun. Den Namen auf einem Röntgenbild auszutauschen, in der Praxis zu weinen – irgendwas in der Art.«

Ich fragte ihn nicht, woher er das alles wusste. An der Selbstbedienungskasse reichte er mir die Artikel, und ich fing an, sie zu scannen. So habe ich meiner Mom immer beim Einkaufen geholfen, ich habe ihr die Sachen aus dem Wagen gereicht, damit sie sie auf das Band legen kann. Das hier fühlte sich auf unheimliche Weise ähnlich an, nur dass mich der Rollentausch durcheinanderbrachte.

»Cyrus hat es also gekürzt, stimmt's?«, fragte Lucas.

Ich runzelte die Stirn und sah ihn an, während er mir die Bananen reichte. »Gekürzt?«

»Dein Geld.«

»Oh, ja.« Ich nickte. »Ja, das hat er.«

Tatsächlich handelt es sich um eine Kürzung von einhundert Prozent.

»Ich dachte gerade nur daran, dass dir dieses Geld bestimmt fehlen wird, weißt du?«

Ich schwieg, während ich den Orangensaft scannte und zusammenzuckte, als ich den Preis sah. Ich hätte eine billigere Marke nehmen sollen.

»Wahrscheinlich schon«, sagte ich schließlich. Lucas packte die letzten Lebensmittel in eine Tüte und ich bezahlte mit Dads Karte. Ich hielt den Atem an, während ich darauf wartete, dass die Transaktion getätigt wurde. Bei Dad wusste man nie. Der Beleg kam aus dem Schlitz geschossen und ich atmete aus.

Als wir wieder im Auto waren, schaltete Lucas das Radio aus und drehte sich zu mir. Er umfasste mein Kinn und ich fühlte mich klein – nicht im Sinne von unwichtig, sondern von besonders. Kostbar.

»Wie wäre es, wenn *du* dich direkt an die Quelle wenden würdest?«

Ich sah ihn an. Lucas starrte zur Decke, als würde er etwas ausrechnen. Dann sah er wieder mich an. »Cyrus ging immer zu diesem Bethany, oder? Dem Arzt in Williamsport?«, fragte er.

Offenbar war Dr. Frank tatsächlich so berüchtigt, wie mir gesagt worden war. Ich nickte und war mir immer noch nicht sicher, wohin dieses Gespräch führen würde.

»Was, wenn du selbst zu ihm gehst?«

Ich blinzelte. »Warum?«

Er sah mich an, als könnte ich eine ganz einfache Frage nicht beantworten. »Um Oxys zu besorgen.« Das war der Zeitpunkt, als mein Gehirn so etwas wie Wasser in meine Gedanken ausschüttete. Ich konnte den Vorschlag nicht verarbeiten, weil durch ihn sogar meine eigenen Gedanken ertranken.

»Nein … nein, wegen des Geldes kann ich mir einfach einen Nebenjob suchen«, brachte ich heraus.

»Babe.« Lucas senkte das Kinn und betrachtete mich. »Wir wissen beide, dass du mit einem Nebenjob nicht annähernd so viel Geld verdienen würdest.«

Ich schluckte so etwas wie Galle oder Blut oder beides hinunter, dann starrte ich durch die Windschutzscheibe und wusste, dass Lucas mich beobachtete.

Die Autos um mich herum fühlten sich wie Feinde an und ich wäre am liebsten weggelaufen und hätte mich versteckt. Vielleicht saß der Feind auch mit mir im Auto.

Aber ich konnte mich nicht dazu bringen, das zu glauben.

»Ich denke darüber nach.«

∞

Am Ende war es nicht Lucas, der mich davon überzeugte, Dr. Frank aufzusuchen, sondern mein Vater. Oder, um genauer zu sein, die Farm.

Ich kam mit Orangensaft und hämmernden Kopfschmerzen vom Einkaufen zurück. Cyrus war auf der Couch eingeschlafen, mein Dad war in der Küche. Ich stellte die Tüten gleich neben der Tür ab, um jeder Unterhaltung aus dem Weg zu gehen. Abgesehen von Aspirin und einer Zeitmaschine brauchte ich nichts.

Um den Kopf freizubekommen, ging ich auf die Terrasse hinaus und atmete tief ein. Die Luft war feucht und fühlte sich zäh in meinen Lungen an. Ich sehnte den Winter herbei. Ich sehnte mich nach Schnee. Etwas, was die Szenerie säuberte, meinem Leben eine weiße Leinwand verschaffte. Etwas Frisches, das ganz anders war als meine Umgebung.

»Liebes? Ist alles in Ordnung?«

Dad streckte den Kopf durch die Tür, in einer Hand noch den Pfannenwender. Ich zwang mich zu lächeln.

»Ja, Dad. Alles okay. Ich habe nur Kopfschmerzen.«

»Vielleicht solltest du etwas essen.«

»Vielleicht.«

Ich folgte ihm, während es bei jedem Schritt in meiner Schläfe pochte. Kopfschmerzen wie diese würden mich schon von ganz allein zu Dr. Frank treiben.

»Möchtest du ein paar Chili-Nudeln?«

Ich lehnte mich in den Türrahmen der Küchentür und beobachtete, wie Dad in seiner Version von Chili-Nudeln rührte: einer Mischung aus Makkaroni, zerkleinerten Frikadellen und tonnenweise Chilipulver. In letzter Zeit hatte sein Essen immer mehr einen Hauch von Janes Vorliebe für Scharfes. Damit wollte er wohl wettmachen, dass sie in letzter Zeit nicht kochte.

»Klar, gerne«, sagte ich. »Soll ich den Tisch decken?«

»Das wäre großartig.«

Wir fielen in ein altes Muster zurück, als wäre es überhaupt nicht alt – die Art und Weise, wie wir gekocht hatten, als Mom zu krank gewesen war, um am Herd zu stehen. Die Art und Weise, wie ich immer den Tisch gedeckt hatte, als es ihr noch gut genug ging, um ihre Mahlzeiten am Tisch einzunehmen. Irgendwo in meiner Brust spürte ich ein vertrautes Ziehen. Es war, als wäre man Teil einer Familie. Ein Gefühl, das ich kaum wiedererkannte.

»Hör mal, CeCe«, sagte Dad, während er unser Abendessen auf die Teller verteilte, »ich will ein paar Dinge mit dir besprechen. Ich weiß, dass es in letzter Zeit hier verrückt zugegangen ist, mit deinem Bruder und dem Krankenhaus und so weiter. Aber du hast wirklich toll geholfen. Das weiß ich sehr zu schätzen.«

»Kein Problem.« Ich zuckte mit den Schultern, als wäre das keine große Sache. Eigentlich tat ich jetzt auch nicht viel mehr für Cyrus als sonst. Nur dass ich jetzt nicht mehr den Chauffeur für ihn spielen musste.

Dad fuhr sich mit der Hand über das Gesicht. Er wirkte erschöpfter als sonst, und das Lächeln, das er so gut vortäuschen konnte, war nicht da. Tatsächlich hatte ich es heute noch gar nicht gesehen. Deshalb hätte mich das, was er als Nächstes sagte, eigentlich nicht schockieren sollen.

»Jane hat mich verlassen.«

In seinem Blick lag eine Art von Trauer, die viel zu sehr nach dem aussah, was er empfunden hatte, als Mom gestorben war, und am liebsten wäre ich vor Wut an die Decke gegangen. Aber ich schaffte es, mich zusammenzureißen. Stattdessen stellte ich die obligatorischen Fragen:

»Warum?«

»Was ist passiert?«

»Lasst ihr euch scheiden?«

Laut Dad war Jane den Pflichten nicht gewachsen, die eine Vollzeit-Farm und eine Vollzeit-Ehe mit einem Mann mit zwei erwachsenen Kindern mit sich brachten. Wahrscheinlich kam das der Wahrheit sehr nahe, außer dass ich wetten würde, dass sie entweder a) mit ihrem Chef vögelte oder b) mit jemandem, der ganz wie ihr Chef war. Oder beides.

»Da ist noch etwas.«

Jetzt sagt er mir gleich, dass sie mit dem Boss vögelt.

»Die Bank lässt die Farm zwangsversteigern.«

Ein paar Dinge passierten gleichzeitig. Blut strömte in verschiedene Teile meines Körpers: in mein Herz, das zu hämmern anfing, in meine Ohren, wo es klang wie sprudelndes Wasser, und in meine Schläfen, die durch die überflüssige Versorgung pulsierten. Dann waren da noch meine Augen, die zuckten und sich gleichzeitig weiteten, als hätte ich einen Anfall. Dad beobachtete mich eingehend. Womöglich befürchtete er, ich würde gleich meine Zunge verschlucken.

»Was bedeutet das?«, brachte ich endlich heraus. Dass Jane uns verließ, war unausweichlich gewesen. Ich hätte zwar nicht gedacht, dass heute der Tag wäre, aber ich hatte gewusst, dass es kommt. Eine Zwangsvollstreckung war wahrscheinlich auch unausweichlich. Doch irgendwie hatte ich es geschafft, diese Tatsache zu ignorieren.

»Nun«, sagte Dad, während er den Kopf auf die Hand stützte, »das bedeutet, dass wir etwa einen Monat Zeit haben, eine neue Bleibe zu finden.«

Ein Monat. In einem Monat machte ich meinen Abschluss. Ich würde meinen Hut und meine Robe anziehen, mein Abschlusszeugnis bekommen und nach Hause zu meinem Umzugskarton am Straßenrand gehen.

Ich schluckte leer. Ich hatte noch keinen Bissen von meinem Abendessen genommen und wusste, dass ich das auch nicht mehr tun würde.

»Was … was machen wir denn dann?«

Das Ärgerliche war, dass Dad tatsächlich weniger besorgt und weniger untröstlich darüber aussah, mit seinen Kindern obdachlos zu sein, als seine höchstwahrscheinlich untreue Ehefrau zu verlieren. Am liebsten hätte ich ihm fest ins Gesicht geschlagen, als er mit den Schultern zuckte und an einem Faden seines Hemdes zupfte.

»Ich weiß nicht. Ich wünschte, ich wüsste es. Ich habe nach Lösungen gesucht. Ich habe ein paarmal mit der Bank gesprochen … Es gibt einfach keinen Weg, das Geld zu zahlen, das sie verlangen.«

Ich blinzelte eine Weile und versuchte herauszufinden, ob die Tränen, die zu fließen drohten, Trauer, Zorn oder Frust entsprangen.

»Daher werde ich aus dem Saatgutgeschäft aussteigen und mir einen Job suchen«, sagte Dad.

Das überraschte mich. Bisher hatte es so ausgesehen, als würde der Niedergang unserer Familie ihm keinerlei Anlass geben zu handeln.

»Was für einen Job willst du machen?«

»Irgendeinen, in dem man genug verdient, um eine Wohnung bezahlen können, nehme ich an.«

Ich stocherte mit der Gabel in den Makkaroni auf meinem Teller herum. Ich dachte an das Geld, das ich gespart hatte. Ich dachte daran, wie ich an mehr kommen konnte. Ich dachte an die richtigen und die falschen Sachen in meinem Leben und wie dünn die Linie dazwischen war.

»Ich habe ein wenig Geld gespart, Dad. Glaubst du …? Ich meine, wenn du eine Hypothekenzahlung leisten könntest, würde die Bank dann vielleicht etwas für uns tun? Uns helfen oder so?«

Aber er schüttelte den Kopf.

»Liebling, das ist so wundervoll von dir, und ich weiß es wirklich zu schätzen, dass du das sagst. Aber wir sind fast sechs Monate mit unseren Zahlungen im Rückstand. Die Bank gibt uns längst keine zweite Chance mehr. Es ist vorbei.«

Und dann kamen endlich die Tränen. Seine, nicht meine. Meine sammelten sich noch immer, flossen aber nicht. Seine waren wie ein überschwappender Ozean aus Reue. Meine

Reue blieb wie alles andere in mir drin, wo nur ich es wahrnehmen konnte.

Als wir Mom begraben hatten, hatten wir so viel Geld begraben, dass ich unwillkürlich daran dachte. Da ich diejenige war, die die Schecks ausgestellt hatte, weil mein Vater in seiner Trauer völlig erstarrt war, hatten mich die Details jeder einzelnen Ausgabe belastet. Wenn jemand stirbt, geht es nicht nur um den Verlust. Es geht um Mathe – um genauer zu sein ums Subtrahieren.

Aber auch wenn man lebt, dreht sich alles um Mathe.

Das Haus von meiner Familie subtrahieren.

Die Ausgaben multiplizieren, mit denen ich gerechnet hatte.

Und meinen Vater, meinen Bruder und meine Mutter durch Division von mir abspalten.

Ich entschuldigte mich nicht einmal, als ich vom Tisch aufstand, um Lucas anzurufen. Und ich begrüßte ihn nicht einmal, als er das Telefon abhob.

»Ich mache es«, sagte ich ruhig, als er ranging. »Ich werde zu Dr. Frank gehen.«

17

JUNI Heute

Dienstagmorgens finden Einzelsitzungen statt, keine Gruppentherapie. Momentan sind nur die Leute wach, die auch wirklich wach sein müssen. Außer Tucker. Er sitzt neben mir, sein kleiner Finger streicht zögernd über die Seite meiner Hand. Er ist früh aufgestanden, um sich von mir zu verabschieden. Er behauptet, dass er es nur getan hat, weil er hofft, dass Jennifer mir einen kurzen Rock mitbringt, den ich im Gericht tragen soll. Dass seine Flirterei ein Versuch ist, mich abzulenken, erkenne ich daran, dass sie nicht natürlich rüberkommt. Seine Sprüche erinnern mich an Partnertänze in der Mittelstufe.

»Ich wünschte, ich könnte mitkommen«, murmelt er nach langem Schweigen. Ich schlucke und weiß nicht, was ich sagen soll. Hätte ich das gern? Bin ich froh darüber, dass es nicht geht?

»Danke«, antworte ich, weil es höflich ist und mir nicht mehr einfällt. Tucker legt mir den Arm um die Taille. Unsere Küsserei hat ihm neues Selbstbewusstsein verliehen, wenn es darum geht, mich zu berühren. Eigentlich würde mich so was nerven, wenn es nicht so schön wäre. Ich denke darüber nach, seine Hand zu ergreifen und ihn zurück zu meinem Zimmer zu ziehen. Unter gedämpftem Flüstern würden wir in meinem Bett unter die Decke kriechen. Unser Keuchen und unser Kichern würden von unseren Mündern und ihren wahren Intentionen gedämpft. Aarti würde vielleicht aufwachen, aber sie würde es nicht sagen. Ich würde einen Weg finden, an einem Ort Liebe zu machen, an dem es überhaupt keine Liebe gibt.

Stattdessen rücke ich näher zu ihm und lege meinen Kopf an seine zu knochigen, fast spitzen Schultern. Es fühlt sich an, als würde man sich an ein Bücherregal lehnen, aber ich tue so, als würde es mich beruhigen.

Als Jennifer hereinkommt, liegt über ihrem Arm eine Plastikhülle für Kleider, wie man sie in der Reinigung bekommt. Sie blinzelt, als sie Tucker sieht, dann nickt sie ihm zu.

Ich stehe auf und nehme ihr die Plastikhülle ab. »Ich … ich gehe mich mal umziehen.«

Tucker steht ebenfalls auf. »Ich gehe besser mal wieder zurück«, sagt er und verstummt dann. Für ihn gibt es nichts, zu dem er zurückgehen kann, aber ich verstehe ihn. Wir sind am Ende dessen, was immer er mir an Trost spenden kann, angelangt.

Wir gehen zu meinem Zimmer und Tom, der Sicherheitsmann, folgt uns in ein paar Metern Abstand.

»Hör mal«, sagt Tucker mit gedämpfter Stimme, als wir vor meiner Tür stehen bleiben. Er greift nach meiner Hand. »Ich kann dir nichts sagen, wodurch du dich besser fühlen könntest. Ich kann dir außer mir selbst nichts geben. Aber wozu es auch gut sein mag – du kannst alles, was noch von mir übrig ist, haben.«

Die Worte sind so intim, so erwachsen und beinahe befremdlich. Ich blinzle, unfähig, etwas zu erwidern. Dann drückt er mir ein Polaroidbild in die Hand.

»Ich werde da sein, wenn du zurückkommst.«

Und dann ist er weg, geht zurück durch den Flur, noch immer gefolgt von Tom. Wahrscheinlich hätte der Wachmann gar nicht zulassen dürfen, dass Tucker heute Morgen überhaupt hier draußen ist, aber ich glaube, wir tun ihm leid. Vielleicht sieht er uns an, dass unsere Liebe unter einem schlechten Stern steht.

Ich schaue auf das Bild. Es ist Tuckers Erkennungsfoto – das Bild, das sie bei der Ankunft in der Verhaltenstherapie aufnehmen. Es hängt neben dem eigenen Zimmer an der Wand, angeblich damit man das Gefühl bekommt, in einer häuslichen Umgebung zu sein, aber ich glaube, es hängt dort, falls jemand neu ist beim Personal, der noch nicht alle Namen und Gesichter kennt.

Und der Gedanke, den ich jetzt nicht mehr loswerde, lautet: Er hat mir ein Bild von sich gegeben, damit ich ihn nicht vergesse. Als würde ich nicht mehr zurückkommen.

Tucker verschwindet, bevor er mein Outfit sehen kann, aber es ist ohnehin nichts Weltbewegendes. Jennifer hat sich für etwas Konservatives entschieden. Nicht dass mich das überrascht hätte. Der marineblaue Rock reicht mir bis über die Knie und erinnert mich an ihre allgegenwärtigen Anzüge. Die weiße Bluse sitzt so stramm, dass sie nicht mal gebügelt werden muss. Die Schuhe fühlen sich wie Gewichte an und haben hässliche Schnallen. Jennifer nickt aber, als ich wieder herauskomme, deshalb gehe ich davon aus, dass ich der Vision, die sie von »Cecelia Price – Angeklagte« hat, entspreche.

Das Verhaltenstherapiezentrum zu verlassen, fühlt sich surreal an. Der Flur erscheint zu schmal, als wir uns dem Bereich der Jugendstrafanstalt nähern. Als wir auf die verspiegelte Doppeltür zugehen, fühle ich mich noch beengter. Wir gehen durch sie hindurch und treffen auf unseren ersten Kontrollpunkt. Die Beamten dort überprüfen Jennifers Ausweis, meine Gerichtsdokumente, unsere Identität. Erst als wir draußen im Sonnenschein sind, öffne ich richtig die Augen. Es ist nicht so, dass ich um mich herum kein Leben wahrgenommen habe. Es gibt hier Fenster und Türen, Picknicktische und Gras. Aber irgendwie fühlt sich diese Art von Außenbereich künstlich an, vielleicht weil er überwacht und eingezäunt ist.

Jennifers Auto ist genauso, wie ich es erwartet habe: ein zuverlässiger Toyota, der ein paar Jahre auf dem Buckel hat, aber gut in Schuss ist. Er ist sauber, aber nicht frisch geputzt. Alles darin ist Standard, kein Schnickschnack.

»Irgendwelche Musikwünsche?«, fragt sie, als sie das Radio einschaltet. Ich schüttle den Kopf. Ich würde Stille bevorzugen, aber dann fühlt sie sich vielleicht verpflichtet, mich zum Reden zu bringen. Ich spare mir alle Wörter, die ich habe, für später auf, wenn ich gezwungen bin, sie zu sagen.

Unser zweiter Kontrollpunkt befindet sich an einem mit Stacheldraht bewehrten Tor am Rand des Geländes. Wieder die gleiche Prozedur. Dieses Mal lässt uns ein Sheriff hinaus, wobei er den Wagen auf Schmuggelware untersucht. Ich kann mir nicht vorstellen, was wir seiner Ansicht nach hinausschmuggeln sollten.

Es ist Monate her, seit ich in einem Auto mitgefahren bin. Schon bald wird mir flau im Magen – die holprigen Nebenstraßen in die Stadt zu nehmen, ist eine schlechte Idee gewesen. Ich spüre, wie Übelkeit in mir aufsteigt, als der Toyota schwungvoll um eine Kurve biegt. Um den Impuls, mich zu übergeben, zu unterdrücken, beschließe ich, Fragen zu stellen.

»Kann es passieren, dass sie mich heute schon inhaftieren? Nach der Anhörung?«

Jennifer sieht mich von der Seite an. »Ja.«

»Würde ich dann wieder ins Verhaltenstherapiezentrum kommen?«

Jennifer schüttelt den Kopf. »Nein, wenn die Anhörung nicht zu unseren Gunsten verläuft, verlegen sie dich in die Jugendstrafanstalt.«

»Und wenn es zu unseren Gunsten ausgeht?«

»Wirst du freigesprochen.«

»Gut.« Ich schaue auf meine Bluse hinunter und streiche mit der Hand über die perlenartigen Knöpfe. Ich hatte noch nie so eine Bluse. In letzter Zeit finden mehr »erste Male« in meinem Leben statt, als mit lieb ist. Ich schließe die Augen und lehne den Kopf zurück in der Hoffnung, die schönsten Sachen, die ich je getragen habe, nicht vollzukotzen.

So stellt man sich ein Gerichtsgebäude generell vor: aus Backstein, irgendwie alt und möglicherweise ein bisschen schmuddelig. Der Grund dafür ist, dass es stattlich aussehen soll, aber tatsächlich wirkt es altmodisch. Genauso sieht das Gerichtsgebäude von London County aus. Ehrlich gesagt, wirkt es eher wie der Abklatsch eines Gerichtsgebäudes – es ist zwar echt, hat aber nicht den Stil oder das Flair eines *echten* Gerichtsgebäudes mit Säulen, Statuen und einem Garten drumherum.

Wir gehen durch den Hintereingang hinein. Zwei uniformierte Beamte holen uns an der Tür ab. Jennifer nickt ihnen zu und geht in den schäbigen Flur, der in der Farbe von Staub gestrichen ist und nach U-Bahn-Station riecht. Ich habe das Gefühl, dass mich die Betonsteine bei jedem Schritt, den ich mache, verurteilen.

Ich bin schon zweimal in diesem Gerichtsgebäude gewesen. Einmal mit Cyrus, der gleich nachdem er seinen Führerschein gemacht hatte, einen Strafzettel wegen zu schnellen Fahrens bekommen hat. Und einmal mit Dad, als er seine Heiratsurkunde abgeholt hat. Schon komisch, dass ein und dasselbe Gebäude der Schauplatz von Wut und Trauer und gleichzeitig Hoffnung und Neubeginn sein kann. Irgendwie so wie das Krankenhaus. Irgendwie so wie das Leben.

Ich halte den Kopf gesenkt und starre auf den Boden. Anders als das Linoleum im Verhaltenstherapiezentrum könnte dieser Boden hier tatsächlich aus Marmor oder Granit bestehen. Ich kann Steinarten nicht so recht auseinanderhalten. Geologie war nie meine Stärke. Aus irgendwelchen Gründen frage ich mich, ob Dr. Schafer wohl hier ist, ob sie zu Jennifers Leumundszeugen gehört, die zu meinen Gunsten aussagen wollen. Ich bezweifle es. Die Liste der Leute, die auf meiner Seite stehen, ist kurz.

Plötzlich fühlen sich die Schuhe, die ich trage, wie eine Last an, als würden meine Wurzeln mich nach unten ziehen. Ich versuche, das jetzt nicht als Metapher zu betrachten, sondern stattdessen einen Fuß vor den anderen zu setzen. Diese Wiederholungen wären beruhigend, würden sie mich nicht direkt zu meinem schlimmsten Albtraum führen: einem Gerichtssaal voller Menschen, die ich gar nicht kenne, aber dazwischen eine Handvoll, die ich sehr wohl kenne.

∞

»Danke, Euer Ehren.«

Der Staatsanwalt macht einen Schritt auf Richter Collins zu und schenkt ihm ein Lächeln wie aus der Zahnpasta-

Werbung. Sein Name, Bruce Mason, klingt wie der eines Gameshow-Moderators – was Sinn macht, denn er legt einen bühnenreifen Auftritt hin.

»Cecelia Price war immer eifersüchtig auf ihren Bruder Cyrus. Er hatte Talent, war erfolgreich und bekam eine Menge Aufmerksamkeit von seinen Eltern. Nachdem Leona Price, die Mutter von Cecelia und Cyrus, an Krebs gestorben war, war Cyrus noch entschlossener, erfolgreich zu sein, um seine Familie zu unterstützen. Doch dann wendete sich das Schicksal dramatisch und Cyrus erlitt in einem Spiel eine Verletzung. Sein Knie wurde nie wieder so wie früher.«

Jennifer hat mich schon davor gewarnt, wie das laufen würde. Ich dachte, ich hätte mich gut auf diesen Wutausbruch vorbereitet, den ich unterdrücken müsste, wenn ein Fremder, der Cyrus, ohne zweimal nachzudenken, hinter Schloss und Riegel gebracht hätte, aufsteht und über ihn redet, als seien sie dicke Freunde gewesen. Ein schmerzhaftes Prickeln steigt mir den Nacken hinauf, und ich starre geradeaus, als sich Mr Mason umdreht und in meine Richtung zeigt. Sein Blick brennt auf meiner Haut wie Rampenlicht. Ich frage mich, ob ich allein von diesem prüfenden Blick in Flammen aufgehen kann.

»Ms Price' Anwältin wird Geschichten über einen Jungen erfinden, der ein Junkie war – einen Jungen, der Geld gestohlen, sich Drogen gespritzt und seinen Vater und seine Schwester ausgenutzt hat. Aber der Junge, von dem sie sprechen, war genau das: ein *Junge*. Cyrus hatte mit dem Verlust seiner Mutter und dem Verlust seines Sports zu kämpfen – zwei Dinge, die er mehr als alles andere liebte. Er war nicht vollkommen, aber er kämpfte und litt in dieser schmerzlichen Zeit. Noch bedeutender aber ist, dass Cyrus Price es geschafft hatte, die schwierige und bewundernswerte Entscheidung zu treffen, keine Betäubungsmittel mehr zu nehmen. Nur Wochen vor seinem Tod war er zu einer mehrtägigen medizinischen Entgiftung im Krankenhaus gewesen.

Cecelia Price ist ein selbstsüchtiges Mädchen, das für den Tod ihres Bruders unmittelbar verantwortlich ist. Die Zeugen, die heute sprechen, und die Beweise, die Sie zur Kenntnis nehmen, werden mehr als nur deutlich herausstellen, dass es nur eine Person gibt, die daran schuld ist, dass Cyrus Price tot ist – und diese Person ist seine Schwester.«

Ich bleibe bei dem Wort »Zeugen« hängen. Beweise sind eine Sache – Bilder und Plastiktüten, die Beweisstück A oder B heißen, können mich nicht verletzen. Menschen sind etwas ganz anderes. Verstohlen drehe ich den Kopf, um zu den Bänken hinter der Staatsanwaltschaft zu schauen. Dort sitzen nur wenige Leute, die ich nicht kenne – Experten in irgendwelchen Bereichen, da bin ich mir sicher. Dahinter sitzen ein paar von Cys Mannschaftskollegen. Dann ist da noch der Polizist, der mich verhaftet hat. Und ganz hinten entdecke ich Jason.

Ich atme scharf ein und merke, wie sich Jennifers Schultern anspannen und sie zu mir herübersieht. Sie blättert in ihrem Block, bis sie ein leeres Blatt findet, und schreibt: *Was ist los?*

Am liebsten hätte ich geschrieben: *Abgesehen von allem?* Stattdessen schreibe ich: *Dahinten sitzt Jason Oliver.*

Jennifer nickt, dann schreibt sie: *Als Zeuge der Staatsanwaltschaft. Ich habe dich gewarnt.*

Das stimmt. Das hat sie. Eines unserer Treffen hat aus nichts als einer Auflistung aller Leute bestanden, die möglicherweise gegen mich aussagen könnten. Trotzdem habe ich aus irgendwelchen Gründen nicht erwartet, dass Jason aufkreuzen würde. Das Gericht scheint nicht unbedingt ein Ort zu sein, an dem er freiwillig auftauchen würde. Andererseits ist er vielleicht gar nicht freiwillig gekommen.

»Die Empfehlung der Staatsanwaltschaft lautet, dass Cecelia Price bis zu ihrem achtzehnten Geburtstag in der Jugendstrafanstalt von Piedmont inhaftiert bleibt«, fährt Mason fort, »und danach in eine entsprechende Einrichtung für Erwachsene überstellt wird.«

Der Staatsanwalt ist scheinbar fertig damit, mich zu verteufeln. Aber ehrlich gesagt, fühle ich mich dadurch auch nicht beschissener als vorher. An den Fakten wird sich letztendlich nichts ändern.

In seinem Eröffnungsplädoyer hat viel Wahres gesteckt. Ich verliere langsam den Überblick über seine Wahrheiten und meine, die sich mir ins Gehirn eingebrannt haben. Hier sind ein paar von denen, an die ich mich noch am besten erinnere:

1. Ich bin/war Cyrus Price' kleine Schwester.
2. Ich war eifersüchtig auf ihn, weil er so viel Aufmerksamkeit von meinen Eltern bekommen hat.
3. Zuerst habe ich ihm sein Talent übel genommen, danach seine Verletzung.
4. Cyrus war drei Wochen, zwei Tage, zwanzig Stunden und sechs Minuten lang clean.
6. Er starb an einer Überdosis, nachdem er sich Oxycodon in den linken Arm injiziert hatte.
7. Ich hätte es genauso gut für ihn tun können.
8. Die Pillen hatten nicht Cy gehört. Es waren meine gewesen.

18

Jason hat sich nicht die Mühe gemacht, sich für das Gericht schick anzuziehen, aber ich glaube, er hat tatsächlich geduscht. Seine Haare sehen ein bisschen weniger fettig aus als sonst. Sein Gesicht ist blass, als hätte er nichts gegessen. Was haben sie ihm versprochen, wenn er gegen mich aussagt? Was haben sie ihm angedroht, um ihn zu zwingen, in den Zeugenstand zu treten?

Bruce Mason bewegt sich wie eine Schlange, die sich entrollt. Er streckt sich praktisch von seinem Tisch quer durch den Raum zum Zeugenstand, in dem Jason sitzt. Er hat geschworen, die Wahrheit zu sagen – die ganze Wahrheit und nichts als die Wahrheit. Trotzdem kann ich so etwas wie Unsicherheit in seinem Gesicht erkennen. Das ist derselbe Junge, der Stachelarmbänder getragen und Serienmördern gehuldigt hat. Irgendwie wirkt die offensichtliche Einschüchterung in seinem Gesichtsausdruck fehl am Platz. »Mr Oliver. Erzählen Sie uns: Woher kennen Sie Cecelia Price?«

Jason sieht mich direkt an, dann huscht sein Blick rasch zurück zu Mason.

»Wir sind zusammen zur Schule gegangen.«

»Und was, würden Sie sagen, wussten sie vor den vergangenen sechs Monaten über Cecelia?«

Jason zuckt mit den Schultern.

»Eigentlich nichts. Sie war ruhig, glaube ich. Eine gute Schülerin.«

»Aha.« Mason presst den Finger auf die Lippen, als müsse er nachdenken. »Da war es doch sicher eine ziemliche Überraschung gewesen, als sie Ihnen zum ersten Mal Drogen zum Kauf angeboten hat.«

Der leere Abgrund in meinem Magen weitet sich zu einem Canyon. Ich hätte es kommen sehen sollen. Jason würde nie zugeben, dass *er auf mich* zugekommen ist.

»Ja«, sagt Jason und nickt. »Ich, ähm ... Ich wusste nicht, dass sie dealt, wissen Sie? Aber ich glaube, sie hat gesagt, dass ihr Bruder über einen mehr oder weniger ständigen Vorrat an Pillen verfügt. Sie hat so getan, als sei das keine große Sache.«

»Aber Sie haben nie mit Cyrus Price selbst gesprochen?«

»Nee.« Jason wischt die Handfläche an seiner Jeans ab und ich hätte mich am liebsten geschüttelt. »Ich hatte immer nur mit CeCe zu tun.«

»Danke, Mr Oliver. Ms Reinhart wird Ihnen jetzt ein paar Fragen stellen.«

Die Schlange Mason rollt sich wieder zusammen, so als würde er nur auf die Gelegenheit warten, wie eine Peitsche auseinanderzuschnellen oder jemanden zu erdrosseln.

»Ihr Zeuge«, murmelt er Jennifer zu und seine Augen füllen sich mit so etwas wie Belustigung. Am liebsten hätte ich ihm eine reingehauen. Jennifer schiebt ihren Stuhl zurück und räuspert sich.

»Mr Oliver, haben Sie Kurse belegt, an denen Sie zusammen mit Cecelia Price teilgenommen haben?«

Jason schüttelt den Kopf. »Nee. Ich glaube, sie war in einer ganzen Reihe AP-Kurse oder so.«

»Wenn Sie also gar keinen Unterricht mit Cecelia hatten, wie hat sie Sie dann gefunden?«, fragt Jennifer mit nach oben gezogenen Augenbrauen.

»Mich gefunden?«

»Sie wissen schon – um Ihnen Drogen zu verkaufen.«

»Oh, klar.« Jason überlegt. »In der Bibliothek, glaube ich.«

»Hm.« Jennifer geht zurück zum Tisch und zieht ein Blatt Papier aus einer Mappe in ihrer Tasche. »Euer Ehren, ich würde dies gern als Beweisstück A vorlegen – es ist eine eidesstattliche Erklärung von Mrs Joyce Lennon, Bibliothekarin der London Highschool.«

Sie reicht dem Richter das Papier und wendet sich dann wieder Jason zu. »Nun, Jason, würden Sie Ihre Aussage gern noch einmal neu formulieren?«

»Ähm … würde ich was?«

»Ihre Aussage neu formulieren.« Sie wartet nicht auf seine Antwort. »Euer Ehren, diese eidesstattliche Erklärung sagt aus, dass Cecelia Price jede Mittagspause in der Schulbibliothek verbracht hat. Sie sagt außerdem aus, dass Jason Oliver im März dieses Jahres dorthin gekommen ist, um Cecelia Price zu sehen. Tatsächlich erinnert sich Mrs Lennon nur an dieses eine Mal, Mr Oliver zur gleichen Zeit wie Cecelia Price in der Bibliothek gesehen zu haben; es war an einem Tag im März, als Cecelia ihr dabei half, Bücher in die Regale zurückzustellen. Laut der eidesstattlichen Erklärung hat sich Mr Oliver Cecelia Price von sich aus genähert.«

Richter Collins hat Augen, die Langeweile oder Hunger zu schreien scheinen. Er macht eine Handbewegung Richtung Mason und nimmt Jennifer das Blatt Papier aus den Händen.

»Sie dürfen wieder zu ihrem Platz gehen«, sagt der Richter und Jason steht auf. Er wirkt ein wenig wacklig, wie ein junges Reh. Wenn ich stark genug pusten würde, könnte ich ihn mit der schieren Kraft meines Atems zu Fall bringen.

»Ihr nächster Zeuge, Mr Mason.«

Als Jason an mir vorbeigeht, flackert sein Blick zu mir herüber und trifft meinen. Ich erwarte etwas wie Verachtung oder vielleicht Wut zu sehen – vor Gericht gezerrt zu werden, verdirbt jemandem wie ihm bestimmt die Laune. Aber das Einzige, was ich aus seinem Blick ablesen kann, ist etwas, das ein wenig zu sehr an Mitleid grenzt. Wenn mir vorher schon schlecht war, dann ist das nichts im Vergleich zu der Übelkeit, die jetzt in mir aufkommt. Wenn jemand wie Jason schon Mitleid mit mir hat, dann bin ich tiefer gesunken, als ich mir vorstellen kann.

Nicht dass ich nicht bereits ganz unten war.

∞

Ich bin schon ein paarmal auf einer Parade gewesen. In amerikanischen Kleinstädten ist so etwas ziemlich beliebt – die Cheerleader, die freiwillige Feuerwehr und alle Veteranen, die je innerhalb eines Radius von fünfzig Meilen gelebt haben, sind dort. Im Allgemeinen wird mit einer Parade etwas gefeiert. Mindestens ist es ein Anlass zu klatschen, zu jubeln und zu lächeln.

Aber die Parade der Zeugen, die Mason aufruft, gibt absolut keinen Anlass zu klatschen, zu jubeln oder zu lächeln. Da sind ein Gerichtsmediziner und ein Notarzt. Dann Cys alte Fußballtrainer, und zwar bis zurück zu der Zeit, als er noch in die Hose gemacht hat. Alte Mitschüler und Teamkollegen,

Exfreundinnen und Leute, die Cyrus einfach gern gekannt hätten, als er noch ein Star gewesen war. Sie zeichnen das Bild eines dem Untergang geweihten Helden, einer tragischen Figur von der Größe eines Macbeth. Sie schildern, was sie von vor fünf oder zehn Jahren wissen. Jennifer stellt ihnen einfach immer und immer wieder dieselben Fragen:

»Wann haben Sie Cyrus Price das letzte Mal gesehen?«

»Wann haben Sie Cecelia Price das letzte Mal gesehen?«

Und bei den meisten von ihnen dient die Antwort ihrer Sache. *Unserer* Sache. Der Cyrus, den sie kannten, existierte seit Jahren nicht mehr. Manche von ihnen haben ihn seit Moms Beerdigung nicht einmal mehr gesehen. Die meisten von ihnen kennen mich gar nicht oder wissen über mich nur, was sie gehört haben.

Aber dann kommt Lucas durch die Doppeltür und all meine Tapferkeit schmilzt dahin und verdampft. Das Ganze verwandelt sich rasch wieder in Übelkeit und zu meinem großen Schrecken steigen auch noch Tränen in mir auf. Ich habe Lucas seit dem Tag, an dem Cyrus gestorben ist, nicht mehr gesehen. Es ist unmöglich gewesen, die Momente, in denen er mich berührt hat, auszulöschen – es tut fast weh, wenn ich daran denke.

Ich beobachte, wie er durch den Gang zum Zeugenstand geht. Lucas' Haar ist lang geworden. Aber es ist so blond wie eh und je. Als ich im Verhaltenstherapiezentrum angekommen bin, habe ich ihm zwei Wochen lang jeden Tag einen Brief geschrieben. Er hat nicht darauf geantwortet, deshalb habe ich damit aufgehört. Er hat mich nie besucht. Jetzt sind wir wie Magneten, die man umgedreht hat: Ich werde durch eine Kraft, die jenseits aller Vernunft liegt, von ihm angezogen. Er jedoch bewegt seinen Körper so weit wie nur möglich von mir weg. Er schaut nicht einmal in meine Richtung. Wenn Körper Soundeffekte hätten, könnte man jetzt den Knall und das Feuer in meiner Brust hören.

»Mr Andrews«, fängt Mason an, »wir haben viel über Cyrus Price gehört, von den Leuten, die ihn am besten kannten. Ihnen möchte ich jetzt jedoch ein paar Fragen über Cecelia Price stellen – ich möchte die Perspektive von jemandem, der sie geliebt hat.«

Ich schlucke schwer. Wir haben das nie zueinander gesagt, auch wenn ich es so empfunden habe. Deshalb kommt Mason eigentlich jetzt schon schlecht weg. Nicht dass das eine Rolle spielen würde.

»Wie lange sind Sie mit Cecelia ausgegangen?«, fragt Mason. Lucas räuspert sich.

»Ein oder zwei Monate.«

Seine Stimme zu hören ist wie ein Schlag in den Magen. Ich bemühe mich, das Atmen nicht zu vergessen. Warum hat er immer noch diese Wirkung auf mich, nach allem, was passiert ist? Wie kann es sein, dass ich noch immer seine Hand auf meinem Hüftknochen spüre und wie sie am Bund meiner Jeanshose entlangstreicht?

»Und welchen Eindruck haben Sie von Cecelias Beziehung zu Cyrus gewonnen?«

»Einspruch!« Jennifer steht blitzschnell auf. »Das sind Spekulationen, Euer Ehren.«

»Stattgegeben«, sagt der Richter und nickt. Mason nimmt es achselzuckend hin.

»Mr Andrews, wie oft haben Sie Cyrus Price getroffen?«

Lucas schüttelt den Kopf. »Ich habe ihn nicht getroffen.«

»Hmm.« Mason tippt mit dem Finger auf seine zu dünnen Lippen. »Aber die Tabletten, die Cecelia verkauft hat – sie hat Ihnen erzählt, dass es Cyrus' Medikamente waren, richtig?«

»Ja.«

»Und sie hat es so aussehen lassen, als sei er Teil dieses Handels. Dass er aus freien Stücke die Tabletten zum Verkauf zur Verfügung stellt.«

»Richtig. So habe ich das verstanden.«

Ich blinzle ihn an. Ich kann nicht mal mehr die Augen zusammenkneifen.

»Aber Cyrus wurde clean. Er hat aufgehört, Medikamente zu nehmen. Was ist danach passiert?«

Lucas' Gesicht ist beinahe zu symmetrisch. Auf seiner Stirn bildet sich jetzt eine Falte, die einen perfekten Bogen beschreibt.

»Danach hat CeCe Dr. Frank … ähm, Dr. Bethany aufgesucht.«

Mason entfernt sich von Lucas und geht zum Staatsanwaltspult. Von dort nimmt er eine Plastiktüte, in der eine Medizinflasche steckt. Ich weiß jetzt schon, dass es meine ist.

»Ich möchte dies als Beweisstück A vorlegen: eine rezeptpflichtige Flasche Oxycodon.« Er geht wieder zu Lucas und zeigt ihm die Plastikdose. »Mr Andrews, würden Sie bitte den Namen auf dieser Flasche für mich vorlesen?«

Lucas kneift die Augen zusammen. »Da steht ›Cecelia Price‹.«

»Und Sie erinnern sich noch daran, wann genau sie dieses Medikament abgeholt hat?«

»Ja, ich war dabei. Sie hat die Hälfte davon Jason, meinem Cousin, verkauft.«

»Danke, Mr Andrews. Die Staatsanwaltschaft hat keine weiteren Fragen an den Zeugen.«

Als Jennifer ihren Stuhl zurückschiebt, packe ich sie am Arm. Sie schaut mich an und ich schüttle den Kopf.

»Nicht.«

Sie zieht die Augenbrauen zusammen. »Was soll ich nicht?«

»Nehmen Sie ihn nicht ins Kreuzverhör.«

Jennifer knirscht mit den Zähnen und beugt sich zu mir herunter.

»CeCe – ich kann ihn nicht *nicht* befragen. Er ist ein Zeuge. Er war dein Freund. Wir müssen beweisen, welchen Einfluss er auf dich ausgeübt hat.«

Ich blicke auf und schaue zu Lucas hinüber. Unsere Blicke begegnen sich. Einen Augenblick lang habe ich das Gefühl, nach vorne zu fallen. Ich stelle mir vor, da wäre ein Kaninchenbau, den ich nicht sehen kann, eine Art Strudel, der mich in den Boden hinein, fort von Lucas, saugen könnte. Stattdessen sehe ich ihn einfach an und er sieht mich an und irgendetwas in mir fängt an zu sprechen.

»CeCe?«

Jennifers Blick wirkt alarmiert und irritiert. Ich schüttle wieder den Kopf.

»Schon gut. Machen Sie weiter.«

Wen versuche ich hier überhaupt zu retten? Das ist für uns alle bereits zu spät. Der Wirbel dreht sich auf einmal wie ein Karussell und Jennifer steuert direkt darauf zu – die Vergangenheit, die Gegenwart, die Zukunft, alles wirbelt herum.

Hier sind sie alle – meine Welt im Miniformat: der Richter, der Exfreund und die Plastiktüte mit der Mordwaffe.

19

APRIL Zwei Monate zuvor

»Woher weißt du überhaupt, dass das funktionieren wird?«, fragte ich.

Lucas strich mit dem Daumen über meine Handfläche. Dann hob er meine Hand zu seinen Lippen und küsste sie.

»Es wird funktionieren. Das verspreche ich.«

Wir saßen vor Dr. Bethanys Praxis. Es war dunkel im Mazda – wegen der getönten Scheiben und des düsteren Tages draußen konnte man fast nicht klar sehen. Ich schaute auf den Umschlag in meinen Händen. Jason hatte letztendlich die Oberkörper-Kernspin-Ergebnisse einer Freundin seiner Mom gestohlen. Wie viele Probleme konnte man wohl bekommen, wenn man Krankenberichte fälschte?

Ich holte tief Luft und ging in Gedanken noch mal die Abfolge durch. Ich würde zweihundertfünfzig Dollar Praxisgebühr zahlen. Dann würde ich warten, bis ich an die Reihe käme, und Dr. Bethany von meinen erfundenen Nacken- und Schulterschmerzen erzählen. Im Moment war das gar nicht mal so weit von der Wahrheit entfernt.

»Hör mal«, sagte Lucas, »was immer er dir anbietet, nimm es einfach. Oxys, Benzos, was immer du kriegen kannst.«

Ich nickte. Meine Kehle schnürte sich zu. Mein Mantra schoss mir durch den Kopf: Ich tue es für Dad. Ich tue es für das Geld. Ich tue es für das College. Ich tue es für …

»Tu es für mich«, sagte Lucas.

Ich sah zu dem Jungen hinüber, der einen Weg in mein Inneres gefunden hatte. Der *alle* Wege in meinem Inneren gefunden hatte. Ich hatte ihm so ungefähr alles gegeben, was möglich war. So etwas wie Liebe zu empfinden, war bei Weitem die tiefgreifendste und motivierendste Kraft in meinem Leben. Es war meine Droge. Wenn ich etwas so Illegales für Lucas tun würde, was würde ich dann nicht tun?

Aus Prinzip war ich immer im Wagen geblieben und hatte gewartet, wenn Cyrus seine Termine gehabt hatte. Heute fühlte ich zum ersten Mal das Pflaster des Parkplatzes von *Bethany Schmerztherapie* unter meinen Füßen. Ich schaute mir die vielen parkenden Autos an. Auf einer Seite der Ladenzeile gab es sogar einen Behelfsparkplatz. Wie bei einer Privatparty unter College-Studenten parkten Pickups und Autos, die älter waren als ich selbst, auf eigentlich gar nicht vorhandenen Parkplätzen – ihre großen Karosserien entsprachen nicht der Norm. Ich hatte das Gefühl, auch nicht der Norm zu entsprechen.

Dr. Franks Wartezimmer sah aus wie das in anderen Arztpraxen, außer dass es keine Zeitschriften gab und kaum Raum zwischen den Dutzenden von Patienten. Beide Normabweichungen machten mir nichts aus. Ich konnte mich zwischen den anderen, die kamen und gingen, und den Wartenden, die ungeduldig mit dem Fuß wippten und genau wie ich Umschläge mit Kernspin-Ergebnissen dabeihatten, verstecken.

Ich ging auf das Schiebefenster zu, hinter dem eine kräftige Frau mit Arztkittel saß. Vor ihr auf der Theke lag ein Stapel blauer Mappen, der mindestens dreißig Zentimeter hoch war. Irgendwie war ich ängstlich, als ich mich ihr näherte. Es kam mir vor, als würde sie die Tür bewachen. Und das tat sie auch.

»Guten Morgen«, brachte ich heraus und versuchte zu lächeln. Meine Lippen, die bereits trocken und rissig waren, fühlten sich an, als wären sie aufgesprungen. Die Frau sah zu mir auf, dann senkte sie ihren Blick wieder auf das Klemmbrett vor ihr.

»Name?«

»CeCe – ich meine Cecelia. Price.«

Sie überflog das Papier auf dem Klemmbrett und griff nach einer Mappe. Dann reichte sie mir ein paar Formulare, die ich ausfüllen sollte.

»Da ist eine Datenschutzerklärung mit dabei«, erklärte sie. »Die behalten Sie. Und Sie müssen die Praxisgebühr bezahlen. Ein Termin beim Arzt kostet zweihundertfünfzig Dollar.«

»Nehmen Sie Bargeld?«, fragte ich und ließ meine Finger über den Stapel Zwanziger in meiner Tasche gleiten. Sie zuckte mit den Schultern.

»Das ist mir egal. Brauchen Sie eine Quittung?«

Ich schüttelte den Kopf. Das Letzte, was ich brauchen konnte, war ein Beweis dafür, dass ich hier gewesen war.

Eine Stunde reichte aus, um sich maniküren zu lassen, eine Soap anzuschauen oder sich ein Rezept für einen Oxycodon-Vorrat ausstellen zu lassen, der einen Monat reichte. An den Anblick des Parkplatzes war ich schon vom Warten auf Cyrus gewöhnt. Jetzt konnte ich die Patienten von Nahem sehen, als sie das Wartezimmer betraten beziehungsweise verließen, als würden sie nichts weiter als einen Händedruck und Happy Meals bekommen. Das war eher ein Drive-in als eine Arztpraxis. Voller verzweifeltem Hunger zur Tür hinein, mit einem Zettel in der Hand und einem erleichterten Gesichtsausdruck wieder hinaus. Oder befreit. Oder wie zum Teufel man es auch immer nennen wollte.

Dr. Bethany *verlangte* praktisch von mir, ihn »Dr. Frank« zu nennen. Alles an ihm war *beinahe*. Sein Haar war *beinahe* ganz grau, mit einem Anflug von Schwarz. Körperlich war er *beinahe* fit, mit einem Anflug von Bauch. Er war auch *beinahe* ein guter Arzt. Statt sich hinter seinen Schreibtisch zu setzen, nahm er neben mir Platz, vielleicht weil er wollte, dass ich mich wohlfühlte. Weil er ein Gefühl der Verbundenheit schaffen wollte. Doch als er mir die Hand auf das Knie legte und drückte, wurde mir klar, dass Verbundenheit nicht unbedingt das war, worauf er aus war.

»Wollen Sie, ähm, meine Kernspin-Ergebnisse?«, fragte ich und zog meine Beine außer Reichweite, um den Umschlag hervorzuholen. Dr. Frank ging zu seinem Schreibtisch und sah auf die blaue Mappe hinunter, auf der mein Name stand.

»Cecelia. Du bist hier wegen …« Er studierte das Papier in der Mappe. »Nackenschmerzen?«

Ich konnte nur nicken und hätte mich daraufhin am liebsten selbst geohrfeigt. Wenn ich Nackenschmerzen hätte, würde Nicken wehtun. Ich war so was von bescheuert.

Aber Dr. Frank bemerkte es gar nicht oder es war ihm egal. Er nahm mir den Umschlag aus der Hand und zog den gedruckten Kernspin-Bericht heraus. Die Fotos rührte er nicht mal an. Nach all der Zeit, die wir darauf verwendet hatten, den Bericht so aussehen zu lassen, als wäre es meiner, spielte es wahrscheinlich nicht mal eine Rolle, wessen Name auf dem verdammten Ding stand.

Er rückte näher. Er roch überhaupt nicht wie ein Arzt. Sein Aftershave roch süßlich und schwer.

»Kannst du mir sagen, ob das wehtut?«

Er streckte die Hand aus und untersuchte ein paar Stellen an meinem Nacken, dann drückte er meine Schultern. Ich zuckte hin und wieder zusammen in der Hoffnung, dass meine Schmerzen glaubwürdig wirkten. Mein Herz hämmerte, und ich hatte das Gefühl, mich übergeben oder in Tränen ausbrechen zu müssen.

Dr. Frank trat zurück und schrieb etwas in meine Mappe.

»Dein Nacken ist steif – wirklich steif. Ich glaube, eine Wärmetherapie würde da Wunder wirken. Hast du ein Heizkissen zu Hause?«

»I-ich glaube schon«, stotterte ich.

Er zog die Schublade auf und zog einen leeren Rezeptblock und einen Stift heraus. »Und Schmerzmittel für einen Monat würden dir bestimmt auch helfen, oder?«

»Ähm, ja. Das wäre großartig.«

Dr. Frank bedachte mich mit einem wissenden Lächeln, das mich sofort an den Joker aus Batman erinnerte.

»Bist du auf irgendwelche Medikamente allergisch?«

Ich schluckte und schüttelte den Kopf, unfähig zu sprechen. War es wirklich so einfach?

War es.

Als ich mich mit dem Rezept in der Hand zum Gehen umwandte, beugte sich Dr. Frank zu mir und berührte mich an der Schulter.

»Wir sehen uns dann in einem Monat, Cecelia.«

Ich schenke ihm ein schmerzliches, sprödes Lächeln, weil ich mich dazu verpflichtet fühlte. Ich stellte mir vor, Blut würde über meine Lippen und mein Kinn sprudeln. Einen Moment lang sah Dr. Frank aus wie ein Vampir. Und dann wurde mir klar, dass er tatsächlich einer war – ein Vampir, der einem das Leben aus dem Körper saugte und es durch etwas anderes ersetzte. Etwas Dunkles, Gefährliches, Unmenschliches. Etwas, das einen veranlasst, immer und immer wieder zurückzukommen und nach mehr zu verlangen.

∞

Das Rezept zu holen, es einzulösen und die Tabletten nach Hause zu bringen hatte reibungslos funktioniert. Lucas war enttäuscht, weil ich nicht nach Benzos gefragt hatte, aber als wir aus der Apotheke herauskamen, war er darüber hinweggekommen. Als er mich zu Hause absetzte, beugte er sich zu einem langen, langsamen Kuss vor, der so viel mehr als nur Küsse verhieß. Ich spürte, wie sich der Atem in meiner Brust in Helium verwandelte, und wäre am liebsten von meinem Sitz aufgestiegen und gefolgt von ihm zu meinem Zimmer hinaufgeschwebt.

»Ich hole Jason ab und komme dann wieder zurück, okay?«

Lächelnd nickte ich. »Klar. Schreib mir eine SMS, wenn du losgefahren bist.«

Als er den Wagen rückwärts aus der Einfahrt fuhr, umklammerte ich die Papiertüte. Nie wieder brauchte ich mich auf Unzuverlässiges zu verlassen. Ich hatte jetzt meine eigenen Ressourcen und konnte meinen eigenen Weg gehen. So musste es sich anfühlen, wenn man zum ersten Mal ins College ging – die personifizierte Unabhängigkeit.

Es war schon eine Weile her, seit jemand die Post durchgesehen hatte – der Stapel im Briefkasten war fast zu dick, um ihn mit einer Hand zu umfassen, und ich musste ihn auf dem Stuhl auf der Veranda ablegen, um die Haustür aufzuschließen. Ich hatte eigentlich gar nicht vorgehabt, ihn durchzusehen – bis ich schon in der Küche war, wo ich mich nach etwas zu essen umsah. Nachdem ich eine Packung Instant-Nudeln in die Mikrowelle gesteckt hatte, fing ich an, die Rechnungen durchzublättern. Unwillkürlich fragte ich mich, welche weiteren Rechnungen Dad nicht bezahlte. Wenn er sich schon die Hypothekenzahlungen nicht leisten konnte, würden wir dann schon bald auch kein Wasser und keinen Strom mehr haben?

Chase Visa.

Potomac Edison.

Verizon.

Capital One.

Die Briefumschläge glichen einer Auflistung der fünfhundert umsatzstärksten Unternehmen. Bis ich den Umschlag von der Edenton Universität entdeckte. Es war ein größerer Umschlag. Von der Art, wie Colleges sie verschickten – dickes Papier, in der Ecke das Logo –, und ich spürte sofort, wie sich mein Herz zusammenzog. Es war ein Tag im November gewesen, an dem ich meine Zulassung erhalten hatte, und es hatte geschneit. Es war ein Tag im März gewesen und es war kurz davor zu regnen, als ich lesen musste, dass sie mir kein Stipendium gewährten. Was sollte Edenton mir jetzt noch zu sagen haben?

Sehr geehrte Ms Price,
die Naturwissenschaftliche Fakultät der Edenton University freut sich, Ihnen mitteilen zu können, dass Ihnen für das kommende Studienjahr ein Freshman-Stipendium angeboten wird. Dieses Stipendium unterstützt Sie in Ihrem ersten Studienjahr mit 10.000 $ pro Semester. Alle Empfänger von Freshman-Stipendien werden von ihren Highschool-Lehrern in den Naturwissenschaften

nominiert. Danach werden die Bewerbungen durch ein Universitätsgremium geprüft. Es folgen nähere Details über Ihre Pflichten als Freshman-Stipendiatin …

Ich blinzelte die Worte an und rechnete fast damit, dass sie verschwinden würden. Ich konnte es nicht fassen. Ich glaubte das einfach nicht. Und ich hatte recht. Wirklich – wenn etwas so gut lief, musste etwas anderes schiefgehen. So lief das eben – das war wie ein Rhythmus, den die Natur vorgegeben hat. Eine wissenschaftliche Tatsache.

Gerade als ich den Umschlag in meine Tasche steckte, vibrierte mein Handy darin. Ich schaute auf das Display.

Bin unterwegs. – L –

Ich hatte versprochen, dass Jason als Erster Anspruch auf die Oxys bekommen würde, und ich wusste, dass er die Kohle dafür hatte. Ich hasste den Gedanken, dass Jason zu mir nach Hause kam, aber so war es am sinnvollsten. Cyrus ging es inzwischen so gut, dass er ausgehen konnte, deshalb war Dad mit ihm losgefahren, um neue Klamotten für ihn zu kaufen. Alles, was er hatte, war von dem Schmutz, in dem er gehaust hatte, ruiniert – Schimmel breitete sich mit rasender Geschwindigkeit aus und der Müll pflanzte sich dadurch praktisch fort. Bisher hatte zwar keiner von uns die Grenze im Keller überschritten, aber dort sauber zu machen würde ein enormer Aufwand werden. Ein bisschen fürchtete ich mich auch, mich an einer Nadel zu stechen, wenn ich damit anfangen würde, das Haus von Cys altem Leben zu reinigen.

Als ich ein paar Minuten später die Haustür aufmachte, stand Jason davor. Er sah wie immer schmierig aus, aber sein Blick war beinahe hämisch.

»Wie viele hast du, Price?«

Er leckte sich praktisch die Lippen, und ich spürte, wie eine Welle des Abscheus über mich hinwegschwappte. Ich sah Lucas an, der die Schultern zuckte und mich unbeschwert anlächelte.

»Ich habe neunzig«, sagte ich. »Aber du bekommst sie nicht alle – wie wäre es mit der Hälfte?«

Jason verschränkte die Arme über der Brust und sah genervt aus. »Wenn ich das Geld habe, warum zum Teufel verkaufst du sie mir dann nicht alle? Du weißt doch, dass du dich auf mich verlassen kannst. Verdammt, du hast mir letzten Monat auch mehr vertickt.«

»Ja, aber ich werde erst wieder nächsten Monat zu Dr. Frank gehen. Wenn du mehr willst, kannst du später noch welche kaufen.«

Aus irgendwelchen Gründen brüllte mir mein Gewissen zu, so etwas wie die Stimme der Vernunft zu sein. Jason hatte sich innerhalb weniger Wochen viel zu viele Pillen eingeworfen. Wenn er eine Überdosis nehmen wollte, würde das nicht auf meine Kappe gehen.

Er verdrehte die Augen und sah Lucas an, der ihm gegen den Arm boxte. »Sei doch froh, Mann. Immerhin habe ich dir den Fisch geangelt, oder nicht?«

»Ja, klar.«

Jason klang widerwillig und ich war ein wenig sauer. Ich war jetzt also plötzlich nur der Fisch? Sollte ich nicht ein wenig mehr Anerkennung erhalten? Immerhin hatte Lucas nur den Fluchtwagen gefahren.

Ich schüttete die Hälfte der Pillen in eine Ziploc-Tüte und zählte sie in Fünferschritten ab.

»Fünfundvierzig Pillen … das macht …« Ich schluckte und blickte wieder zu Jason. »Das macht tausenddreihundertfünfzig Dollar, wenn wir ins Geschäft kommen – dreißig Dollar pro Pille.«

Jason zückte seine Brieftasche und zählte die Hundert-Dollar-Scheine ab.

»Ich dachte, es würde mehr werden«, sagte er, während er das übrige Geld zurück in die Brieftasche stopfte.

Lucas lächelte mich wieder an, dann nickte er Richtung Tür. »Wir müssen jetzt wirklich los. Familienessen heute Abend. Du weißt ja, wie das ist.«

Er hätte wirklich nichts nennen können, was mir weniger vertraut gewesen wäre als ein Familienessen, zumindest zurzeit, aber ich nickte einfach. Er schlenderte auf mich zu und beugte sich vor, um mich am Hals zu küssen. Ich lächelte schüchtern zu ihm auf und schnappte mir meine Tasche vom Tisch.

»Hey, ich, ähm, das habe ich heute bekommen.«

Ich reichte ihm den Brief aus Edenton. Er überflog ihn und lächelte mich an.

»Schön, das ist doch genau das, was du wolltest, oder?«

»Irgendwie schon.« Ich zuckte mit den Schultern. »Bis heute wusste ich gar nicht, dass es dieses Stipendium gibt. Ich nehme an, dass Dr. Schafer mich dafür vorgeschlagen hat. Irgendwie fühle ich mich beschissen, weil ich ihren Unterricht so oft geschwänzt habe.«

»Ach, ich würde mir deshalb keine Sorgen machen.« Lucas steckte mir eine Haarlocke hinter das Ohr. »Ich glaube, wir haben in meinem Auto ziemlich viel über Chemie gelernt.«

Ich spürte, wie mir Röte am Hals hinaufkroch, und warf Jason einen Blick zu. Offenbar wurde er gerade ungeduldig.

»Holst du mich heute Abend ab?«, fragte ich Lucas leise. »Nach eurem Abendessen?«

Lucas zuckte mit den Schultern. »Mal sehen. Ich rufe dich später an, okay?«

Ich nickte, und er gab mir einen schnellen Kuss, bevor er sich wieder seinem Cousin zuwandte. Sie waren schon zur Tür hinaus und die Treppe hinunter, bevor ich überhaupt die Gelegenheit hatte, auszuatmen.

20

Es war schon eine Weile her, seit ich das Haus gründlich geputzt hatte. Der Küchentisch war mit gestrandetem Krempel bedeckt – verschiedene Dinge, die es zwar ins Haus schafften, aber nie dort landeten, wo sie eigentlich hingehörten. Ich schnappte mir zwei von Dads Jacken, die an einer Stuhllehne hingen, und hängte sie im Flur an die Garderobe. Ich konnte zumindest mal damit anfangen, dieses Haus in Ordnung zu bringen. Schon bald müssten wir alles in Kisten verpacken und uns auf den Umzug vorbereiten.

»CeCe?«

Ich wirbelte herum und sah Cyrus oben an der Treppe stehen. Er lehnte am Geländer und hatte einen rätselhaften Blick an sich. Normalerweise konnte ich Cys Gesichtsausdruck immer interpretieren, aber in diesem Augenblick wirkte er wie ein Fremder.

»Oh, hey«, sagte ich langsam. Mein Herz klopfte mir bis zum Hals, und ich drehte mich um, um die Jacken aufzuhängen. Meine Finger zitterten, als ich den Reißverschluss zumachte. »Ich dachte, du wärst mit Dad weggegangen.« *Mist, was hatte er gehört?*

Er schüttelte den Kopf. »Mir ging es nicht so toll, deshalb bin ich hiergeblieben.«

»Oh.«

Ich wandte mich ihm zu und wartete auf das, von dem ich wusste, dass es kommen würde. Cyrus fuhr sich mit der Hand durch das Haar, und ich merkte, wie viel Farbe seine Haut bekommen hatte – alles kam wieder zurück, all das Blut, all die Gesundheit, all das Leben. Ich hätte das nicht für möglich gehalten.

»Darf ich dich was fragen?«, sagte er.

Ich versuchte, gleichgültig auszusehen, obwohl ich genau das Gegenteil empfand.

»Klar«, sagte ich schließlich und schluckte. »Schieß los.«

Cy kratzte sich an der Nase. »Erinnerst du dich noch an Moms Makkaroni mit Käse?«

Das war nicht gerade das, was ich jetzt von ihm erwartet hätte.

Ich nickte. »Natürlich erinnere ich mich daran.«

Er drehte sich um und ließ sich auf die Couch fallen. Staub wirbelte auf und leuchtete im Sonnenlicht, das durch das Erkerfenster hereinfiel.

»Das war das beste Essen von allem. Von allen Dingen, von denen ich mir wünschte, ich hätte sie Mom noch gefragt, wünschte ich mir, ich hätte sie nach diesem Rezept gefragt.«

Ich lächelte und schüttelte den Kopf. »Ich habe es hier irgendwo – wenn du willst, kann ich es dir beibringen.«

Seine Augen leuchteten. Cys nüchterne Augen waren so viel lebendiger, so viel intensiver, als ich es inzwischen gewohnt war.

»Das wäre großartig. Nach einem Spiel war das immer mein Lieblingsessen.«

Ich blickte zur anderen Seite des Zimmers, wo sich Cys Fußballfotos an der Wand aufreihten, und zeigte auf sie.

»Stell dir vor, du würdest wieder anfangen zu spielen.«

Cyrus atmete tief ein und zuckte dann mit den Schultern. »Das würde ich gern. Ich weiß nicht, wie viele von den Jungs noch in der Gegend sind. Aber bald kommt die Sommerpause – vielleicht kann ich in einer College-Liga oder so spielen, wenn die Studenten nach Hause gefahren sind.«

Ich lächelte meinen Bruder an.

»Das klingt fantastisch, Cy.«

Seine Wangen röteten sich ein wenig und er zuckte wieder mit den Schultern. »Wir werden sehen.«

Ich stieß meine Schulter gegen seine, dann klopfte ich mir auf die Schenkel. »Weißt du was? Ich schaue gleich mal nach, ob ich das Rezept finde. Vielleicht kann ich es zum Abendessen machen.«

Ich stand auf und war schon fast zur Tür raus, als Cyrus' Stimme durch meine diffuse, unvertraute Glückseligkeit drang.

»Was waren das für Typen?«

Abrupt blieb ich stehen, dann drehte ich mich um. »Welche Typen?«

Cyrus sah mich wissend an. »Diese Typen, die eben hier waren.«

»Ach, die.« Ich fummelte an den Perlen meines Armbands herum. »Lucas und Jason, ich gehe mit ihnen zur Schule.«

»Aha.« Cy verschränkte die Arme und beobachtete mich. Ich spürte, dass etwas, das mich zuvor erfüllt hatte, aus mir herauslief. Entweder war es meine Entschlossenheit oder mein Mut.

»Hast du Dr. Frank wenigstens schöne Grüße von mir ausgerichtet?«, fragte er schließlich.

Ich starrte ihn einfach an und sein seltsamer Gesichtsausdruck verwandelte sich in eine Art trauriges Lächeln. Ich schüttelte den Kopf. »Ich bin nicht … ich meine, ich habe nicht …«

Cyrus hob die Hand. »Komm schon, CeCe. Selbst wenn du nicht gerade eine halbe Flasche Oxys in unserer Küche vertickt hättest, hätte ich es gewusst. Ich habe gestern den Anruf entgegengenommen, der dich an deinen Termin erinnern sollte. Ich wusste, du würdest hingehen. Ich hatte nur keine Ahnung, dass du eine solche Geschäftsfrau geworden bist.«

Ich schluckte schwer und überlegte, was ich sagen sollte. »Hat Dad dir von der Zwangsvollstreckung erzählt?«, fragte ich.

Cy nickte. »Ja. Deshalb also? Du versuchst, die Welt zu retten?«

»Nicht *die* Welt. *Unsere* Welt.« Wieder überkam mich Bitterkeit.

Cyrus hingegen zog scheinbar eine Art süßer Genugtuung aus diesem Rollentausch. »Heißt das, dass du der neue Chef des Haushalts bist?«, fragte er und schnaubte ungläubig. »Soll ich ab sofort um Erlaubnis fragen, wenn ich ausgehen will?«

»Vergiss es einfach.« Ich machte mich auf den Weg durch den Flur, aber Cyrus packte mich am Arm.

»Gib mir den Rest.«

Ich riss mich los, so heftig, dass ich meine Schulter knacken hörte.

»Was? Ist das dein Ernst?«

Cy nickte, sein Gesichtsausdruck war beinahe feierlich. »Du bist nicht die Einzige, die Kohle braucht, CeCe.«

»Vielleicht nicht – aber warum sollte ich sie dir geben, wenn du davon losgekommen bist?«

»Damit ich es Dad nicht verrate«, sagte er. »Und weil du mir Pillen geklaut hast.«

Ich biss mir fest auf die Lippe. Ich fühlte mich in die Ecke gedrängt. Es war nicht so, dass es mir *gefiel,* Drogen zu verkaufen. Mir gefiel nur das Geld, das es mir einbrachte. Mir gefiel das Potenzial, das dieses Geld meiner Zukunft verlieh.

Aber wenn Cyrus sie für mich loswerden konnte?

Dann konnte ich das Geld und das Potenzial genießen, ohne regelmäßig mit einem moralischen Dilemma konfrontiert zu sein.

»Du wirst sie nicht nehmen?«, fragte ich ihn. »Ich meine, nehmen, im Sinne von *ein*nehmen …«

Cyrus schüttelte den Kopf. »Nein, natürlich nicht. Es hat so lange gedauert, clean zu werden. Glaubst du, das würde ich aufs Spiel setzen? Hör mal, ganz ehrlich: Ich kenne mehr Leute als du, die dieses Spiel treiben. Dein Freund und sein Kumpel sind kleine Fische. Ich kann mehr Geld dafür kriegen als du und bin an niemanden gebunden.«

Er kam näher und sah mir in die Augen. »Du kannst mir dieses Mal vertrauen, CeCe. Ich kann damit anfangen, alles richtig zu machen.«

Nichts davon war in irgendeiner Hinsicht »richtig« und das wusste ich. Ich hatte es die ganze Zeit gewusst, aber irgendetwas zwang mich vorwärts. Irgendetwas brachte mich dazu, das Geld mehr zu wollen als in der Lage zu sein, in den Spiegel zu schauen.

»Denk mal darüber nach«, sagte Cy, »ich werde Dad nicht um Geld bitten müssen. Es würde etwas von diesem ätzenden Druck wegnehmen. Findest du nicht, dass er das verdient hat?«

Dieser Gedanke brach meinen Widerstand und mich in zwei Hälften. Der eine Teil enthielt mein Herz, das sich um meinen Bruder schlingen und ihn drücken wollte. Der Rest von mir – mein Gehirn, meine Hände, meine weit geöffneten Augen – sah die Verheißung auf eine Art Wiedergutmachung. Die Möglichkeit, dass irgendwas schiefgehen könnte, zog ich nicht in Betracht. Das war mein größter Fehler.

∞

Lucas rief mich an diesem Abend nicht an.

Als ich am nächsten Tag in die Schule kam, war er dort auch nicht. Ich bemühte mich, mich davon nicht irritieren zu lassen. Stattdessen ging ich zum Chemieunterricht und war so aufmerksam, als wäre dies der Tag, an dem ich alles lernen würde, das ich für den Rest meines Lebens wissen müsste.

Ich wusste nicht, ob Dr. Schafer den Grund dafür kannte, aber sie schien glücklich darüber zu sein, dass ich wieder da war. Ich dachte daran, wie das Leben im Herbst wohl sein würde – wenn ich als Freshman-Stipendiatin an Forschungsprojekten mitarbeiten würde, wenn ich in der Lage wäre, Dad bei der Miete zu unterstützen und hoffentlich noch immer glücklich mit Lucas zusammen wäre. Er hatte kein Interesse daran, irgendwo anders zu studieren, und schien froh zu sein, dass ich immer noch vorhatte, weiterhin bei meiner Familie zu wohnen. Allmählich glaubte ich wirklich, dass es möglich war, jemanden zu lieben, ohne denjenigen zu verlieren.

Nach dem Unterricht blieb ich noch, um mit Dr. Schafer über das Stipendium zu sprechen. Sie schien zu wissen, weshalb ich mit ihr reden wollte, denn sie begrüßte mich mit einem Grinsen, als ich mich ihrem Pult näherte.

»Ich nehme an, du hast den Brief bekommen?«, fragte sie.

Ich nickte. »Ja. Ich kann es noch gar nicht glauben. Das ist so aufregend!«

Dr. Schafer strahlte. »Du hast es verdient, CeCe. Letztendlich warst du die einzige Kandidatin, die ich im Hinterkopf hatte. Du warst die einzige Person, die ich empfohlen habe.«

Ich spürte, wie ich vor Freude errötete. »Vielen Dank. Wirklich – ich weiß nicht, ob ich ohne Ihre Hilfe überhaupt aufs College hätte gehen können, und schon gar nicht nach Edenton.«

Das entsprach der Wahrheit, erspartes Geld hin oder her. Dr. Schafers Unterricht und ihr Empfehlungsbrief an das Gremium des Freshman-Stipendiums waren weit einflussreicher als alles andere in meinem Leben.

Da huschte ein Schatten über ihr Gesicht. »Natürlich habe ich den Brief geschrieben, bevor du angefangen hast, meinen Unterricht zu schwänzen. Ich erwarte immer noch, dass du jeden Tag am Unterricht teilnimmst, wie wir es besprochen haben.«

»Natürlich.«

Darüber lächelte sie, dann breitete sie die Hände vor sich auf dem Pult aus.

»Herzlichen Glückwunsch, Cecelia. Ich weiß, dass du es zu etwas bringen wirst – und ich hoffe wirklich, dass ich später mal sehen kann, wohin dich dein Leben führt.«

Ich biss mir auf die Lippe, um das Lächeln zu unterdrücken, das sich ein wenig zu wundervoll anfühlte, um echt zu sein.

»Das hoffe ich auch«, sagte ich schüchtern.

Und meinte es auch so.

Alles fühlte sich fast idyllisch an, als ich nach der Schule nach Hause fuhr und über das kommende Jahr nachdachte. Als ich das Haus betrat, war es jedoch auf eine unbehagliche Art still. Heute Morgen hatte Cyrus gesagt, dass er sich mit ein paar Kumpels treffen wollte, um ein bisschen zu kicken. Er schien so glücklich darüber zu sein, dass ich unwillkürlich sein Grinsen erwiderte. Es war schon eine Weile her, seit Cy etwas anderes versuchte zu »kicken« als mich. Er hatte es nicht ausdrücklich gesagt, aber ich war mir ziemlich sicher, dass er heute die übrigen Oxys verkaufen wollte. Als ich anmerkte, dass seine Fußballfreunde immer Geld zur Verfügung zu haben schienen, hatte er nur gelächelt.

»Cy?«

Ich klopfte an die Tür seines Kellerzimmers, doch er antwortete nicht.

»Cyrus?«

Die Tür war einen Spaltbreit geöffnet, deshalb drückte ich dagegen und schob dadurch den Müll beiseite, der sich dahinter angesammelt hatte, und schlüpfte hinein. Ich konnte nicht glauben, dass er wieder hier unten schlief. Nächstes Wochenende würden wir hier sauber machen. Zu dritt würden wir es schaffen, den Keller wieder lebenswert zu machen.

Aber lebenswert brauchte der Keller nicht mehr zu sein.

Als ich ihn entdeckte, wusste ich es. Er saß mehr oder weniger auf der Couch, in einem unnatürlichen Winkel. Sein Kopf hing nach vorne, als würde er mehr wiegen, als man erwarten würde.

»Cy …«

Immer wieder sagte ich seinen Namen. Zumindest bis ich näher kam und die Spritze sah, die noch immer in seiner Armbeuge steckte.

»Cyrus!«

Ich warf mich nach vorne. Auch wenn ich mich davor fürchtete, ihn zu berühren, wollte ich unbedingt überprüfen, ob er noch atmete. Als ich behutsam zwei Finger auf sein Handgelenk und dann auf seinen Hals presste, konnte ich nur noch an Donner denken – er dröhnte in meinen Ohren und schüttelte meinen Körper, als würde die Welt untergehen und ich würde nie wieder sicher sein.

Kein Puls.

Kein Atem.

Nur der Körper meines Bruders. Ich spürte Panik in mir aufsteigen und über mich hinwegspülen wie eine Flut aus Schuld.

Als Cyrus und ich noch klein gewesen waren, hatten wir immer »Kaninchenbau« gespielt. Wenn ein Gewitter aufgezogen war, hatten wir die große blaue Decke vom Bett unserer Eltern gezogen und sie über den Esszimmertisch geworfen. Darunter hatten wir alle Dinge gehortet, die uns wichtig waren – Cys Mütze von den Redskins, meine Spieluhr mit der Ballerina, seinen Fußball, meine *Harry-Potter*-Bücher. Dann hatten wir Gemüsekonserven aus der Speisekammer und etwas Reis oder Nudeln geholt – nur für den Fall – und darauf gewartet, dass das Gewitter zu Ende ging. Manchmal waren wir dort auch eingeschlafen, zusammengerollt in unserer blauen Höhle, die uns ganz bestimmt vor allen Gefahren schützen würde.

Ich hasste Cys Zimmer mehr als jeden anderen Ort, an dem ich je gewesen war – sogar noch mehr als das Krankenhaus, mehr als das Bestattungsunternehmen. Trotzdem blieb ich eine Weile dort sitzen, hielt seine Hand, starrte seinen Körper an. Ich konnte ihn einfach nicht verlassen.

Ich fragte mich, ob sich seine Farbe verändern würde, wenn ich lange genug bliebe. Wann fing eine Leiche an, blau zu werden? War das so ein Leichenhallen-Ding – blau durch Kühlung? Oder sagte sich das Blut einfach *leck mich* und sickerte wie Schweiß durch die Poren?

Ich dachte an Dad. Ich wusste, dass er Jane auf eine Art und Weise vermisste, wie er es sich bei Mom nicht erlaubt hatte. Der Unterschied zwischen Dad und mir war, dass er einen Ersatz brauchte. Ich wollte niemanden hier haben, der nicht meine Mutter war – jemand, der niemals genügen würde.

Würde ich genügen, um eine weitere Leere in Dads Herz zu füllen? Oder würde er in eine Million Stücke zerfallen, unfähig, sich irgendwann wieder zu einem heilen Ganzen zusammenzusetzen?

In diesem Moment beschloss ein Stapel Zeitschriften, seinen Kampf gegen die Schwerkraft aufzugeben. Wie in Zeitlupe rutschten die Magazine vom Schreibtisch und stürzten zu Boden. Sie machten die Art von Geräusch, bei dem man aufwacht, wenn man schläft. Ich zwang mich, nicht auf ein Wunder zu hoffen. Ich musste rational bleiben. Ich musste nachdenken.

Wir würden das Haus verlieren. Das Saatgutgeschäft war den Bach runtergegangen. Dad suchte nach einem Job. Das einzige Geld, das ich hatte, stammte aus dem Verkauf von Drogen. Mein Edenton-Stipendium allein würde nicht ausreichen, um für das Studium aufzukommen. Es gab keine offenen Fenster, die geschlossene Türen hätten kompensieren können, und Beerdigungen waren teuer. Schimmernde Holzsärge, behauene Granitgrabsteine. Das alles kostete Geld, das wir nicht hatten. Genauso gut konnte ich Cyrus wie einen Hund hinten im Garten begraben. In diesem Moment hatten mein Bruder und ich annähernd dieselbe Anzahl von Möglichkeiten.

Ganz langsam streckte ich die Hand aus. Ich zog vorsichtig die Spritze aus Cyrus' Arm und warf sie in einen Abfalleimer in der Nähe. Dort, wo er sich gespritzt hatte, war ein Tropfen getrocknetes Blut. Ich wollte mich übergeben.

Nein. Ich *würde* mich übergeben.

Ich beugte mich über die Seitenlehne der Couch und würgte. Es kam nicht viel heraus. Trotzdem fühlte ich mich noch leerer als vorher, als ich mich wieder aufrichtete. Das hätte ich nicht für möglich gehalten.

Ich blickte zu dem Tisch neben dem Sofa. Der verbogene Löffel, der Wattebausch, ein Feuerzeug – die klischeeartigen Überbleibsel einer Überdosis. Ich nahm den Löffel und untersuchte seine verkohlte Unterseite. Daneben lag meine umgekippte Oxy-Flasche und das Feuerzeug. Ich sah wieder zu Cyrus.

Alles Leben war aus seinem Gesicht gewichen – nicht nur die Bewegung und der Atem, sondern auch der Schweißschimmer und der Hauch von Farbe auf seiner Haut, so wenig das auch gewesen war. Ich ließ den Kopf in meine Hände sinken. Als mir die Tränen über das Gesicht liefen, versuchte ich, an etwas Schönes zu denken – das Lächeln meiner Mutter, wie Dad in seinem Saatgutschuppen sang, Cyrus auf dem Fußballplatz. Aber mir fielen nur Dinge ein, die ich vergessen wollte: Dad, der Schecks für Dr. Frank ausstellte, Cyrus, der auf dem Boden in seinem eigenen Erbrochenen lag, wie ich mit dreizehn im Wartezimmer des Krankenhauses saß. Wie ich mit siebzehn dasselbe tat.

Ich konnte nicht fassen, dass ich ihm die Pillen gegeben hatte.

Was habe ich mir nur dabei gedacht, verdammt noch mal?

Jetzt war mein Bruder in jeder Hinsicht verschwunden. Ich hatte ihn jahrelang durch den Fußball verloren, danach durch seine Sucht. Jetzt hatte ich ihn durch meine Fahrlässigkeit, meine Dummheit, meine Gier und meine Pläne für die Zukunft verloren.

Ich war nicht besser als Jane oder mein Vater.

Ich war nicht besser als Dr. Frank.

Was soll ich bloß tun?

Das war eine Frage, die weit größer war, als ich bereit war zu beantworten. Deshalb machte ich sie kleiner.

Was soll ich jetzt sofort *tun?*

Wie so vieles fühlte sich die Treppe unüberwindlich an. Im Flur blieb ich stehen und schaute hinaus in den Hof. Die Art und Weise, wie das Sonnenlicht durch die Bäume fiel, war wie ein Wunder. Ich wollte gern glauben, dass es eine Seele war, die die Erde verlässt. Aber ich glaubte gar nichts mehr. Deshalb griff ich stattdessen nach dem Telefon.

Notrufzentrale: Sie haben den Notruf gewählt. Was ist vorgefallen?

Anruferin: Mein … mein Bruder ist tot.

Notrufzentrale: Tut mir leid, sagten Sie gerade, Ihr Bruder sei tot?

Anruferin: Ja. Er ist … er ist im Keller. Er atmet nicht mehr.

Notrufzentrale: Haben Sie versucht, ihn wiederzubeleben?

Anruferin: Nein. Ich habe Ihnen doch gesagt, er ist tot.

Notrufzentrale: Ma'am, wie ist das passiert? War er verletzt?

Anruferin: Er … Ich … Es ist meine Schuld. Ich habe das getan. Ich habe das getan.

Notrufzentrale: Können Sie das noch mal wiederholen?

Anruferin: Ich sagte doch, dass es meine Schuld ist [schluchzt]. Er ist tot. Und ich bin schuld dran.

Notrufzentrale: [Pause] Ma'am, nennen Sie mir bitte Ihren Namen.

Anruferin: [unverständliche Worte; Weinen]

Notrufzentrale: Ma'am? Bitte, beruhigen Sie sich. Können Sie mich hören?

Anruferin: J-ja.

Notrufzentrale: Können Sie mir bitte Ihren Namen nennen?

Anruferin: [Pause] Cecelia.

Notrufzentrale: Okay, Cecelia. Ich schicke sofort Hilfe, aber Sie müssen mit mir am Telefon bleiben, bis sie kommen.

Ich legte auf.

21

JUNI Heute

Wenn wir geübt haben, hat mich Jennifer immer als ihre erste Zeugin aufgerufen. Heute übergeht sie mich und wählt stattdessen Trina.

»Würden Sie bitte Ihren Namen und Ihren Beruf zu Protokoll geben?«

»Dr. Trina Galinitus. Ich bin Psychologin am Parson's Zentrum für Kognitive Verhaltenstherapie.«

Jennifer sieht demonstrativ zu Mason hinüber, als wolle sie ihm Trinas Doktortitel unter die Nase reiben. Mason gähnt.

»Dr. Galinitus, Sie haben mit Cecelia Price gearbeitet, während diese sich im Piedmont Zentrum für Verhaltenstherapie aufgehalten hat, richtig?«

»Ja. Ich sehe CeCe ein- bis zweimal pro Woche.«

»Können Sie uns die Art dieser Treffen beschreiben?«

Trina schiebt die Brille auf die Nasenwurzel zurück. Ihre streberhafte, schüchterne Art führt dazu, dass ich mir am liebsten die Augen zuhalten würde.

»Cecelia hat in ihrem Leben viele traumatische Ereignisse erlebt. Der Tod ihrer Mutter, die Drogensucht ihres Bruders …«

»Einspruch.« Mason richtet seine schmalen Augen auf Jennifer. »Cyrus Price steht hier nicht vor Gericht.«

»Euer Ehren, die Zeugin erinnert sich nur an Themen, die im Rahmen ihrer Therapiesitzungen angesprochen wurden«, erwidert Jennifer.

»Einspruch abgelehnt. Bitte fahren Sie fort, Frau Anwältin.«

Das ist der Anfang eines andauernden Geplänkels zwischen vier Personen: zwei Anwälten, einer Therapeutin und einem Richter. Trina macht eine Bemerkung über die Probleme, die Cyrus in meiner Familie verursacht hat, Mason erhebt Einspruch. Jennifer bringt Trinas Aussage in den richtigen Kontext oder verteidigt sie, und Richter Collins erlaubt entweder, dass Jennifer fortfährt, oder er macht Mason glücklich. Es ist wie ein Tennis-Doppel in einem holzgetäfelten Gerichtssaal.

Das muss ich Trina lassen, sie lässt mich gut dastehen – na ja, ich meine, so gut sie mich eben dastehen lassen kann. Sie beschreibt die Visualisierung und das Schreiben so, als hätte ich in der Therapie gewaltige Fortschritte gemacht. Sie verteidigt meine Verschlossenheit. Sie wirft mir ab und zu mitfühlende Blicke zu. Ihre Loyalität ist beinahe übertrieben. Ich bin die Angeklagte. Jennifer meine Pflichtverteidigerin. Aber Trina. *Verteidigen* tut mich eigentlich Trina da oben im Zeugenstand.

»Nun, Dr. Galinitus, würden Sie sagen, dass bei Cecelia Price eine Verbesserung eingetreten ist?«

»Absolut.« Trina nickt heftig. »Cecelia hat es nicht leicht gehabt. Sie weiß, dass sie Fehler gemacht hat, und übernimmt die Verantwortung dafür. Was Cecelia jedoch braucht, ist Genesung und keinen Gefängnisaufenthalt. Sie gehört nicht ins

Gefängnis, weil sie dort die Motivation verlieren wird, auf etwas Besseres hinzuarbeiten. Momentan, im Verhaltenstherapiezentrum, geht es Cecelia immer besser. Das muss gefördert werden. Cecelia braucht eine Umgebung, in der sie gesund wird, Wiedergutmachung leistet und vorankommt.«

»Vielen Dank, Dr. Galinitus.«

Jennifer sieht aus, als würde sie sich ins Fäustchen lachen, aber das sollte sie nicht. Mason würde Trina jetzt in die Mangel nehmen, wenn wir allzu zuversichtlich sind. Doch stattdessen überrascht er mich.

»Keine weiteren Fragen, Euer Ehren.«

Und dann ist Trina einfach so aus dem Zeugenstand entlassen. Sie schenkt mir ein Lächeln, als sie die Stufen herunterkommt. Ich versuche, ebenfalls zu lächeln, aber es fühlt sich eher wie eine Grimasse an.

»Die Verteidigung ruft Cecelia Price auf.«

Aus irgendeinem Grund habe ich gehofft, dass Jennifer beschlossen hätte, mich zu übergehen. Dass es nicht notwendig ist, mich überhaupt zu befragen. Aber natürlich hat man nie wirklich das Recht zu schweigen.

Aufzustehen fühlt sich irgendwie fremd an und Gehen wäre auf dem Mond auch nicht schwieriger gewesen. Ich bewege mich in Zeitlupe durch ein Terrain, durch das ich nicht einmal in meiner Fantasie gehen könnte. Ich muss die bewusste Entscheidung treffen, meine Füße zu heben und mich fortzubewegen.

Ich habe Trina und Jennifer etwas versprochen – ich würde die Wahrheit erzählen mit allem, was dazugehört. Die Protokollführerin, die ich in den letzten Stunden geflissentlich ignoriert habe, kommt mir plötzlich vor wie die Boje in einem Meer aus Ungewissheiten. Ist sie auf meiner Seite, diese Frau, die jedes einzelne Wort, das ich von mir gebe, notiert? Oder ist sie der Feind, den ich in ihr nicht erwartet hätte – diejenige, die jedes Wort, das ich sage, festhält und später gegen mich verwendet?

»Cecelia?«

Jennifer steht jetzt vor mir, und ich versuche, mich zu konzentrieren.

»Cecelia, ich weiß, dass das jetzt schwer für dich wird. Aber ich muss darauf bestehen, dass du uns mit zurück zu dem Tag nimmst, an dem dein Bruder gestorben ist.«

Ich räuspere mich. Ich glaube nicht, dass ich so tief Luft holen kann, dass es für alles, was ich zu sagen habe, ausreicht.

»Es war an einem Mittwoch. Ich kam gegen drei Uhr aus der Schule.«

An diesem Nachmittag habe ich so viele Dinge zum letzten Mal getan – das letzte Mal den Honda gefahren, das letzte Mal im Chemieunterricht gesessen, das letzte Mal die Tür unseres Hauses aufgeschlossen. Ich hole Luft.

»Cyrus wollte sich an diesem Tag eigentlich mit Freunden treffen, sollte aber wieder zurück sein, bevor ich nach Hause kam. Ich habe ihn nicht gesehen, deshalb bin ich nach unten gegangen und habe an seine Tür geklopft. Als er nichts sagte, bin ich hineingegangen. Und da habe ich ihn gefunden.«

Jennifer dünstet praktisch Mitgefühl aus. Sie verschränkt die Finger vor ihrer Taille, als wolle sie für meine Seele beten.

»In welchem Zustand war Cyrus, als du ihn gefunden hast?«, fragt sie ruhig. Die Protokollführerin hört auf zu tippen und einen Moment lang wartet der ganze Saal auf dasselbe: meine Beschreibung meines toten Bruders.

»Er war … Es war … Er saß auf der Couch. Da war immer

noch eine Spritze ... Sie steckte noch immer in seinem Arm. Da war kein Blut oder so. Deshalb wusste ich es ... wissen Sie? Dass er eine Überdosis genommen hat.«

»Hast du einen Notruf abgesetzt?«

»Nicht sofort.«

Jennifer holt Luft und senkt dann die Stimme um ein paar Oktaven.

»Und warum hast du damit noch gewartet?«

Ich blinzle, dann schüttle ich den Kopf. »Ich weiß es nicht. Ich dachte, das würde keine Rolle spielen, wenn man ihn ohnehin nicht mehr retten kann.«

»Würdest du sagen, dass du unter Schock gestanden hast?«

»Ich glaube schon.«

Jennifer nickt. »Nun, bevor du den Krankenwagen gerufen hast, Cecelia, was für beunruhigende Gegenstände hast du da in der Nähe der Leiche deines Bruders gesehen?«

»Einen Löffel. Tabletten – übrig gebliebene Tabletten – und eine Medikamentendose. Ein Feuerzeug.«

»Und was waren das für Tabletten, Cecelia?«

»Oxycodon.«

»Und wem gehörten die Tabletten?«

Das Gewicht, das auf meiner Brust lastet, verteilt sich über meinen ganzen Körper, als wäre es ansteckend. Ich will ehrlich sein. Die Leute kennen die Wahrheit ohnehin schon. Aber trotzdem – irgendwie ist es verdammt schwierig, aufrichtig zu sein.

»Meine. Es waren meine Tabletten.«

»Richtig. Es waren Tabletten, die dir ärztlich verschrieben worden sind.« Jennifer stößt sich vom Tisch ab, entfernt sich von mir und geht auf Mason zu. Plötzlich wirbelt sie noch einmal herum.

»Cecelia, hast du deinem Bruder diese Drogen injiziert?«

Ich blinzle. »Nein.«

»Hast du sie ihm in den Mund gesteckt?«

»Nein.«

»Hast du sie pulverisiert und ihn gezwungen, sie zu schnupfen?«

Allmählich verstehe ich, was sie gerade versucht. »Nein«, sage ich wieder.

»Aber als du Hilfe angefordert hast, sagtest du, dass dein Bruder tot und das deine Schuld wäre?«

»Ich …« Ich spüre, wie sich Tränen in meinen Augen sammeln – etwas, das ich unbedingt vermeiden wollte. Ich sehe auf meine Hände hinunter.

»Cecelia?«

»Ja?«

»Hast du das am Telefon gesagt? Dass es deine Schuld wäre?«

Ich fühle, wie Scham über meinen Körper prickelt und sich wie Sonnencreme – nur ohne Lichtschutzfaktor – in meiner Haut festsetzt.

»Ja. Das sagte ich.«

»Was meinst du mit ›das‹?«

Ich hebe den Blick und schaue Jennifer mit zusammengezogenen Augenbrauen an. »Ich verstehe nicht.«

Sie kommt ganz nah heran, so nah, wie wir uns, seit wir nebeneinandergesessen haben, nicht mehr gewesen waren.

»Was ich wissen will, Cecelia: Wie kann es deine Schuld sein, wenn du die Drogen nicht in den Körper deines Bruders gebracht hast?«

Ich weiß, dass das die Frage ist, auf die Jennifer seit dem Tag, an dem sie mich kennengelernt hat, eine Antwort will.

Als sie sich bereit erklärt hat, meine Verteidigerin zu werden, wollte sie, dass ich ihr helfe – dass ich ihr etwas zum Verteidigen gebe. Sie hat eine entschiedene Meinung in Bezug auf meine Unschuld – dass Cyrus Pillen zu geben nicht dasselbe ist, wie einen Abzug zu betätigen. Darüber waren wir noch nie einer Meinung. Sie betrachtet Cyrus nicht als hilflos. Sie betrachtet mich nicht als teuflisch.

»Cecelia?«

Ich klappe den Mund auf und schließe ihn dann wieder. Jennifers Lächeln wird fast so etwas wie selbstgefällig.

»Keine weiteren Fragen, Euer Ehren.«

Mason wartet kaum, bis sie sich wieder gesetzt hat, bevor er sich auf mich stürzt. Ich zwinge mich, ihm in die Augen zu schauen.

»Ms Price, ich habe nur noch eine einzige Frage«, sagt er mit glatter Stimme. »Haben Sie Ihrem Bruder das Oxycodon gegeben, das ihn umgebracht hat? Haben Sie ihm die Pillen gegeben, die ihn das Leben gekostet haben? Haben Sie eine Mordwaffe in seine Hände gelegt, obwohl sie ganz genau wussten, was er damit anrichten kann?«

Blitzschnell springt Jennifer von ihrem Stuhl auf. Ich höre ihren Einspruch, konzentriere mich aber auf Masons Augen. Sie haben einen unnatürlichen Grünton wie Wachsmalkreide.

»Stattgegeben. Sie müssen das nicht beantworten, Miss Price«, sagt der Richter ruhig. Mason wirft Jennifer einen selbstgefälligen Blick zu.

»Ich habe keine weiteren Fragen«, sagt er so leise, dass man es kaum hört.

Und dann zieht er sich zurück und schenkt mir ein Lächeln, bei dem mir vor Angst übel wird. Ich sehe mich im Saal um und zwinge mich, nicht die Augen zusammenzukneifen. Ich weiß, dass meine Augen traurig aussehen, wenn sie geweitet sind, aber das ist einfach nur etwas, womit ich leben muss.

»Ich habe ihm die Pillen gegeben«, sage ich mit ruhiger, beinahe ausdrucksloser Stimme. »Es ist meine Schuld, dass er tot ist.«

Mason dreht sich um und sieht mich an, während Jennifers Blick versucht, mich zum Schweigen zu zwingen. Sie hätte mir nicht vertrauen sollen. Sie hätte auf mich hören sollen, als ich sagte, sie solle mich nicht in den Zeugenstand rufen. Oder vielleicht hätte sie auf schuldig plädieren sollen. Es gefällt mir nicht, dass sie jetzt wie eine Idiotin dasteht.

»Dass ich ihm diese Pillen gegeben habe, ist das Gleiche, als wenn ich den Abzug betätigt hätte«, sage ich und weiß, dass Jennifer diese Worte hassen wird.

Binnen Sekunden ist sie aufgestanden und zu mir herübergekommen.

»Euer Ehren, ich glaube, die Zeugin braucht eine Pause. Wäre es möglich, dass wir die Verhandlung kurz unterbrechen, während ich mich mit meiner Klientin berate?«

»Nein.«

Es ist meine Stimme, nicht die des Richters, die da erklingt. Ich schüttle so heftig den Kopf, dass ich die Gesichter nicht sehen muss, die mich anstarren.

»Ich habe es verdient, bestraft zu werden. Mein … mein Bruder ist tot, und ich habe ermöglicht, dass das passiert. Ich kann nicht freigesprochen werden, wenn ich so schuldig bin.«

Nur die Stille selbst ist nicht schockiert von meinem Ausbruch. Selbst Mason sieht aus, als hätte man ihn geohrfeigt. Plötzlich verstehe ich, weshalb ich hier bin. Jason, Lucas, ich – wir alle waren schon dem Untergang geweiht, bevor wir diesen Saal betreten haben. Wir alle sind Süchtige und Dealer und schwarze Schafe. Anders als Cyrus sind wir jedoch nicht tot. Wir müssen unser Schicksal annehmen, denn es ist uns bestimmt. Am Ende sind es Leute wie Jennifer, die ich hier versuche zu schützen. Jennifer, die so hart gearbeitet hat, um zu jemandem zu werden, der mich retten kann.

Trotz meiner guten Vorsätze fange ich an zu weinen und die Welt um mich herum schmilzt. Ich höre Jennifers Stimme und fühle, wie sie mich am Arm packt, nach oben zieht und aus dem Saal führt. Alles, was ich denken kann, ist, dass ihre Hände eiskalt sind. Das, und dass sich der Griff ihrer Finger irgendwie wie Handschellen anfühlt.

∞

Jennifer ist schon vieles gewesen. Frustriert, wenn ich nicht reden wollte. Verständnisvoll, wenn ich es tat. Müde so ziemlich immer. Aber das ist das erste Mal, dass sie wütend ist – und das zu Recht. Das ist irgendwie Furcht einflößend.

»Wie konntest du das nur tun? Du hast im Prinzip darum *gebettelt*, schuldig gesprochen zu werden«, faucht sie, während sie vor mir auf und ab geht. Ich sitze auf einer Bank vor dem Gerichtssaal und streiche mir den Rock glatt.

»Hast du irgendetwas dazu zu sagen?«, fragt Jennifer und bleibt vor mir stehen.

»Was soll ich denn Ihrer Meinung nach sagen?«

»Wie wäre es mit ›Tut mir leid, ich habe mein Nicht-schuldig-Plädoyer total vermasselt‹?«

Ich zucke mit den Schultern. »Ich dachte nicht, dass das eine Rolle spielt.«

»Machst du Witze? Du hättest die Aussage verweigern

können, CeCe! Stattdessen hast du dich selbst bezichtigt!« Sie starrt mich einfach nur an, als sei ich total verrückt. »Ich begreife das nicht, CeCe. *Willst* du etwa ins Gefängnis?«

Ich sage nichts. Jennifer murmelt etwas, das ich nicht hören kann, und umklammert mit einer Hand ein Stück Papier.

»Ich muss kurz telefonieren, danach gehen wir da rein und bewirken ein Wunder. Ich werde nicht zulassen, dass du dich selbst in die Scheiße reitest.«

Wow. Ich habe sie noch nie Schimpfwörter benutzen hören.

Sie wirbelt auf dem Absatz herum und sagt etwas zu dem Beamten, der mich bewacht. Dann geht sie den Flur entlang.

»Darf ich zum Wasserspender gehen?«, frage ich den Beamten.

Er schüttelt den Kopf. »Nein, Miss. Tut mir leid.«

Es ist das erste Mal seit wirklich langer Zeit, dass sich jemand bei mir entschuldigt. Ich bin unverhältnismäßig dankbar.

Ich starre durch das Fenster auf den Verkehr, die grauen Bürogebäude, die Merkmale des Stadtlebens, die ich schon ewig nicht mehr gesehen habe. Es fühlt sich seltsam an, wieder in der Welt der Lebenden zu sein, als hätte ich eine Ewigkeit geschlafen oder wäre tot gewesen und würde nun wieder mit dem, was Leben wirklich bedeutet, bekannt gemacht. Ich weiß nicht, ob ich dazu bereit bin. Grund genug, um genau dort zu bleiben, wo ich bin.

Die Uhr an der Wand hat goldene, verzierte Zeiger und erinnert mich an solche, wie man sie in Antikläden sieht – die seit Jahren nicht mehr funktionieren und vielleicht nie wieder funktionieren werden. Diese hier funktioniert aber. Es ist fast eins. Fast Zeit, wieder hineinzugehen.

Wieder streiche ich meinen Rock glatt und wünschte, es

wäre eine Hose. Ich hasse es, wenn man meine Beine sehen kann, auch wenn sie in Strumpfhosen stecken. Mein ganzes Selbst ist gerade mit irgendetwas Künstlichem bedeckt. Hundert Prozent Polyester, Viskose und Lügen.

22

Der Gang zurück in den Gerichtssaal fühlt sich lang und hohl an, als würde man probehalber in den Todestrakt gehen. Mir ist klar, dass die Todesstrafe hier nicht zur Debatte steht, aber das heißt nicht, dass ich mir nicht vorstellen kann, wie es sich anfühlen würde. Stocksteif sitze ich auf meinem Stuhl, als Jennifer ihren letzten Zeugen aufruft.

Gerichtsmediziner ist nur ein beschönigender Ausdruck für *Leichenzerschneider*. Als Dr. Jefferies in den Zeugenstand geht, male ich mir aus, wie er ein Skalpell auf meiner Haut ansetzt und schneidet, bis all meine Geheimnisse herausquellen. Er trägt einen blassgrauen Anzug. Sein Laborkittel liegt bestimmt auf dem Rücksitz seines superteuren Autos. Als er mich ansieht, schaue ich weg. Jennifer tut das Gegenteil.

»Dr. Jefferies, bitte geben Sie Ihre Berufsbezeichnung zu Protokoll.«

»Leitender Gerichtsmediziner, Bryson County.«

»Danke. Nun, Mr. Jefferies, als Experte auf Ihrem Gebiet sind Sie aus einem benachbarten Bezirk hierhergeholt worden. Bitte berichten Sie dem Gericht, was Sie bezüglich Cyrus Price' Leiche herausgefunden haben.«

»Die Autopsie hat ergeben, dass Cyrus lange Zeit Drogen intravenös zu sich genommen hat«, fängt Dr. Jefferies an.

»Einspruch, Euer Ehren«, schreit Mason und springt von seinem Stuhl auf. »Uns allen sind die Fehler, die Cyrus in seiner Vergangenheit begangen hat, sehr wohl bewusst.«

»Stattgegeben.«

»Dr. Jefferies«, fährt Jennifer fort, als wäre sie gar nicht unterbrochen worden, »welche Drogen haben Sie in Cyrus Price' Körper gefunden?«

Und wieder: »Einspruch, Euer Ehren. Wir haben bereits mit einem Gerichtsmediziner gesprochen. Cyrus Price ist an einer Überdosis gestorben – das kann niemand bestreiten.«

Aber dieses Mal …

»Abgelehnt.«

Jennifer lächelt ihren Gegner höhnisch an, bevor sie sich wieder ihrem Zeugen zuwendet.

»Dr. Jefferies?«, ermuntert sie ihn.

»Cyrus Price wurde auf ein einziges Betäubungsmittel positiv getestet – Oxycodon. Allerdings hatte er auch Promethazin und Alprazolam in seinem Körper.«

»Können Sie uns etwas über diese Medikamente sagen?«

Jefferies nickt und ich denke an Adern – die Ader an seinem Hals pulsiert über dem Kragen. Ich frage mich, ob sie wohl schwerer arbeiten muss als andere, um sein großes Gehirn zu versorgen.

»Promethazin ist ein Medikament gegen Übelkeit. Häufig wird es genesenden Drogenabhängigen gegen ihre Entzugserscheinungen verschrieben.«

»Und Alprazolam?«

»Nun, das wird typischerweise bei Angstzuständen verabreicht.«

Jennifer greift in ihre Tasche und zieht zwei Tüten heraus – eine mit Tablettenflaschen, die andere mit Papier.

»Ich reiche diese als Beweismittel B und C ein. Das sind die Rezepte des Arztes und die entsprechenden Verpackungen, die Cyrus Price im März im Krankenhaus erhalten hat, weniger als einen Monat vor seinem Tod. Nun, Dr. Jefferies«, fährt Jennifer fort, während sie sich wieder dem Zeugenstand zuwendet, »ist es üblich, dass Betäubungsmittel zusammen mit so großen Dosen Alprazolam verschrieben werden?«

»Alprazolam ist ein Benzodiazepin – kombiniert mit betäubenden Medikamenten kann es auf gefährliche Weise den Atemapparat belasten. Es gibt seltene Fälle, in denen sie zusammen verschrieben werden, aber man würde dies dann sorgfältig durch einen Arzt überwachen lassen.«

»Und wenn jemand zu diesem Benzodiazepin eine große Dosis Betäubungsmittel einnehmen würde? Könnte eine einzige Dosis dann möglicherweise tödlich sein?«

»Das wäre möglich, ja.«

Wenn Jennifer eine Schlange wäre, so wie Mason, dann würde sie sich jetzt winden. Ich nehme das Gift wahr, das Bedürfnis, zuzuschlagen. Dieser Arzt war nicht der Feind, aber er war ihr trotzdem ausgeliefert.

»Dr. Jefferies, was würden Sie als Experte sagen, woran Cyrus Price gestorben ist?«

»An einer Überdosis Drogen.«

»Und diese Überdosis umfasst alle drei vorhin genannten Medikamente?«

»Ja.«

»Würden Sie sagen, dass ein einzelnes dieser Medikamente tödlich gewesen wäre? Oder bedurfte es aller drei Medikamente, um diese Reaktion hervorzurufen?«

»Einspruch«, ruft Bruce Mason, der inzwischen dunkelrot angelaufen ist. Seine Miene drückt ein wenig Angst und jede Menge Wut aus. »Das ist reine Spekulation. Wie kann Dr. Jefferies etwas anderes als medizinische Fakten heranziehen?«

Jennifer wirbelt herum und tritt ihrem Gegner gegenüber. Ich stelle sie mir in einem Ringkampf vor, in dem sie einen Klappstuhl auf dem Rücken seiner teuren Anzugsjacke zerbricht.

»Weil Dr. Jefferies einen Abschluss in Medizin hat, Mr Mason. Und seit über zehn Jahren als Gerichtsmediziner arbeitet.«

Mason verdreht die Augen und wendet sich wieder an den Richter. »Euer Ehren, wir hatten bereits einen geschätzten Gerichtsmediziner hier, der seine Erkenntnisse dem Gericht dargelegt hat. Ich schlage vor, dass Dr. Jefferies' Zeugenaussage aus dem Protokoll gestrichen wird, weil sie überflüssig ist.«

Der Richter wirkt frustriert – wie ein Vater, der einen Streit zwischen Bruder und Schwester schlichten muss. Er klappt den Mund auf, dann schließt er ihn wieder, als würde er alle Möglichkeiten überdenken.

»Ich erlaube Ms Reinhart fortzufahren, unter der Voraussetzung, dass sie mit diesem Verhör ein bestimmtes Ziel verfolgt«, sagt er schließlich.

»Das tue ich, Euer Ehren.«

»Dann erreichen Sie es bitte schnell.«

Jennifer wendet sich wieder an den Arzt und schluckt schwer. In meinen Ohren knackt es, als wäre ich plötzlich hoch oben über allen, und ich frage mich, was mein Körper da unten gerade denkt.

»Dr. Jefferies, hat Ihrer Meinung nach das Oxycodon Cyrus Price umgebracht?«

Der ganze Saal des Bezirksgerichts besteht aus Holz. Holzgetäfelte Wände, Holztische und -bänke und mein hölzernes Herz, das hohl ist und irgendwie trotzdem schlägt.

»Ich denke, Cyrus Price hat durch die Kombination von Oxycodon, einem Opiat, und dem Benzodiazepin Alprazolam eine Überdosis zu sich genommen.«

»Und glauben Sie, dass die Menge an Oxycodon – *nur* das Oxycodon –, die in Cyrus Price' Körper gefunden wurde, eine Überdosis dargestellt hätte?«

Dr. Jefferies' Adamsapfel taucht unter dem Kragen ab. Ich stelle mir vor, dass er an einem Bungee-Seil hängt, während seine Stimme aus der Kehle heraufsteigt.

»Nein. Cyrus Price ist an einer Überdosis gestorben, die auf einer Wechselwirkung dieser Medikamente beruht, nicht auf ihrer Menge«, sagt er. »Oxycodon allein hat nicht zu seinem Tod geführt.«

Heute habe ich etwas über das menschliche Gehirn gelernt: Wenn einem etwas dämmert, dann ist das nicht wie ein Sonnenaufgang, sondern wie etwas, das mit einem lauten Knall zum Leben erwacht. Wie eine Explosion, durch die die ganze Umgebung geplündert und niedergebrannt wird und die ein klaffendes Loch des Schocks hinterlässt.

23

APRIL Zwei Monate zuvor

Es dauerte fast fünfzehn Minuten, bis ich endlich den Notruf wählte, aber weniger als zehn Minuten, bis die Polizei vor unserem Haus vorfuhr. Ich schätzte, eine Leiche und ein Mordgeständnis bewirkten so etwas. Ich stand im Wohnzimmer und starrte aus dem Erkerfenster, als die Polizeiwagen mit blinkendem Blaulicht und heulenden Sirenen in die Einfahrt rasten. Wenn ich in der Vergangenheit an Cyrus in Verbindung mit der Polizei gedacht hatte, hatte ich ihn mir immer in Handschellen vorgestellt. Ich schloss die Haustür auf und ging dann die Treppe hinunter, um bei meinem Bruder zu sein.

Da war kein Klopfen, kein Klingeln. Als sie drin waren, dauerte es nur eine Minute, bis Polizeibeamte das Erdgeschoss und dann den Keller füllten. Weil ich unsicher war, was ich tun sollte, duckte ich mich hinter der Couch und wartete ab. Wenn ich mich ruhig verhielt, würden sie vielleicht kommen und Cyrus mitnehmen, ohne mich überhaupt zu bemerken. Vielleicht würden sie sich mehr Gedanken um die Leiche machen als um das blasse Mädchen, das sich in der Ecke versteckte und das ihrem Bruder die Mordwaffe in die Hand gelegt hatte.

Sie entdeckten Cyrus, bevor sie mich sahen. Zwei Notärzte rannten auf seine Leiche zu und riefen allen, die auf sie hörten, Befehle zu. Aber gleich darauf bemerkten die Beamten auch mich. Ihren Gesichtern nach zu urteilen, war ich etwas, was sie noch nie zuvor gefasst hatten. Verbrecher blieben normalerweise nicht am Tatort und warteten, bis die Vollzugsbeamten kamen. Als sie mich zu Boden geworfen hatten, bemerkte ich, dass sie Cyrus mit einem weißen Tuch bedeckten, und ein unerklärliches Gefühl der Befriedigung erfüllte mich. Wie der Kaninchenbau unserer Kindheit war es eine Barriere gegen das Gewitter. Plötzlich wurde ich nach oben gezogen. Jemand betastete meine Knie und Knöchel.

»Legen Sie Ihre Hände an die Wand«, sagte eine Polizistin barsch.

Ich spreizte die Finger auf der Trockenwand und schloss die Augen. Arme legten sich um meinen Körper und Hände tasteten mich ab. Es war eine umgekehrte Umarmung, das Gegenteil von herzlich. »Tragen Sie Waffen bei sich?«, fragte mich die Beamtin.

Ich schüttelte den Kopf und zuckte zusammen, als fremde Hände in die Taschen meiner Jeans griffen. Das war eine ganz andere Form des Diebstahls. Die Hände kamen zwar leer wieder heraus und doch hatten sie etwas gestohlen.

Dies war der Anfang meines neuen Lebens voller *erster Male*.

Zum ersten Mal Handschellen.

Zum ersten Mal in einem Streifenwagen.

Zum ersten Mal kniff ich die Augen zusammen in dem Versuch, die Wirklichkeit verschwimmen zu lassen und die Tränen zu unterdrücken. Ich war schon immer gut in Multitasking.

Alles, was man im Fernsehen über Verhörzimmer sieht, entspricht ziemlich genau der Wirklichkeit, abgesehen von der Beleuchtung. In Krimis sehen sie immer so dunkel aus. In Wirklichkeit haben sie die gleichen Neonröhren wie im Supermarkt. Alle sehen dadurch blass aus.

Der Mann, der vor mir saß, war ein Detective. Ein richtiger, echter *Detective* – als wäre es ein Label, das vor seinem eigentlichen Namen stand. Ein Titel, der wichtiger war als seine Identität. Als wir auf dem Polizeirevier angekommen waren, hatte er mich eiligst in diesen winzigen Raum gebracht und mich allein in diesem grellen Licht in meiner Reue schmoren lassen.

Als er Stunden später zurückkam, nahm er mich auf eine Art und Weise in die Zange, die man nur als Klischee bezeichnen konnte.

»Es hat nicht lange gedauert, bis wir es herausgefunden haben.« Der Detective hielt die verschriebene Flasche in der Hand. Er drehte sie um und wieder zurück, sodass die Pillen darin klapperten.

Ich hatte genug Folgen von *Law & Order* gesehen, um zu wissen, was ich zu erwarten hatte. Und ich wusste auch, dass ich noch überhaupt nichts zu beantworten brauchte.

»Ich will einen Anwalt«, sagte ich zum millionsten Mal.

»Sie schicken jemanden aus dem Büro der Pflichtverteidigung. Bis dahin sind Sie und ich allein.«

Er stand auf und fing an, im Zimmer auf und ab zu gehen. Ich versank wieder in meinen Gedanken und versuchte dabei, das Geräusch seiner Sohlen, die über den Boden kratzten, auszublenden. Ich ließ Erinnerungen durch mich hindurchfließen wie Wasser – die Farm, die Schule, das Krankenhaus. Die Kulissen meines Lebens blitzten in meinen Gedanken auf wie diese alten View-Master-Spielzeuge aus den Siebzigern. Ich kniff wieder die Augen zusammen, bis der Raum verschwamm.

»Eine Durchsuchung Ihres Hauses hat ein paar ziemlich interessante Dinge ergeben, Ms Price. Kernspin-Ergebnisse, an denen jemand herumgepfuscht und den Namen geändert hat. Einen Schuhkarton mit Bargeld in Ihrem Schrank. Und eine Flasche Tabletten, die Sie sich jenseits der Staatsgrenze besorgt haben. Ganz zu schweigen von der Leiche in Ihrem Keller. Dann erzählen Sie mir mal, Ms Price, wie lange sind Sie schon die Dealerin Ihres Bruders?«

Ich biss fest auf die Innenseite meiner Wange und er schüttelte den Kopf.

»Wir haben Ihr Rezept neben Ihrem toten Bruder gefunden und haben mindestens zwei Zeugen, die behaupten, Sie würden schon seit Monaten mit Pillen dealen.«

Ich senkte die Wimpern – der Vorhang fiel. Keine Zugabe. Standing Ovations würde es nicht geben.

Und dann ging die Tür auf.

»Ich bin Jennifer Reinhart«, sagte eine zierliche Frau mit dunklem, krausem Haar zum Detective. Ihre Stimme klang irgendwie schroff. »Ich komme vom Büro der Pflichtverteidigung. Kann ich bitte kurz mit meiner Klientin unter vier Augen sprechen?«

Jennifer war nicht das, was ich erwartet hatte, aber das spielte keine Rolle. Sie blätterte in einigen Papieren, und ich beobachtete, wie sich ihre Hände wie kleine Vögel bewegten, die zwischen Akten schwebten und flatterten. Ich fragte mich, wie es sich anfühlte, so geschäftig zu sein, zu spüren, dass man ein Ziel hatte, das erreichbar war – ein Ziel, das man selbst erreichen konnte.

»Cecelia?«, sagte sie fragend. Ihr Gesicht war eine Maske

der Professionalität. Ich fragte mich, ob sie zerschellen würde, wenn ich etwas danach warf.

»Ich bin Jennifer«, wiederholte sie, als wäre ich nicht dabei gewesen, als sie es zum ersten Mal gesagt hatte. Ich nickte, und sie schob ein Blatt Papier über den Tisch, das ich lesen sollte.

»Mir wurde dein Fall zugewiesen. Dieses Papier beschreibt detailliert deine derzeitigen Haftauflagen und welche Anschuldigungen gegen dich erhoben werden. Verstehst du, was dort steht?«

Ich sah mir die Anschuldigungen an, die wie auf einem Einkaufszettel aufgelistet worden waren. Ich las sie mir durch. Ich nickte. Der Detective hatte nicht geblufft. Aber das hier war so ganz anders als eine Einkaufsliste, dass ich das Gefühl hatte, es sollte überhaupt nicht in Listenform verfasst sein. Ich stellte mir ein Telegramm vor, in dem hinter jeder Anklage ein STOPP stand, wie ein sich immer wiederholender Versuch, das Vorgefallene ungeschehen zu machen.

Jennifer redete weiter, aber dieses Mal hörte ich nur Fetzen davon, als wäre die Verbindung zwischen uns schlecht. Als würde ich durch einen Tunnel fahren ohne Hoffnung, je wieder daraus aufzutauchen.

Ein paar Worte, die ich hörte, lauteten: Anhörung, Kaution, Polizist, Cyrus, psychologisches Gutachten, Gefängniszelle, Unterbringung, Mord, Piedmont, Verhaltenstherapie.

Die Worte, die ein Echo erzeugten, lauteten: Cyrus. Cyrus. Cyrus.

Mord. Mord. Mord.

Wie lange sind Sie schon die Dealerin Ihres Bruders?, hatte der Detective gefragt.

»Warst du die Drogendealerin deines Bruders?«, fragte Jennifer jetzt.

Was ich ganz genau wusste: Ich konnte nirgendwohin. Es gab keinen Ort mehr, der nicht zerstört war, und die einzigen Orte, die mir jetzt noch zur Verfügung standen, hatten Gitter vor den Fenstern.

Ich holte tief Luft. Ich kniff wieder die Augen zusammen. In der Ferne sah ich meine Zukunft schwinden wie einen Traum. Wie eine Fata Morgana, die ich niemals erreichen würde.

»Ich habe ihm die Pillen gegeben«, sagte ich. »Es ist meine Schuld. Meinetwegen ist er jetzt tot.«

∞

Bezirksgefängnis. Ja, es ist so schlimm, wie es sich anhört.

Zum letzten Mal war ich vierundzwanzig Stunden ununterbrochen wach gewesen, als Natalie und ich uns die ganze Nacht um Konzertkarten für unsere Lieblings-Boyband angestellt hatten. Es war September und unerträglich schwül gewesen. Alle hatten Zelte und Schlafsäcke dabeigehabt, aber niemand hatte sie wirklich benutzt. Ein Typ hatte sich einen Grill gekauft und Hotdogs serviert. Es war viel gesungen worden.

Das hier war eine ganz andere Art von Wachbleiben.

Ich hatte mich nicht dafür *entschieden,* nicht zu schlafen. Ich *konnte* nicht schlafen. Es gab sowohl externe als auch interne Gründe dafür, weshalb ich es nicht konnte. Sogar mein Bedürfnis zu schlafen rang mit sich selbst. Einerseits wollte ich einfach mein Bewusstsein ausschalten und diesen ganzen Horror betäuben. Andererseits hatte ich entsetzliche Angst davor, was mir zustoßen könnte, wenn ich nicht wach war.

Außer mir waren noch zwei andere Frauen in der Zelle. Beide waren betrunken. Keine von ihnen war freundlich. Eine von ihnen war Prostituierte, die aufgegriffen worden war, während sie sich angeboten hatte. Bevor sie die Zellentür hinter ihr zuschlossen, spuckte sie dem Polizisten ins Gesicht. Damit war klar, was der mieseste Job aller Zeiten war.

Die andere Frau in der Zelle weinte die ganze Zeit und redete von einem »Benji« – ihrem Sohn, wie ich annahm, es hätte aber auch ihr Hund sein können. Wir kommunizierten nicht miteinander, aber jede von uns kommunizierte auf ihre Weise etwas nach außen. Die Frau weinte, die Prostituierte spuckte und ich starrte an die Decke – ich konnte die Worte praktisch hören. *Lasst uns heraus,* sagten unsere Augen. *Ihr versteht das nicht. Es ist nicht so, wie ihr glaubt. Ich kann es erklären.*

Aber ich konnte es wirklich nicht. Erklären, meine ich. Oder hier rauskommen. Der bläulich weiße Schein der Lichter gab ein hohes Summen von sich und ich ließ meinen Körper von ihm wie von einem Kokon aus Klang einhüllen. Ich wusste, dass ich eingeschlafen war, weil am Morgen jemand die Zelle betrat und meine Ohren knuffte. Ich fuhr auf meiner Pritsche nach oben und fand mich beinahe Nase an Nase mit einer Polizistin wieder, die unheimlicherweise wie meine Oma Jeanie aussah.

»Beweg dich, Sonnenschein«, krächzte sie, ihr Atem war warm und sirupartig wie die Luft in einem Pancake-Restaurant. »Du hast Besuch.«

Das Glas zwischen den Lebenden und den Eingekerkerten war so dick, dass man es kaum als durchsichtig bezeichnen konnte. Mir war klar, dass auf der anderen Seite des Fensters Dad saß – er presste das Ohr an den altmodischen Telefonhörer –, aber es war fast, als hätte er eine andere Farbe, einen anderen Klang – als wäre er eine ganz andere Version seiner selbst. Und er war nicht blasser, was ich irgendwie erwartet hatte. Stattdessen sah er satt und rot im Gesicht aus. Verschwollen, nehme ich an. Ich setzte mich vor ihn und hob den Hörer auf meiner Seite ab.

Die Stille war ohrenbetäubend. Genauer gesagt, erweckte sie in mir den Wunsch, taub zu sein.

»Warum, Cecelia?«

Wenn man im Gefängnis saß – vorübergehend oder für länger –, sollte es meiner Meinung nach eine Grenze für die Intensität der Fragen geben, die man beantworten musste. Ich schaute auf die gesprenkelte Theke zwischen uns. Seine Seite war ein wenig blauer.

»Warum was, Dad?«

Er strömte die dicke, harzige Mischung aus Schmerz und Scham praktisch aus.

»Wie konntest du das nur tun, CeCe?«

Was? Ich zwang mich dazu, ihn anzusehen. Seine Augen, blau und wässrig vom Echo der Tränen, waren so erschüttert, wie Augen nur sein konnten.

»Dad … Ich … ich wollte nicht, dass das passiert. Ich dachte … ich habe gedacht, Cyrus sei clean.«

»Cyrus WAR clean!« Seine Worte sprangen mir entgegen und schlugen mir direkt ins Gesicht. Plötzlich war ich froh über das Glas zwischen uns.

»Cyrus hat so hart daran gearbeitet, seine Sucht zu überwinden. Gerade du solltest das doch wissen. Und du hast einfach … Du hast das einfach weggeworfen. Du hast *ihn* weggeworfen. Wie Müll.«

Mein Schmerz verdichtete sich und schäumte. Ich dachte an Tollwut – an Hunde, die plötzlich Schaum vor dem Mund haben. Ich kniff die Augen zusammen.

»Ich habe überhaupt nichts weggeworfen. Cyrus hat sich selbst weggeworfen. Und weißt du was, Dad? Du hattest ihn schon lange davor weggeworfen.«

»Schwachsinn!« Dads Stimme steigerte sich zu einem Brüllen und ich fühlte mich bei diesem Klang irgendwie geläutert. Sein gebrochener, rauer Schrei erinnerte mich an all die Arten, auf die ich versucht hatte, ihn nicht zu enttäuschen, und all die Arten, auf die ich damit gescheitert war. Ich sah auf meine Hände hinunter.

»Ich kann nicht … Ich weiß nicht, was ich sagen soll, Dad. Ich habe Mist gebaut. Aber ich konnte Cyrus nicht kontrollieren. Keiner weiß das besser als du.«

Ich wollte ihn fragen, was ich jetzt machen sollte. Ich wollte wissen, was unser nächster Schritt war. Wann immer es in der Vergangenheit irgendein Problem gegeben hatte, waren wir zu einer Art Konsens darüber gelangt, wie es weitergehen sollte. Es gab immer einen Plan, eine Richtschnur, einen praktikablen Ansatz.

Heute gab es nichts als Schuldzuweisungen. Doch wer beschuldigt wird, kommt nicht weiter. Zumindest nicht mit anderen Menschen.

»Sie haben mir eine Pflichtverteidigerin zugewiesen«, sagte ich zu ihm, weil ich nicht wusste, was ich sonst sagen sollte. Dad nickte irgendwie, dann starrte er durch die Glasscheibe auf mein neues orangefarbenes Ensemble. Ich wollte einen Witz darüber machen, wie gut mir grelle Farben stehen. Ich wollte irgendetwas sagen, wodurch er mich möglicherweise nicht hassen würde.

»Bitte, hasse mich nicht«, war das Einzige, das mir schließlich einfiel.

Lange Zeit sagte er nichts. Wir saßen beide da und hielten

unsere altmodischen Telefonhörer in der Hand. Meiner klebte an der Innenseite des Griffs, als hätte vor zwanzig Jahren jemand Klebeband dorthin geklebt und irgendjemand anders hätte sich kürzlich entschlossen, es abzupulen.

Im Gefängnis gab es eine ganze Reihe von Dingen, die man nicht bekam: Privatsphäre, das Privileg, Entscheidung zu treffen, ausgewogene Nahrung. Aber niemand sagte einem, was man stattdessen alles bekam. So wie das jetzt – diesen Moment, in dem ich die noppigen Klebstoffreste abtastete und Zeit genug hatte, über ihre Ursprünge nachzudenken. Und wenn es wirklich etwas gab im Gefängnis, dann Zeit. Endlose, leere Zeit. Zeit, die sich vervielfachte, atmete, größer wurde. Zeit, die wie eine Gleichung ohne Lösung war.

»Ich bin froh, dass sie dir einen Anwalt zur Seite stellen«, sagte Dad schließlich.

Er streckte das Bein aus, um die Aufschläge seiner Hose zu lockern. Ich konnte seine Beine nicht sehen, wusste es aber trotzdem. Diese Bewegung war typisch für ihn.

»Danke.«

Er machte sich daran aufzustehen, dann schaute er mich direkt an.

»Ich hasse dich nicht, Cecelia. Ich liebe dich auf eine Art und Weise, die ich unmöglich beschreiben kann.«

Und da explodierte mein Herz und öffnete sich – als würden meine wichtigsten Organe gerade ein Hiroshima erleben. Es war das letzte Mal, dass ich glaubte, es gäbe Licht am Ende des Tunnels.

»Ich liebe dich auch, Dad …«, fing ich an. Aber er war noch nicht fertig.

»Aber ganz gleich, was passiert«, er sah sich die angestrichenen Betonsteine, die Trennwand und das Nichts an, »ich weiß, dass es einen Grund gibt, weshalb du hier bist. Du gehörst jetzt hierher.« Er schluckte. »Ich bin nur froh, dass deine Mutter das nicht mehr erleben muss.«

Volltreffer. Die Wirkung war unmittelbar und brutal.

Danach sah ich zwar, wie die Dinge passierten, ich konnte sie aber nicht hören. Ich wusste, dass er den Hörer mit einem Klappern auflegte und dass sein Stuhl über den Boden schabte, als er ihn zurückschob. Ich wusste, dass die Gummisohlen seiner Stiefel auf den Fliesen quietschten und dass die Tür einrastete, nachdem er gegangen war.

Es passierten auch noch andere Dinge – Dinge, die niemand sehen oder hören konnte. Aber ich spürte sie. Ich spürte sie wie etwas Körperliches und Schmerzvolles, sie nahmen mir den Atem, brachten mich zum Luftschnappen. Während meine Welt zusammenbrach, rutschte mein Wille zu leben durch die Ritzen zwischen den Fußbodenfliesen. Mein Herz vergaß seinen eigenen Namen. Zugleich vergaß mein Name sein Herz. Sie gingen in meinem Körper wie Fremde aneinander vorbei. Und dann fing tief in meinem Inneren etwas an zu zerbrechen.

24

In meiner Zelle fertigte ich eine Liste der Dinge an, die ich sicher wusste. Das hatte mir meine Mutter beigebracht, wenn ich nervös war oder Angst hatte. Ursprünglich war es von ihr als Strategie vor Klassenarbeiten gedacht. Wenn ich bei Fragen mit kurzer Antwort stecken geblieben war, sollte ich sie mir laut als Multiple-Choice-Aufgaben vorstellen.

»Schreib zuerst deine Optionen auf«, hatte sie vorgeschlagen. »Dann kannst du die richtige Antwort aus all den falschen auswählen.«

Das hatte zwar nie so richtig gut funktioniert, aber das hatte ich ihr nicht gesagt. Es hatte mir nie gefallen, die Schwächen in Moms Ideen zu sehen, vor allem nicht, nachdem sie gestorben war. Wenn ein Elternteil tot ist, will man unbedingt glauben, dass alle seine Theorien klug, wahr oder wichtig sind.

Aber manchmal hatte Mom falschgelegen.

Zum Beispiel, wenn sie gesagt hatte, ich sollte eine Jacke anziehen, weil ich sonst krank werden würde – ich trug nämlich nie eine Jacke und wurde nie krank.

Zum Beispiel, als sie gesagt hatte, dass wir alle okay sein würden, wenn sie tot war.

Meine Liste von Dingen, die ich ganz sicher wusste, war kurz. Eigentlich war es keine Liste, sondern eher ein Paar.

1. Wenn ich die Augen zusammenkneife, werden die Gitter dieser Zelle zu etwas Verschwommenem und Festem, das beinahe als Wand durchgehen könnte.

2. Gestern ist mein Bruder gestorben.

Alles andere schien ziemlich unsicher.

Meine Anwältin Jennifer fügte sich nicht in die Gitterstäbe, den Beton und die mintgrüne Farbe ein, die ihre Schatten auf meine Zukunft vorauswarfen. Mit ihrem braungrauen Anzug und dem dick gepuderten Gesicht sah sie aus wie ein überdimensionierter Zungenspatel. Der Wachmann öffnete mit einem Summen die vergitterte Tür und drehte mir nicht gerade sanft die Arme auf den Rücken. Er zwang mich mehr oder weniger aus meiner Zelle hinaus und durch den Gang, bis wir ein spärlich eingerichtetes Zimmer erreichten.

»Guten Morgen, Cecelia«, sagte Jennifer und stellte ihre Aktentasche auf dem saubersten Teil des Bodens ab. »Wie geht es dir heute?«

»Beschissen«, antwortete ich. Besser ehrlich sein als höflich. »Und es heißt CeCe, nicht Cecelia.«

»Okay, CeCe.«

Jennifer hob die Aktentasche wieder auf und legte sie auf den Tisch. Als sie sie aufschnappen ließ, klang es fast, als würde jemand einen Abzug spannen. Meine beiden Zellengenossinnen von letzter Nacht waren in eine Ausnüchterungszelle weitergezogen. Ich fragte mich, ob sie sich geduckt hätten, wenn sie hier gewesen wären.

»Ich habe mit dem Staatsanwalt gesprochen und ihn davon überzeugt, dass du aus dem Gefängnis entlassen wirst«, sagte Jennifer. Ich zuckte zurück und war ein wenig verblüfft.

»Im Ernst?«

»Im Ernst«, sagte sie lächelnd und holte einen zusammengehefteten Stapel Papier heraus. »Wir werden dich heute Nachmittag in das Programm des Piedmont Verhaltenstherapiezentrums verlegen.«

Da war also der Haken.

»Großartig. Dann sollte ich jetzt wohl mal anfangen, das Ende meiner Zahnbürste anzuspitzen.«

Jennifer ignorierte mich, sah die Papiere durch und vermied jeglichen Blickkontakt mit mir. Was für eine neuartige Strategie – jemand sollte eine Spionin oder so aus dem Mädchen machen.

»Der Flügel für Verhaltenstherapie der Jungenstrafeinrichtung Piedmont bietet ein revolutionäres Programm«, sagte Jennifer. Ich merkte, dass sie diese Rede nicht zum ersten Mal abspulte, was mich gleichzeitig wütend und höllisch nervös machte.

»Klingt für mich aber ziemlich nach Gefängnis.«

Sie verschränkte die Arme und starrte mich an, bevor sie weitersprach.

»Verhaltenstherapie, kurz VT, ist nicht dasselbe wie Gefängnis. Eher wie eine Reha. Du kannst deine eigene Kleidung behalten und hast ein Zimmer, in das du nicht eingesperrt wirst. Es gibt einen Gemeinschaftsbereich. Du hast Zugang zu allen möglichen Dingen, die im Gefängnis verboten sind. Es ist fast wie am College, wenn man genau darüber nachdenkt.«

Ich glaubte nicht, dass Jennifer vorhatte, mir wehzutun, aber zu hören, wie sie eine Klapse mit dem College verglich, war wie ein Schlag in die Magengrube. Das College war immer ein Ziel und ein Traum gewesen. Jetzt war das alles mehr als nur unwahrscheinlich. Es war *unerreichbar.*

»Dich in dem Programm unterzubringen war nicht einfach, CeCe«, sagte sie und senkte dabei die Stimme. »Bei dieser Art von Anklage lässt der Richter äußerst selten jemanden überhaupt aus der U-Haft.«

»Was macht mich denn dann so besonders?«

Jennifer bedachte mich mit einem angespannten Lächeln mit zusammengepressten Lippen. »Du bist noch minderjährig. Dein Leben ist traumatisch verlaufen. Du bist nicht vorbestraft. Ob du es glaubst oder nicht – im Vergleich zu anderen bist du im Vorteil.«

Es war lange her, seit ich im Vorteil gewesen war. Eigentlich hätte mich das nicht überraschen sollen. Unter diesen Umständen konnte es ja sowieso nur noch aufwärtsgehen.

∞

Jeder hatte Vorurteile gegenüber Orten wie Piedmont. Der Stacheldraht, der extrahohe Maschendrahtzaun, die finstere Miene der Beamten, die einen durch das Tor winkten – das alles stützte meine Theorie bezüglich dieser Institution. Es war ein Ort für Probleme und Problembeladene. Es war wie in diesem Song von den *Eagles,* der Dad so gut gefiel – *you can check out any time you like, but you can never leave.*

Und genau das beschloss ich zu tun – ich checkte aus. Ich blickte auf der ganzen Fahrt mit zusammengekniffenen Augen aus dem Seitenfenster, sodass die Welt um mich herum verschwamm, als wäre Monet für all meine Realitäten zuständig. Alles war eine Version seiner selbst, aber nicht es selbst. Genau wie ich. Genau wie Cyrus.

In die Jugendvollzugsanstalt Piedmont zu gelangen, war ein Prozess, der viele Schritte umfasste, die allesamt demütigend waren. Jennifer wartete in einem anderen Raum, während eine Beamtin mich dazu aufforderte, mich bis auf die Unterhose auszuziehen. Sie durchsuchte meine Kleider und danach meinen Körper. Das Schlimmste von allem war, als sie meine Arme seitlich wegzog, sodass ich mich nicht mehr bedecken konnte. Meine schon an Verlegenheit grenzende Zurückhaltung, die ich in Bezug auf meinen Körper immer empfunden hatte, war das Erste, was sie mir in Piedmont nahmen.

Ich war von Stapeln zusammengelegter grauer Overalls umgeben, aber die Beamtin ließ mich meine Jeans und mein T-Shirt wieder anziehen. Als wir Jennifer draußen im Flur trafen, verrieten ihre Augen das Mitleid, von dem ich nicht wollte, dass sie es empfand.

»Schon gut«, murmelte ich. »Alles in Ordnung.«

Am Eingang zum Verhaltenstherapieflügel wartete ein drahtiger Mann mit grau meliertem blondem Haar und ekelhaft verständnisvollen Augen auf uns. Als er die Hand ausstreckte, musste ich mich dazu zwingen, nicht zurückzuschrecken.

»Du musst Cecelia sein. Ich bin Dr. Barnes.«

Ich nickte. »CeCe.«

Ich schüttelte seine Hand und versuchte, die wächserne Konsistenz seiner Haut zu ignorieren. Sein Handschlag war schlaff, wodurch ich Dr. Barnes noch weniger mochte. Trotzdem, er schien freundlich zu mir zu sein. Das konnte man an seinem Gesicht sehen, wobei ich mich fragte, ob er wirklich aufrichtig war oder ob er nur Mist redete.

Dr. Barnes schloss die Tür hinter sich auf und führte uns in einen schwach beleuchteten Flur. An seinem Ende warteten zwei Frauen in Krankenhauskitteln.

»CeCe, das sind Molly und Carla. Sie haben von Mittag bis Mitternacht die Fluraufsicht.«

Die Kleinere von ihnen, Molly, lächelte mich an. Ihr Haar passte zu ihren Augen oder umgekehrt. Carla hatte die Haare zu einem strammen Pferdeschwanz zusammengefasst und hatte kluge Augen. Als sie versuchte, mich direkt anzuschauen, senkte ich den Blick auf meine Hände.

»Willkommen, CeCe«, sagte Molly. Ihre Stimme war tief und rauchig. »Lass uns gleich mal dein Foto schießen, okay?«

»Mein was?«

»Dein Foto – das wird dann neben deiner Zimmertür aufgehängt.«

Ich konnte mir buchstäblich nichts Schlimmeres vorstellen, als ein Bild von mir machen zu lassen. Was konnte ich momentan schon festhalten wollen? Woran würde ich mich in Bezug auf diesen Moment, diesen Ort und dieses Leben erinnern wollen?

Doch als die altmodische Polaroid-Kamera direkt auf mich gerichtet wurde, konnte ich nicht anders. Ich lächelte. Es war wie ein Reflex. All das war so schmerzhaft vertraut.

»Du kommst genau richtig zur Gruppentherapiesitzung, CeCe«, sagte Dr. Barnes, der immer noch lächelte.

Ich spürte, wie die von Panik aufgepeitschte Gallenflüssigkeit in meinem Bauch schäumte. Molly und Carla stellten Klappstühle im Halbkreis auf. Ich versuchte, tief Luft zu holen. Es war wie der erste Schultag – Übelkeit und Nervosität übernahmen meinen Körper.

Leute betraten das Zimmer und setzten sich an das eine Ende des Halbkreises. Es waren mehr Jungs als Mädchen. Als alle Platz genommen hatten, setzte sich Barnes auf einen Schreibtischstuhl und rollte darauf auf die Gruppe zu.

»Okay, Leute. Fangen wir an. Zuerst das Gebet um Gelassenheit.«

Die Stimmen ertönten unisono und klangen wie ferner Donner – einer, der erst eine Gefahr darstellt, wenn er näher zu einem herankommt.

Gott gebe mir die Gelassenheit,
die Dinge zu akzeptieren, die ich nicht ändern kann,
den Mut, die Dinge zu ändern, die ich ändern kann,
und die Weisheit, eines vom anderen zu unterscheiden.

Dr. Barnes machte eine Handbewegung in meine Richtung.

»Das ist CeCe. Sie wird die nächsten Monate bei uns bleiben. Wie wäre es, wenn wir eine Vorstellungsrunde machen?«

Namen und Gesichter hatte ich mir immer gut merken können. Da ich jedoch damit angefangen hatte, die Augen zusammenzukneifen, damit ich alles verschwommen sah, würde es nahezu unmöglich, den Überblick zu behalten. Ich schaute einfach zu und nickte, als die anderen sich meinetwegen vorstellten. Eines der Mädchen – ich glaube, ihr Name endete mit einem »y« – sah mich dauernd an. Sie war Inderin oder Ägypterin oder so etwas, und ihr Gesicht war so hübsch, dass es fast wehtat, wenn man darüber nachdachte, was sie getan hatte, um hier zu landen.

Barnes leitete die Gruppentherapie wie eine Art leise sprechender, wirklich netter Militärausbilder. Die Leute beantworteten Fragen. Sie nahmen teil. Wenn sie zögerten, drängte er sie sanft. Wenn sie in die Defensive gingen, lenkte er ihre Aufmerksamkeit woandershin. Er war der Dalai Lama der therapeutischen Intervention.

Als ich an der Reihe war, versuchte ich mir einzureden, dass ich aufrichtig sein konnte – dass ich meine Geschichte erzählen konnte, die Kurzversion davon, und hinterher irgendwie erleichtert wäre. Aber die Art und Weise, wie sie alle darauf warteten, die Wahrheit zu hören – als wären sie ganz heiß darauf –, hatte irgendetwas Abschreckendes an sich. Als könnten sich dann alle in Bezug auf sich selbst besser fühlen, wenn ich ihnen erzählte, was ich getan hatte.

Deshalb sagte ich: »Ich bin noch nicht bereit.«

Barnes legte den Kopf schief. »Du brauchst heute Abend gar nichts zu sagen, wenn du nicht willst, CeCe. Aber du würdest dich dadurch vielleicht besser fühlen.«

Ich wusste nicht, was ich sagen sollte. Ich machte den Mund auf und klappte ihn dann wieder zu. Links von mir räusperte sich jemand. Als ich hinübersah, wurde mein Blick wieder klar und meine Wimpern öffneten sich wie Vorhänge.

»Ich habe eine Offenbarung.«

Seine Stimme war dunkel – in jeder Hinsicht, in der eine Stimme dunkel sein kann. Ich war gefesselt, in meinem Inneren zog etwas wie ein Magnet. Ich sah mich um, um zu überprüfen, ob die anderen auch so von diesem Jungen angezogen wurden, dessen Stimme nach Gefahr klang. Auf eine Art und Weise, die mir Schmerzen bereitete, klang er wie Lucas.

»Worin besteht deine Offenbarung, Tucker?«, fragte Barnes und sah dann mich an. »Wir ermutigen unsere Patienten dazu, wichtige Momente und ›Aha‹-Erlebnisse als Offenbarungen zu erkennen.«

»Klar.« Ich sah Tucker an, der meinen Blick erwiderte. Etwas senkte sich in meine Magengrube und richtete sich dort gemütlich ein. Es landete neben all meinem Selbsthass und den Tränen, denen ich nicht erlaubte zu fließen.

Ich hörte Tuckers Offenbarung nicht. Bevor er anfing, stand Carla hinter mir, berührte mich an der Schulter und bedeutete mir, ihr zu folgen. Ich hörte ein seltsames Klingeln in meinen Ohren, als ich mich von meinem Stuhl erhob. Ihre Lippen bewegten sich, aber zuerst konnte ich überhaupt nichts hören. Sie führte mich durch einen Flur in ein Büro. Als das Klingeln unerklärlicherweise verebbte, hörte ich, wie sie *Auswertung* sagte. Ein paar Minuten später hörte ich *Urinanalyse*.

Als sie sagte: »Wir müssen sicherstellen, dass du clean bist«, stieß ich unwillkürlich ein bellendes Lachen aus. Ironie ist schwer zu verstehen, es sei denn, man lebt sie. Manchmal besteht sie aus einer ausweglosen Situation oder einem Paradox. Manchmal ist es schwer, ihr einen Namen zu geben.

Ich hatte an einem einzigen Tag so viele Dinge getan, von denen ich nie geglaubt hatte, dass ich sie je tun würde: Ich hatte in einer Gefängniszelle übernachtet, ich musste eine Leibesvisitation über mich ergehen lassen, und ich hatte mit meinem Vater durch eine Glasscheibe gesprochen, die sehr viel stärker war als unsere schwankenden Herzen. Manchmal fängt man damit an, ein Leben zu leben, das man niemals erwartet hätte zu leben. Und manchmal macht man da weiter, wo ein Leben aufgehört hat. Letztendlich geht es nicht darum, woher man kommt, sondern wohin man geht.

25

JUNI Heute

Als der Richter nach der Unterbrechung wieder eintritt, wird es im Gerichtssaal mehr als nur still, es ist wie ein regloser Ozean: all die Spannung, all die Energie – wie erstarrt. Ich denke an Fische im Winter. Gefrieren sie wie das Wasser und erwachen im Frühling dann wieder zum Leben? Jetzt erst merke ich, dass Jennifer meine Hand hält und fest drückt, als erwarte sie, dadurch ein Elixier aus positiver Einstellung freizusetzen.

Richter Collins' Worte sind wie eine übernatürliche Kraft. Sie werden je nach Intensität ein- und ausgeblendet – je stärker sie sind, desto deutlicher werden sie.

»… steht vor schwerwiegenden Anklagen …«

»… eine der jüngsten Angeklagten in meinem Gerichtssaal …«

»… Verkauf von Rauschgift …«

»… Fälschung von Krankenakten …«

Und dann das Schlimmste von allem:

»Ich würde mich gern mit Ms Price in meinem Büro unterhalten. *Ohne* ihre Anwältin.«

Das ist der erste vollständige Satz, den ich höre. Ich sehe in das ernste Gesicht des Richters und versuche, in seinen Augen zu lesen. Was geht im Büro eines Richters vor sich? Ist es besser oder schlimmer als das Fegefeuer hier draußen?

Kurz darauf führt mich Jennifer hinaus in den Gang. Ich beobachte, wie das Deckenlicht über den gefliesten Boden wandert – ein Spritzer Helligkeit, den ich nicht einholen kann. Ich renne dauernd dem Widerschein nach.

Dieses Mal gehen wir in die Damentoilette und Jennifer lässt mich aufs Klo gehen. Als ich danach meine Hände wasche, beobachte ich sie im Spiegel.

Ich bin nicht gerade eine Zockerin, im Gegensatz zu meiner Anwältin, die ein großes Risiko mit mir eingegangen ist. Als Cy und ich ein wenig älter waren, versuchte Dad, uns das Pokern beizubringen. Ich bin nie über den Teil mit dem Pokerface hinausgekommen – bei jedem Blatt, jedem Spiel habe ich die Augen und die Stirn meines Bruders beobachtet, das Flattern seiner Nasenlöcher, und habe versucht herauszufinden, welcher Teil von ihm log.

»Machen Sie sich Sorgen, weil ich allein darein muss?«, frage ich sie.

Sie zuckt mit den Schultern. »In Situationen wie dieser und mit Angeklagten wie dir ist sein Gesuch ziemlich standardmäßig.«

»Angeklagten wie mir?«

Sie räuspert sich. »Mit so schwerwiegenden Anklagen.«

»Klar.«

Doch Jennifer scheint nicht übermäßig besorgt darüber zu sein, dass mich der Richter allein sehen will, nicht einmal darüber, dass ich möglicherweise schuldig gesprochen werde, obwohl die imaginären Funken des drohenden Urteils mir Haare, Ohrläppchen und Wimpern versengen.

Wir treten aus dem Toilettenraum in den überfüllten Gang hinaus, aber noch bevor mich jemand ansprechen kann, zieht mich Jennifer durch eine Seitentür.

Das Zimmer sieht aus wie eine Bibliothek für Anwälte – dicke Bände mit den Titeln und Nummern von Gesetzen und Verordnungen, von denen ich noch nie gehört habe. Während wir warten, denke ich über Logistik nach. Wäre es möglich, all diese Gesetze buchstäblich zu befolgen? Wäre es möglich, dass man nie im Leben bei Rot über die Ampel geht oder ein Stoppschild überfährt?

Zehn Minuten vergehen. Fünfzehn. Nach einundzwanzig Minuten betritt der Gerichtsdiener den Raum.

»Der Richter würde Sie gern in seinem Büro sprechen«, sagt er zu mir.

Jennifer schaut zu mir herüber. Ihr Blick sagt *Alles okay?*, und meiner sagt: *Alles in Ordnung. Ich schaffe das.* Meine Augen lügen. Es ist der einzige Teil eines Pokerface, den ich je perfektioniert habe.

Der Gerichtsdiener führt mich durch eine andere Tür hinaus und wir scheinen uns durch die innersten Eingeweide des Gerichtsgebäudes zu bewegen. Ich denke daran, wie ich Natalie letztes Jahr bei der Arbeit besucht habe – sie hat in einem Laden für Girlie-Accessoires, der sich auf fluoreszierenden Plastikschmuck eingeschossen hatte, als Kassiererin gearbeitet. In ihrer Pause führte sie mich durch das deprimierende, unordentliche Hinterzimmer des Ladens hinaus auf einen mit Betonziegeln verkleideten Flur, der teils nach einer Schule, teils nach einem Gefängnis aussah. Vor allem fühlte man sich dort aber wie begraben – es war kühl, feucht und absolut leer.

Hier ist es ähnlich, aber irgendwie auch wieder nicht. Man ist hinter den Kulissen, aber hier ist es trocken und unangenehm warm, wie Sonne auf Wolle oder Jeans frisch aus dem Trockner, wenn der Druckknopf den Bauchnabel verbrennt und sich die Hosenbeine wie glühende Schraubstöcke anfühlen. Vor einer unbeschrifteten Tür bleiben wir stehen. Der Gerichtsdiener klopft an, das scharfe Stakkato läuft wie ein Schock durch mein gesamtes Nervensystem. Eine Stimme bittet herein und der Gerichtsdiener öffnet die Tür.

Der Richter sitzt hinter einem Schreibtisch, der genau wie die Richterbank etwas Solides, aber zugleich Trennendes darstellt. Allerdings wirkt der Richter jetzt viel kleiner. Nicht schwächer, aber von meiner Warte aus ein bisschen menschlicher.

»Cecelia.«

Das ist keine Frage oder so. Nur mein Name. Ich blinzle und nicke dann.

»Ich habe darum gebeten, dich zu sehen, weil ich mit dir über die Erkenntnisse des Gerichtsmediziners sprechen möchte.«

»Okay«, sage ich, unsicher, ob ich darauf etwas erwidern soll. Wieder nicke ich – für alle Fälle.

Der Richter dreht seinen Stuhl und legt zwei Finger an die Lippen, als würde er nachdenken oder eine imaginäre Zigarette rauchen.

»Da ist noch jemand, der mit dir über diese Erkenntnisse sprechen will, Cecelia«, sagt er und deutet dann an mir vorbei zur hinteren Ecke des Zimmers.

Ich schließe die Augen, weil ich befürchte, es könnte Mason sein, dann hole ich Luft. Ich will mich mit der Luft, die wir alle atmen, wappnen. Ich will meinen Anteil, bevor er etwas von sich gibt und mehr davon nimmt, als gerecht ist.

Aber es ist nicht der Staatsanwalt.

Es ist mein Dad.

Und da geben meine Knie nach.

∞

Meinen Dad zu sehen, ist das Letzte, was ich erwartet habe. Das versteht sich von selbst. Es ist, als ob aus meinem Hirn ein ganzes Feuerwerk an Emotionen in die Stratosphäre gepustet würde, und ich versuche, alle irgendwie zu analysieren, während ich ihn mit ängstlicher Erwartung ansehe. Er sieht unerklärlicherweise älter aus als vor drei Monaten, als ich ihn im Gefängnis durch das dicke Glas gesehen habe.

Einen Moment lang starren wir uns nur an. Dann erinnert sich der Richter wieder an seine Manieren.

»Cecelia, bitte setz dich doch.«

Er deutet auf einen Ohrensessel, der irgendwie neben, aber gleichzeitig auch gegenüber meinem Vater steht. Es ist die unangenehmste Möbelposition überhaupt. Wer setzt sich denn so hin?

Aber ich nehme Platz, weil das von mir erwartet wird. Seit ich im Verhaltenstherapiezentrum bin, fällt es mir leichter, nach den Regeln zu spielen. Ich setze mich auf die Kante und warte ab.

»CeCe.« Dads Stimme ist trocken und brüchig, als würde sie gleich in Flammen aufgehen. Ich zwinge mich, ihn wieder anzuschauen, und mit jeder Faser meines Daseins zwinge ich meine Lippen dazu, sich zu einem Lächeln zu verziehen.

»Hey, Dad.«

Jetzt stecken wir fest. Die Worte, die wir hätten sagen können, bevor wir im Gericht waren – Worte, die wir uns in Dr. Barnes' Familiensitzungen oder in Gegenwart von Jennifer oder Trina hätten sagen können –, diese Worte sind jetzt vergeudet. Sie werden nicht länger gebraucht. Dad hat nichts mehr zu bieten außer einem Fenster, das nach hinten rausgeht, einen Rückspiegel, der eine riesige, unwiderrufliche Katastrophe zeigt.

»Mr Price«, sagt der Richter mit sanfter Stimme, »Sie stimmen sicherlich mit mir überein, dass der Gerichtsmediziner ein paar interessante Sachen über ihren Sohn und die Medikamente gesagt hat, die er eingenommen hat.«

Dad räuspert sich. »Ja. Ich … ähm … Die anderen Tabletten haben ein Problem verursacht. Probleme.«

»Richtig. Ich glaube, Ihr Sohn würde noch immer unter uns weilen, wenn er sie nicht genommen hätte.«

Trotz ihrer Sanftheit schneiden seine Worte durch die beiden noch verbliebenen Mitglieder der Familie Price wie etwas Scharfes, Eiskaltes.

Doch Dad sitzt nur da. Ganz still. Er lauscht, während der Richter, seine Robe, seine akademischen Grade und sein zurückweichender Haaransatz praktisch *könnte, hätte, würde* summen. Er spricht davon, dass die Menge an Drogen in Cyrus' Blutbahn von einem einzelnen Vorfall herrührte – der fatalen Entscheidung eines Nachmittags. Dass meine Fehler zu mir gehören, dass sie legitim sind und verdienen, angehört zu werden. Dass man die Zeit nicht zurückdrehen kann. Dass es keine Strafe ohne Opfer gibt. Dass das Leben weitergeht.

»CeCe«, versucht es Dad wieder. »Ich möchte … Ich möchte dir etwas sagen.«

Ich blinzle heftig. »Okay.«

»Ich will …« Er streicht sich mit der Hand über den Kopf, sein graues Haar ist dünner, als ich in Erinnerung habe. »Ich will, dass du weißt, dass ich immer noch dein Vater bin.«

Er verstummt und ich warte verwirrt ab.

»Dass ich zwar ein Kind verloren habe, aber dass ich nicht beide verloren habe. Und dass ich immer noch dein Dad bin.«

Das hätte der Moment für eine herzzerreißende Wiedervereinigungsumarmung sein können. Ist es aber nicht. Da ist mein Dad, der mir etwas sagt, was ich mit dem Kopf bereits weiß, was mein Herz aber fast vergessen hat. Wem von den beiden ich trauen soll, weiß ich nicht mehr.

»Ms Reinhart sagt, du hättest im Programm der Verhaltenstherapie großartige Fortschritte gemacht, Cecelia.« Der Richter schaut mich aufmunternd an, deshalb nicke ich, weil ich weiß, dass er das jetzt von mir erwartet.

»Ähm, ja. Ich glaube, das war gut. Ich mache viel Gruppentherapie und solche Sachen. Dr. Barnes ist wirklich eine große Unterstützung.«

»Gefällt es dir dort?«

Unwillkürlich ziehe ich die Augenbrauen zusammen. Das ist keine Frage, die ich mir je gestellt habe. Mir hat schon seit langer Zeit nichts mehr gefallen – *wirklich* gefallen. Aber die Wahrheit ist einfach.

»Ja. Es … es gefällt mir dort. Ich glaube …« Ich schlucke und schaue auf meine Hände hinunter. Dann sehe ich Dad an. »Ich glaube, es hat mich davon abgehalten, etwas Schlimmeres zu tun, nach … nach Cyrus. Ich meine … mir selbst anzutun. Etwas Schlimmeres für mich selbst.«

»Dr. Barnes ist ein bemerkenswerter Psychiater«, sagt der Richter nickend, »und ich bin mir sicher, dass du hervorragend betreut wirst.«

Dann wendet er sich an Dad und deutet auf mich.

»Mr Price, es mag Sie vielleicht überraschen, aber ich glaube, dass eine Heilung immer möglich ist, in jeder Situation.

Auch wenn es vielleicht keine dauerhafte Wiederherstellung oder Lösung ist, so kann es doch individuell gesehen eine Verbesserung des Lebens bedeuten.«

Er steht auf und kommt hinter seinem Schreibtisch hervor, um sich vorne daran anzulehnen. Plötzlich fühle ich mich ins Büro eines Schulleiters versetzt, und einen Moment lang sind Dad und ich zwei Schüler, die einen Pausenstreit hatten.

»Cecelia, bevor ich mein Urteil fälle, war es mir wichtig, die Gelegenheit zu bekommen, zu sehen, wie du mit deinem Vater umgehst. Ich musste wenigstens wissen, dass du bereit bist, an eurem Verhältnis zu arbeiten«, fährt der Richter fort. Aus den Augenwinkeln sehe ich, dass Dad sich verzweifelt bemüht, nicht an seinen ausgefransten Nagelbetten zu kauen.

»Ich glaube, da ist noch etwas zu retten«, sagt der Richter, »aber es wird seine Zeit dauern. Es wird sehr harte Arbeit werden. Offen gesagt, wurden zu viele Fehler in Ihrem Verhältnis begangen. Ich würde es gern sehen, wenn Sie wieder eine Mitte finden würden, einen Ort, an dem Ihre Frau und Ihr Sohn, Mr Price, beziehungsweise deine Mutter und dein Bruder, Cecelia, weiterhin existieren können. Ein Ort, der die Liebe, die Sie beide teilen, ausstrahlt. Zumindest an diese Liebe glaube ich.«

Ich bin verblüfft und Dad ebenso. Wir sind noch immer völlig verwirrt, als der Gerichtsdiener zurückkommt und mir bedeutet aufzustehen.

»Dad?«

Ich bin schon halb aus der Tür, als ich beschließe, etwas Aufrichtiges zu sagen. Ich räuspere mich.

»Ich liebe dich. Und … es tut mir leid.«

Mein Vater hat die beste Art von Augen. Wenn er wütend, beschäftigt oder erschöpft ist, blicken sie geradewegs durch einen hindurch. Er hat einen Blick an sich, der buchstäblich stechend oder tödlich werden würde, wenn es die physikalischen Gesetze erlauben würden. Und wenn er den Blick direkt auf einen richtet, so wie er es jetzt bei mir tut, kann man ihn geradezu körperlich spüren – wie einen direkten Schlag.

Aber er sieht nichts anderes und niemand anderen, als er sagt: »Ich liebe dich auch, Cecelia. Und ich versichere dir – niemandem tut es mehr leid als mir.«

Ich denke darüber nach – überlege, ob es möglich ist, dass mein Vater tatsächlich die schwere Erkenntnis gemacht hat, dass er nicht geholfen, dass er nur verletzt hat. Dass er weder meine Mutter noch meinen Bruder noch mich retten konnte. Dass er nicht nur ein Opfer war.

Und dann beschließe ich, dass *leidtun* vielleicht das falsche Wort ist. Dass es vielleicht in Wirklichkeit bedeutet, dass er im Unrecht gewesen ist. Dass er weiß, dass er im Unrecht ist. Und das genügt mir vorerst.

∞

Wieder zurück im Gerichtssaal sieht Jennifer mich an, dann räuspert sie sich.

»CeCe«, flüstert sie. »Du musst aufstehen.«

Ich will nicht aufstehen. Ich will einfach nur hier sitzen und ins Leere starren, sodass alles verschwimmt und verschwindet, bis ich nur noch das Lächeln meiner Mutter sehe, nur noch Tuckers aufmunternden Blick, der mir prüfend ins Gesicht schaut und dann bei meinen Augen verweilt.

Doch als Jennifer ein wenig näher rückt, kehre ich zurück in meinen Körper. Dann wird alles still und alle Welt beobachtet mich wieder.

Dann beobachtet die Welt den ehrenwerten Richter Randolph Collins.

»Ich habe ausgesprochen viel über diesen Fall nachgedacht«, beginnt der Richter. Er legt die Hand mit der Handfläche nach oben auf das Pult vor ihm, als würde er um etwas bitten.

»Cyrus Price war ein Opfer – und jeder andere in seinem Leben auch. Laut entscheidenden Aussagen von mehr als nur einem Zeugen scheint es tatsächlich so zu sein, dass Cyrus Price bisweilen als Auslöser fungierte, der das Problem verursachte. Manchmal sind unsere Opfer auch unsere Verbrecher. Manchmal gibt es kein eindeutiges Happy End.

Ich kann Cyrus Price nicht wieder zum Leben erwecken. Ich kann die Zeit nicht zurückdrehen und ihn davon abhalten, die Betäubungsmittel zu nehmen, die eindeutig für seine Abwärtsspirale verantwortlich waren. Darüber hinaus kann ich die Biologie nicht ändern. Und darum geht es hier doch, oder? Biologie – die Beschaffenheit der involvierten Personen, die Interaktionen und Reaktionen ihrer Körper?«

Er sieht mich an, und der Ausdruck in seinen Augen ist der, den ich am meisten hasse: Mitleid. Es ist der Ausdruck, der mir mitteilt, dass ich heute Abend nicht nach Hause gehen werde.

»Dr. Carolyn Schafer ist Chemielehrerin an der Schule, die Cyrus und Cecelia Price besuchten.«

Ich schlucke schwer. Ich habe mir nicht erlaubt, an Leute von außerhalb zu denken, die mich vielleicht tatsächlich noch mögen. Als ich den Namen höre, geht mir wieder auf, wie viel ich versucht habe zu vergessen.

»In einer schriftlichen Stellungnahme hat Dr. Schafer die Tugenden, das Können und die Motivation von Cecelia Price gelobt. Dr. Schafer nannte sie …« Er hantiert mit einem Blatt Papier auf seinen Pult, hält es hoch und schaut auf das Geschriebene. »… Sie nannte Ms Price eine ›geborene Anführerin mit der Entschlossenheit, Erfolg zu haben, und gleichzeitig dem Herzen, den Menschen in ihrer Umgebung zu helfen‹.«

Ich spüre, wie ich rot werde. Meine Wangen werden noch heißer, als mich der Richter mit seinem Blick fixiert.

»Ist das wahr?«, will er wissen. Ich blinzle, dann schaue ich verunsichert zu Jennifer hinüber. Sie nickt langsam.

»Ich … ich weiß nicht so recht, was Sie meinen, Sir«, sage ich.

Er schüttelt den Kopf. »Können Sie anderen helfen? Können Sie das Leben der Menschen in Ihrer Umgebung verbessern?«

Ich spüre, wie sich hinter meinen Augen Tränen wie Tetris-Steine stapeln. Ich schlucke und schüttle den Kopf.

»Ich weiß nicht, Sir. Es tut mir leid. Ich würde gern glauben, dass ich anderen Menschen helfen und sie glücklich machen kann. Ich … ich weiß es nur nicht.«

Er kneift die Augen zusammen, dann sticht er mit dem Finger auf Dr. Schafers Brief.

»Hat sie Sie für ein College-Stipendium vorgeschlagen?«

Ich nicke. »Ja, Sir.«

»Hatten Sie vor, im Herbst die Edenton Universität zu besuchen?«

»Ja, Sir.«

»Was hätten Sie dort als Hauptfach gewählt?«

Hätten. Nicht: *Was werden Sie wählen.*

»Ich … Wahrscheinlich Chemie.«

»Und wer hat Ihnen gesagt, dass Sie das schaffen? Wer hat an Sie geglaubt?«

Mein Kopf dreht sich und tut schrecklich weh. Ich weiß,

dass Jennifer auch nicht versteht, was da gerade passiert, denn sie verlagert ihr Gewicht von einem Fuß auf den anderen. Keine von uns weiß, was wir jetzt tun sollen, außer die Wahrheit zu sagen, die ganze Wahrheit und nichts als die Wahrheit.

»Meine Mom«, sage ich schließlich. »Meine Mom hat mir gesagt, dass ich alles kann. Dass ich alles werden kann.«

Ich sehe auf meine Hände hinunter. Ich sehe auf Jennifers Schuhe. Ich sehe Bruce Mason an, dann an ihm vorbei zu den Bankreihen. Es sind nicht viele Leute geblieben, um das Urteil zu hören. Kein Jason. Kein Lucas. Keine Mannschaftskollegen oder Trainer oder Nachbarn. Tatsächlich ist die ganze letzte Reihe bis auf eine Person leer.

Mein Vater, der auf der Seite der Anklage sitzt. Auf meiner Seite.

»Ich bin jetzt bereit, mein Urteil zu verkünden«, sagt der Richter.

26

Normalerweise träume ich nicht, aber vergangene Nacht war das anders. Vielleicht liegt es daran, dass ich in die Verhaltenstherapie zurückgekehrt bin. Vielleicht weil jetzt mehr Platz für Fantasie in meinem Kopf ist. Alles, was ich noch weiß, ist, dass ich letzte Nacht geträumt habe, Jennifer und Trina wären Zwillingsschwestern. Sie konnten es nicht ertragen, getrennt voneinander zu leben, deshalb zog die eine quer durch das ganze Land, um bei der anderen zu sein. Dann zogen sie wieder um, um näher bei mir zu sein.

Jetzt stehen sie beide in meinem Zimmer. Abgesehen von gestern bei Gericht ist es das erste Mal, dass wir drei zur selben Zeit am selben Ort sind.

»Wir können Berufung gegen das Urteil einlegen«, sagt Jennifer leise. »Alle Anklagen wurden fallen gelassen bis auf die wegen Drogenhandels. Ein Freispruch wäre die *einzige* akzeptable Handlungsoption.«

Trina nickt zustimmend. Sie stehen Seite an Seite und sind sich gleichermaßen sicher in dem, was sie glauben. Beide sind sich meinetwegen so sicher. Ich lächle.

»Ich danke Ihnen beiden für alles, was Sie getan haben.«

»Ich verstehe nicht, warum du nicht dagegen kämpfen willst, CeCe«, sagt Trina. »Du hast es nicht verdient, weitere neun Monate in überwachter Therapie zu verbringen. Du hast deine Zeit hier schon abgesessen. Es gibt genug ambulante Programme, die ich dem Richter empfehlen kann.«

Trina sieht frustriert aus. Ich wechsle das Thema.

»Da mich Dr. Schafer von meiner Abschlussprüfung befreit hat, hat mir die Schule mein Abschlusszeugnis zugeschickt. Dr. Barnes hat mich für Herbst in den Psychologiekurs eingeschrieben. Und ich belege noch zwei weitere Kurse – Schreiben für Erstsemester und Biologie – aber das sind Online-Kurse.«

Jennifer schüttelt den Kopf. »Du solltest am College sein. An einem *richtigen* College. Du solltest nicht hier festsitzen.«

»Man muss nicht *im* College sein, um *am* College zu sein«, sage ich entschieden.

»Du verstehst das nicht. Das ist eine Strafe – ein Urteil. Du wirst es mir dir herumschleppen müssen. Das ist nicht fair, CeCe. Nicht, wenn du unschuldig bist.«

Darüber hätte ich am liebsten gelacht. Ich bin vielleicht vieles, aber unschuldig bin ich nicht.

»Außerdem«, sage ich, »sind es nur neun Monate. Es hätte schlimmer kommen können.«

»Was ist mit deinem Dad?«, fragt Jennifer.

Ich zucke halbherzig mit den Schultern und lege ein Sweatshirt zusammen.

»Ich weiß es nicht.«

»Hat er dich schon besucht?«

»Nein.« Ich senke den Blick. »Wir haben nach der Urteilsverkündung miteinander gesprochen, und er sagte, dass er kommen würde, wenn er kann.«

Jennifer sieht mich an und schüttelt den Kopf. »Die Leute

werden weiterhin glauben, dass es deine Schuld ist, dass dein Bruder tot ist.«

Ich sehe aus meinem schuhkartongroßen Fenster aus verstärktem Glas. Der Himmel ist weiß und bedeckt, als hätte jemand eine Wolke genommen und dünn über die Welt verteilt.

»Ich kenne die Wahrheit.«

Jennifer schüttelt den Kopf. »Ich habe noch nie jemanden hier zurückgelassen, der nicht hier sein sollte.«

Ich lächle. »Dann wird es Zeit, dass Sie das mal erleben.«

»Bist du fertig?«

Ich sehe auf und entdecke Tucker, der im Türrahmen meines Zimmers steht. Ich grinse ihn an und sofort haben wir das gleiche Lächeln im Gesicht. Es fühlt sich herrlich an.

»Ja, mehr oder weniger.« Ich schließe mein Therapie-Tagebuch und stecke den Stift in die spiralförmige Metallbindung. Barnes hat mir uneingeschränkten Zugang zu Schreibutensilien gewährt, über die ich unbeaufsichtigt verfügen darf, was sich wie eine Art Sieg und noch mehr wie ein Geschenk anfühlt. Ich habe ihn gestern umarmt, als ich aus dem Gericht zurückkam, und ich glaube, sein Herz hat einen Augenblick lang ausgesetzt, so schockiert war er darüber. Um ehrlich zu sein, war ich irgendwie auch schockiert. Trina und Jennifer umarmen mich jetzt auch und versprechen, mich nächste Woche wieder zu besuchen. Etwas sagt mir, dass sie das tatsächlich tun werden – und etwas sagt mir, dass ich das kaum erwarten kann.

In der Gruppentherapie geht es heute um Vorbilder. Cam sieht ein wenig selbstgefällig aus, als Barnes es ankündigt – offenbar ist das Thema ihre Idee gewesen. Ich verdrehe die Augen und schaue Tucker an, der grinst und mit den Schultern zuckt.

»Vorbilder«, sagt Cam und breitet die Arme weit aus, »sind Menschen, die ihr bewundert, Menschen, von denen ihr glaubt, dass sie ein Beispiel dafür sind, was ihr selbst einmal werden wollt. Heute wollen wir deshalb darüber reden, was für eine Rolle Vorbilder in eurem Leben spielen.«

Dr. Barnes lächelt Cam an, dann lässt er seinen Blick über den Rest der Gruppe schweifen. »Also, wer möchte heute anfangen?«

Ich sehe mich um und hebe dann langsam meine Hand. Mindestens die Hälfte der Augenbrauen im Halbkreis schießt überrascht nach oben.

»Cecelia«, sagt Dr. Barnes und nickt mir aufmunternd zu. »Bitte, erzähle uns von einem Vorbild in deinem Leben.«

Ich räuspere mich, dann verschränke ich die Arme über der Brust. Ich weiß, dass das eine defensive Geste ist, aber ich habe das Gefühl, ein wenig Rüstung zu brauchen, wenn ich mich öffnen soll.

»Mein Bruder«, sage ich. Meine Stimme krächzt ein wenig und ich huste. »Mein älterer Bruder Cyrus ist schon immer mein Vorbild gewesen – schon seit ich ganz klein war.«

Cam nickt, dann beugt sie sich vor und stützt die Ellbogen auf die Knie.

»Kannst du dich an einen Moment erinnern, in dem du zu Cyrus aufgesehen hast? In dem du genau wie er sein wolltest?«

Ich zwinge mich dazu, sie nicht anzufauchen, nicht Nein zu sagen und dichtzumachen, wie mein Körper es von mir fordert. Trotz allem, was in den letzten paar Monaten passiert ist, oder vielleicht gerade deswegen, weiß ich, dass es mich nur selbst verletzt, wenn ich schweige. Zu schweigen – Geheimnisse für mich zu behalten –, na ja, die Dinge, die ich schweigend mit mir herumgetragen habe, haben mich letztendlich dazu gebracht, sprechen zu wollen, und zwar mehr als alles andere.

»Cy und ich – na ja, wir haben uns oft gestritten, als wir noch klein waren. Ich meine, nicht als wir noch ganz klein waren, aber als wir beide in der Grundschule waren.«

Ich lächle und denke daran, wie ich ihm immer nachgelaufen bin wie ein Hündchen, Mitglied seiner Geheimklubs und seiner Fußballmannschaft sein wollte und nie verstand, warum er das nicht zuließ.

»Aber es gab ein paar wenige Dinge, die wir zusammen gemacht haben – zu zweit, ohne Freunde, Eltern oder Mannschaftskollegen. Und wenn es um Queens *Bohemian Rhapsody* ging, waren Cyrus und ich ein Herz und eine Seele. Wir liebten es einfach. Wir führten es auf, als stünden wir auf der Bühne.

Ich wollte genau wie mein großer Bruder sein – und er ließ zu, dass ich ihn nachahmte. Er war der Anführer und ließ zu, dass ich ihm auf eine Art und Weise folgte, wie er es normalerweise nicht erlaubte – zumindest nicht in dieser Zeit.«

Ich ziehe Luft in die Lungen, warte ein paar Herzschläge lang und atme dann aus. Reden hat sich noch nie so körperlich angefühlt. Oder so notwendig.

»Wir hatten ein Ritual – die letzte Liedzeile sangen wir immer auf haargenau dieselbe Weise. Und das fühlte sich … gut an. Es fühlte sich an, als würden wir etwas Wichtiges teilen.«

Ich blicke auf meinen Schoß hinunter, dann wieder in die Gesichter um mich herum. Aarti grinst mich an und ich lächle zurück. Barnes und Cam sehen mich beide mit demselben Gesichtsausdruck an – Stolz, vermischt mit etwas anderem. Etwas wie Staunen.

»Wie lautet die Liedzeile?«, fragt Tucker leise.

Ich blinzle zu ihm hinüber. Er hat beide Hände auf die Oberschenkel gelegt, die Handflächen nach oben, als wäre er bereit, etwas zu empfangen. Ich kann nicht glauben, dass ich diesen wunderbaren Jungen an einem Ort gefunden habe, der voller beschädigter Seelen ist. Ich kann nicht glauben, solches Glück gehabt zu haben.

»Any way the wind blows«, antworte ich leise.

Sein einer Mundwinkel schießt zu einem hinreißenden Halb-Grinsen nach oben.

»Das ist eine tolle Zeile.«

Ich nicke und lächle ihn an.

»Ja. Das ist es wirklich.«

Als sich die Aufmerksamkeit von mir weg verlagert, versuche ich, Tucker nicht zu beobachten – sein Gesicht, seine Hände, die Teile seines Körpers, die mich unerklärlicherweise zu ihm hinziehen. Stattdessen beobachte ich Aaron, der vom letzten Besuch seiner Mutter und seiner Schwester erzählt – davon, wie schwierig es war, ihnen in die Augen zu schauen und all die Worte zu sagen, die er uns schon seit Wochen gesagt hat. Worte wie »Ich hab's vermasselt« und »Ich schäme mich« und »Es tut mir leid«. Zum ersten Mal fühle ich mich in der Gruppentherapie nicht geistesabwesend, sondern genau auf der richtigen Wellenlänge. Zum ersten Mal verspüre ich tatsächlich Mitgefühl.

Als Barnes uns entlässt, gehen Tucker und ich so nah beieinander, dass sich unsere Hände hin und wieder streifen. Wahrscheinlich ist das offensichtlich, aber der Sicherheitsmann hinter uns sagt nichts. Am Ende des Flurs stecke ich den Kopf in den Gemeinschaftraum und bedeute Tucker dann, mir zu folgen.

»Willst du Dame spielen?«

Er zieht eine Augenbraue nach oben und sieht mich an. »Echt jetzt?«

»Ja, echt. Ich liebe Dame. Meine Mom und ich haben das dauernd gespielt, als ich noch klein war.«

Tucker stößt einen herablassenden Seufzer aus, aber ich weiß, dass es ihm nicht wirklich etwas ausmacht. Wir setzen uns an dem kleinen quadratischen Tisch am Fenster gegenüber und ich baue das Brett auf.

»Du redest nicht oft über deine Mom«, sagt er. Ich sehe zu ihm auf, und er beobachtet meine Hände, während ich die roten und schwarzen Plastikspielsteine sortiere.

»Was willst du wissen?«

Er schweigt einen Moment und ich reiche ihm einen Stapel roter Steine.

»Wie ist sie gestorben?«

Ich atme aus. »Krebs. Brustkrebs. Sie hatte das schon einmal, bevor ich geboren wurde, aber als ich elf war, kam es zurück. Inzwischen hatte der Krebs aber schon Metastasen in ihrer Leber gebildet.«

»Das muss hart gewesen sein.«

Ich schlucke. »Ja. Es war hart. Es ist immer noch hart.«

Wir verfallen in Schweigen und ich schaue aus dem Fenster. Ich bemühe mich, nicht die Augen zu schließen oder aus dem Zimmer zu rennen. Alles, was ich will, ist davonlaufen. Alles, was ich je wollte, war davonlaufen. Und das kann ich jetzt nicht mehr. Ich *will* das nicht mehr tun. Ich will ihn hereinlassen.

»Hat sie dir ähnlich gesehen?«

Da schaue ich Tucker wieder an. Seine Augen mit ihrem schokofarbenen Kern fühlen sich mehr und mehr wie ein Geschenk an, mit dem ich unmöglich hätte rechnen können. Ich denke an Moms Lächeln und ihre aufmerksamen grünen Augen. Ich denke an ihr Lachen und daran, dass es melodischer klang als Musik. Ich denke an alles, was ich versucht habe, zu vergessen.

»Sie war schön«, sage ich leise.

Tucker greift nach meiner Hand. »Dann muss sie ausgesehen haben wie du.«

Unwillkürlich muss ich lächeln, dann zucke ich mit den Schultern.

»Sie hat mir die allerbesten Sachen vererbt.« Ich lasse meinen Blick durch das Zimmer schweifen und schaue dann wieder Tucker an. Ich weiß, dass er die Tränen in meinen Augen sieht, und ausnahmsweise macht mir das nichts aus. »Und ich werde den Rest meines Lebens damit verbringen, das zu beweisen.«

∞

Abends, als ich allein bin, setze ich mich auf mein Bett und starre die Wand an. Dort kleben inzwischen drei Fotos. Auf einem davon ist meine Mom, die mich als Neugeborenes im Krankenhaus im Arm hält. Das zweite ist das Polaroidbild von Tucker. Das letzte ist ein Schnappschuss von Cyrus und mir. Ich glaube, er ist darauf acht oder so, demnach war ich sechs oder sieben. Wir grinsen beide in die Kamera. Mir fehlen ein paar Zähne und Cy hat eine Platzwunde über seiner rechten Augenbraue. Ich erinnere mich daran, dass es passiert war, als er beim Haus unserer Großeltern von einem Baum gefallen war. Ein Ast hatte knapp sein Auge verfehlt. Zu dem Zeitpunkt, als das Foto aufgenommen wurde, war er schon darüber hinweggekommen. Das war etwas, was ich immer an meinem Bruder, meinem Vorbild, bewundert habe. Er konnte vergessen, dass er verletzt wurde, um stattdessen glücklich zu sein.

Deshalb versuche ich jetzt, mir eine Scheibe von ihm abzuschneiden und zu versuchen, glücklich zu sein, jetzt wo ich anfange, Dinge wieder zu empfinden – Dinge, die ich so lange nicht mehr gefühlt habe, dass ich mich kaum noch an sie erinnern kann. Dinge wie das Potenzial, das in den College-Kursen steckt, die ich bei Trina belegen werde. Dinge wie die Wahlverwandtschaft mit Aarti und das Bedürfnis, Natalie einen Brief zu schreiben – was ich wahrscheinlich schon vor langer Zeit hätte tun sollen.

Und Dinge wie Romantik. Wie das Bedürfnis, von jemandem in den Arm genommen zu werden. Tucker hat mir erzählt, dass Barnes ihn beiseitegenommen hat, während ich im Gericht war, und ihm einen langen Vortrag über romantische Zusammenschlüsse, das Übertreten von Regeln und so weiter gehalten hat. Am Ende des Vortrags hat er ihm jedoch auf die Schulter geklopft und »Sei gut zu ihr« gesagt. Das ist wohl alles an Segen, was Tucker und ich je von ihm erhalten werden.

Ich öffne mein Notizbuch auf der Seite, die ich durch meinen Stift gekennzeichnet habe. Gestern Abend habe ich ein Gedicht geschrieben – mein allererstes. Irgendwie hoffe ich, dass es nicht mein letztes sein wird. Eigentlich waren Wissenschaft und Mathe immer meine Stärken. Jetzt bin ich mir nicht mehr so sicher.

Allmählich glaube ich, es könnte für mich einen Platz auf der Welt geben, der weniger vom Gehirn und mehr vom Herzen geprägt ist.

Kanu

Von Cecelia Price

Ich habe etwas gelernt im Leben:
um die Balance zu wahren, braucht es immer zwei.

Zwei Ruder, zwei Schwimmwesten,
An jedem Ende eine Person.

Und wenn wir rudern,
dann um vorwärtszukommen.

Und wenn wir springen müssen,
dann holen wir tief Luft,

schließen die Augen
und zählen bis drei.

Nina Vogt-Østli
Der Tag wird kommen
240 Seiten. Hardcover. Jugendbuch
ISBN 978-3-649-61386-2
Auch als @book erhältlich:
ISBN 978-3-649-61800-3

Das Leben ist hart, wenn du ganz unten bist. Wenn deine Mutter keine Zeit für dich hat. Wenn dein Vater wünscht, du wärst nie geboren worden. Wenn der mieseste Schlägertyp der Schule dich auf seiner Abschussliste hat. Wenn sie auf dich einprügeln, Tag für Tag, bis du wie ein zitternder Haufen im Dreck liegst. Doch eines Tages können sie sich nicht mehr zusammenrotten – und dann bist du am Zug. Eines Tages werden sie sehen, wer du wirklich bist, was du wirklich kannst. Wozu du fähig bist. Aber bis es so weit ist, musst du überleben.

Ortwin Ramadan
T.R.O.J.A. Komplott
384 Seiten. Hardcover. Jugendbuch
ISBN 978-3-649-61865-2
Auch als ebook erhältlich:
ISBN 978-3-649-62025-9

Nico hat es geschafft! Mit gerade mal zwanzig wird er als FBI-Agent für das streng geheime TROJA-Projekt rekrutiert. Hierbei zapfen die Ermittler unbemerkt den Sehnerv von Verdächtigen an und können so jeden ihrer Schritte mitverfolgen. Eine Revolution!

Doch wer wählt die Zielpersonen aus? Als Nico eine schockierende Entdeckung macht, beschließt er, sich gegen das System zu stellen. Doch längst steht auch er unter Beobachtung. Und seinem eigenen Körper kann er nicht entkommen …